雑誌渉猟日録

関西ふるほん探検

高橋輝次

皓星社

目次

戦前大阪発行の文芸同人誌『茉莉花』探索

——編集人、北村千秋と今井兄弟のこと

　今年の十月初めだったか、書友の小野原道雄氏からかねて奈良に新しく、近代文学書中心の古本屋「柘榴ノ國」がオープンしたと聞いていたので、一度はのぞいてみようと出かけていった。奈良へ行くのは実に久しぶりである。新しい店を訪ねるとき、土地勘の乏しい私はいつも迷ってしまうが、今回も近鉄奈良駅に着いてから途中、何度も店に電話で場所を尋ねながら、ようやくたどり着いた。二階にある小店で、文学だけでなく様々なジャンルの本が分類されて並んでいる。ガラスケースの中には、杉山平一『夜学生』も高価な値段で置かれていた。城左門が竹中郁に献呈した詩集『恩寵』もあった。私は迷ったあげく、カバーなし、均一本の串田孫一のエッセイ集『田園の消息』——これは目次の中に「古本屋」のタイトルもあったから——と、未読の野呂邦暢の短篇集『猟銃』他を求めた。せっかく奈良まで遠出してきたのだから、他の古本屋へも寄って帰ろうと、親切な主人に尋ねて、そこから近くにある古本屋への略図を書いてもらった。風情のある旧家を途々眺めながらのんびりと奈良町商店街の方へ歩いてゆく。商店街には三軒、古本屋があり、順々にのぞいていったが、これといった収穫はなかった。疲れてきたので、あきらめてそろそろ帰ろうかと思いつつ、三軒目の「朝倉文庫」の棚をざっと眺めていたら、棚の上の方に福島保夫『書肆「新生社」私史——もと編集部員の回想』（武蔵野書房、一九九四年）がふと目に止った。

　この版元は私の旧書『著者と編集者の間』を出してもらった懐かしい出版社で、この本が出たことも知っ

ていた。ただ、新生社については不勉強で、戦後すぐに青山虎之助が興し、『新生』などの雑誌で、高額な原稿料を払って大物の作家たちに書かせ、一時はよく売れたが、すぐに倒産してしまった、程度の知識しかなく、どちらかといえばマイナスイメージの方が強く、あまり関心がなくて入手していなかったのだ。

今回、念のためにと取り出して、見てみたところ、裏カバーに目次が印刷されており、最初の「I　邂逅」の章に「一茉莉花」という文字が目に飛び込んできた。「えっ、あの茉莉花?」と私は一瞬、ドキドキした。

というのは、私は旧書『関西古本探検』（右文書院）の中で、「出会いの場としての古本屋——大阪、十二段家書房のこと」を書いており、戦前、難波の戎橋近くにあった、文学・美術の稀覯本を扱う十二段家書房のことを杉山平一、小野十三郎、清水正一、桑島玄二、安西冬衛ら詩人たちの回想エッセイを引きながら点描している。十二段家書房は、難波にあった喫茶「創元」と並んで、大阪の文学者や芸術家の交流する文化サロンだったのである（註1）。

そのエッセイの最後に、ここを発行所とした文芸同人誌『茉莉花』についてもわずかに触れているからである。その本の出版後、私はふと思いたって、関西ではそこしか所蔵してない堺市立図書館へ出かけ、在庫冊数も少ないその原物をざっと見せてもらい、閉館も迫っていたので二冊のおしゃれな表紙と気になる中身のエッセイもわずかながらコピーしてきたのである。

そんなわけで、この『茉莉花』は私の脳にインプットされていたらしい。実は、それ以前に今年に入ってから、私は最新刊『編集者の生きた空間』（論創社）に長い頁をとって書いた神戸出身のエディション・カイエの編集者で詩人、阪本周三氏が京都発行の雑誌『虚無思想研究』（佐々木一、大月健氏らが編集）にも数篇、唯一遺した詩集『朝の手紙』以後に書いた詩が載っていると知り、この雑誌の貴重なバックナンバーが置かれている京都の本好きに定評ある書店、三月書房に出かけたことがある。

そのとき、全部ではないが、阪本氏の詩が載っている号を二、三冊見つけ、喜んだのだが、ついでに他のバックナンバーもざっと見てゆくと、十一号（一九九四年十一月）の「辻潤特集」の表紙に載っている目次中に寺島珠雄「今井兄弟と『茉莉花』ノート」とあるではないか！　このときも「おっ」と胸が高鳴ったのは言うまでもない。

そこで、私が入手したこの二冊の文献やわずかなコピーに基づいて、『茉莉花』をめぐって私の知り得た新情報を簡単ながら紹介してみよう。

『茉莉花』43輯、1941年

まず、私の無知から雑誌名を今まで「まりばな」と読んでいたのだが、正しくは「まつりか」であった。詩人でこの雑誌の編集人であった北村千秋氏らが名づけたのだが、私がたまたまコピーした同人の鮫島麟太郎氏のエッセイによれば、上田敏の『海潮音』の中にこの花を歌った訳詩があるそうだ。福島氏によると、北村氏もまだ現物を見たことがない、インド原産のもくせい科の常緑小灌木だという。白色の香り高い五弁花を咲かせるそうだ。

さて、福島氏の回想記は後半は『新生』編集部の回想に多くの頁が割かれているが、その前史にあたるのが、『茉莉花』にかかわった大阪時代の経験なのである。本書は全体にわたり、福島氏が個人的に体験したことを綴りながら、それに言及している他の文献や記録――例えば『回想の新生』や福島鑄郎『戦後雑誌発掘』など――を調べて、引用、照合して、その年月日や人物名などを出来る限り正確に確定しているので、実証的価値の高い回想記になっている。対して、私の読書経験からすると、大抵の回想記（主に文学者による）は主観的な記述で、年月もあいまいにしか記されておらず、記録の誤りも時々見られる（ただ、例外はあり、草野心平の回想記などは年月もきっちり書かれている）。

本書は最初にこう書き出されている。

「『茉莉花』は『昭和十三年四月』創刊、一度の休刊をすることなく『昭和十六年十一月』、当局による雑誌の統合改廃により終刊を余儀なくされ、姿を消した月刊同人雑誌である」と。全部で四十三輯出ており、これで書誌的事実は充分である。

氏は学校（不明）を出ても小説家を志望して就職せず、家でブラブラしていたので、たまりかねた父親が知り合いの大阪市役所経理部管理課長、尾高氏に頼みこみ、庶務係の事務補助員として働くことになる。それは、昭和十二（一九三七）年、日中戦争が始まる少し前の夏からであったと記す。

今も場所は同じ所だが、旧市役所は地下鉄淀屋橋近くのバロック風、石造りの五階建てビルで、勤務する五階にある事務室へは一階通路の左端奥からエレベーターに乗って行った。「エレベーターは手動式で、外から函の内部がまる見えの、黒塗りの荒い立格子扉を手で開け閉めしなければならない方式のものである」と記している。このように、本書ではしばしば建物の外観や内部空間も驚くほど詳細に記憶されて描写しており、よりいっそう鮮明に当時の光景を喚起させられる。また、この中之島界隈は、私が昔、長年勤めていた創元社のあった北浜にも近いので、とても身近に感じられる。

その同じフロアーの奥の一廓に社会部福利課もあり、エレベーター待ちなどの折に、当時そこに勤めていた野間宏の姿も見えたという。やがて氏は庶務課の同好の同僚と、ガリ版刷りの同人雑誌『白堊』を出すようになる。

ある日、仕事中に知らない吏員から、「君のやってる同人雑誌を見せてもらったよ、よかったらこれ、差上げるよ」と机の上に置かれたのが、『茉莉花』であった！「判型はノート判であり、紙質は総アート、頁建てはせいぜい二、三〇頁（筆者註・二四頁）のそれほどの厚みはなかったように思う」と。氏が日頃、ひそかに思い描いていたようなイメージの同人雑誌であり、内容も詩が主体だが、『サンデー毎日』の懸賞小説にも当選した鮫島麟太郎氏の小説「からゆきさん」が載っていた。編集人は誰なのかと周囲の人に聞くと、人事部で吏員全員向けの教養雑誌を出している北村千秋氏だと言う。そこで氏は、自分も同人に加えてもらいたい一心で、思いきって三階にある北村氏の事務室に出向いていった。その席では同人誌の方の話は出なかったが、何度目かに訪ねていったとき、教養雑誌の編集助手を探していると言われ、即座に頼み込んで助手にしてもらった（ただ、いつ頃『茉莉花』同人になったのかは、本書を読む限り、どうもはっきりと分らない。十七輯（昭和十五年七月）の奥付では、福島氏が編集発行人になっているが）。北村氏は坦々と日常の教養雑誌をつくる仕事をこなし、同じ机の上で『茉莉花』も編集し毎月発行し続けていた。「北村氏は、原稿集めは勿論のこと、自分も詩を書き、ときには小説をものに《ママ》し、そして果ては広告とりに至るまで、誰の手も借りずにやってのけていた」と福島氏は記している。北村氏は、その頃十三に住んでいたという。

氏はそれ以来北村氏の助手として、二つの雑誌の用事で出かけるときは必ず北村氏と同行することとなる。

その一つに、私が注目したのは十二段家書房へ出かけた折のことも書かれていたことだ。初めはどうやら広告掲載を頼みに行ったようだが、店主、西垣氏との交渉の話合いの結果、十二段家が発行所になれば、店のルートを使って雑誌を売ってくれることになったらしい。その結果、『茉莉花』は取次店の手を通し、あちこちの書店にも並べられることになった。前述の寺島氏は、初めこの雑誌の一周年記念号を辻潤の寄稿があったので、東京、新宿の紀伊國屋書店で買ったといい、その奥付枠外に「取扱店　大阪参分社・東京紀伊國屋」とあったと記している。ただ、その後、発行所は、「茉莉花編集部」や「六人社」（同人の数だろう）、「河北書房」と変遷している。これも、新情報だが、十二段家書房は、野間宏の長篇、『青年の環』にも、店内の様子が描写されているという（註2）。

『茉莉花』への原稿依頼か同人への勧誘か、北村氏に連れられて、伊東静雄氏の勤めている住吉中学校を訪ねたこともある。また、ある朝は、北村氏があこがれていた竹中郁さんから、心配していた原稿依頼の手紙にOKの返事をもらい、大へんな喜びようであった、とも。堺市役所に勤めている安西冬衛氏が二人の仕事場に立ち寄り、北村氏と一寸話していたこともあるそうだ。

ある日（昭和十五年九月頃）、二人で市役所を出て、五分程歩いて梅田新道に出、よく立ち寄る喫茶店「ブラジレイロ」を通り、法律専門の出版社「大同書院」を左手に見、その先の阪急百貨店近くの「アングロスイス」という喫茶店へ入った。ここで待ち合わせしていたのが、その頃、曽根崎新地の中にあった丸善石油の経理部に勤めていた二十代の青山虎之助であった。青山氏はそれまで郷里の岡山で『車』という同人誌を発行していた。『茉莉花』の同人になりたいと熱心に北村氏に何度も手紙を寄越していたという。青山氏は同人になって一年後位に東京へ転勤になるが、その折、東京での編集連絡所を設けてはと申し出る。そして青山氏の働きで、その後、『茉莉花』は近松秋江、保田与重郎、中村地平、宇野浩二、春山行夫、中谷孝雄などからの寄稿も受けられるようになった。しかし、戦中の雑誌統合のため、昭和十六（一九四一）年十一月号で『茉莉花』はついに終刊となった（終刊号の広告では『婦人画報』と合併したとある）。

ここで、編集人の北村千秋氏や大阪の同人たちについても若干、ふれておこう。

残念ながら、福島氏も北村氏の略歴は詳しくは知らず、氏が三重県の津市出身であること、大学は関西学院大英文科を卒業した位しか書いていない。この大学の英文科は、私も本で書いたように、竹中郁、坂本遼を初め、多くのすぐれた詩人を輩出している。学生結婚したとき、主任教授だった寿岳文章夫妻に仲人になってもらったという。そういえば、私が堺市立図書館でこの雑誌を見たとき、寿岳氏の珍しいエッセイが載っていたのを覚えているが、これで合点がいった。藤沢桓夫氏とも知遇を得ていたのか、氏の回想文中に

「北村氏が『茉莉花』に『鄙歌《ひなうた》』という優れた恋愛小説を連載していた」とある。しかし、後述するように、これは藤沢氏の記憶違いで、今井貞吉氏の連載である。戦後雑誌研究家、福島鑄郎氏の紹介によれば、北村氏はジョイスの翻訳も出している。

昭和十八（一九四三）年四月、福島保夫氏は小説家をめざして上京する。戦後すぐに青山氏が「新生社」を興したことを知り、麹町内幸町の「大阪ビル」六階にあった社を訪ねていく。青山氏と再会し、即座にその場で『新生』編集部に採用される。その後の作家たちとの交渉や編集部員たちの出入りの激しかった実態も興味深いが、ここでは主題から逸れるので省略しよう。ただ、北村氏の戦後の軌跡も若干語られているので報告しておこう。青山氏はその後、『茉莉花』で世話になった北村氏を『新生』の編集長として東京に呼び寄せる。

氏は最初の仕事として、渡辺一夫教授に原稿を依頼し、二度程随筆を書いてもらい、渡辺氏からも大へん評価されていたようだ。しかし、青山氏とソリが合わなかったのか、北村氏は入社して半年もたたないうちに突然社を辞めている（余談だが、『新生』の歴代編集長も青山氏と対立して次々にやめている）。それから、氏は京都の臼井書房の雑誌『人間美学』の編集にしばらく携わっている（この雑誌は私も京都の古本屋で見かけたことがある）。その後、氏は郷里に帰り、三重県立相可高校の英語教師になったという。

『茉莉花』の同人や寄稿者については、その一部の人たちだが、寺島氏のエッセイに詳しい。

この雑誌は、一周年位までは、北村氏と鮫島麟太郎氏二人の同人雑誌だったようだ。その後徐々に同人がふえていった。ただ、精々六人位までで、最後まで少数精鋭主義だった。

同人の最大の出資者として、北村氏と同郷の津市在住の今井俊三、貞吉兄弟がいた。

今井家は江戸時代末期からの豪家で、裕福なため、同人費五円のところ、毎月その三倍に当る二人で三十円が送られてきた、と福島氏は記している。寺島氏は『芸術三重』という雑誌の「今井貞吉特集」二十三号

（一九八一年三月）を参照しながら、今井兄弟の略歴を紹介している（この雑誌は、私も昔、古本で、三重出身の「中谷孝雄特集」号を入手したことがある）。「今井俊三特集」号も昭和五十年三月に出ているが、未入手である。そこから簡略に書いておこう。貞吉氏は明治三十七（一九〇四）年津市生れ。兄俊三氏は六歳年長。十六歳で兄とともに上京し、俊三氏は東洋音楽学校、貞吉氏は洋画研究所に学ぶ。しかし関東大震災に遭い、京都へ移住、その後、津へ戻った。貞吉氏は一時、東京に戻り、アテネ・フランセに通った。俊三氏は大正十三（一九二四）年、紅玉堂から詩集『壁』を出版、詩集を兄弟がかねてからその著作を愛読していた辻潤に贈る。少年期に辻氏も津で過したこともあって、それ以来兄弟との交流が始まり、今井家に何度か来遊し、滞在することもあった。その関係で武林無想庵や高橋新吉も来たという（高橋氏も寄稿家の一人）。今井兄弟の紹介で辻氏は『茉莉花』に計十回、随筆を寄稿している。寺島氏によると、辻氏晩年のこの連載は、戦後出た著作集にも収録されていないという。

俊三氏はあきつ書店目録によれば、『饗宴』も昭和十二年に出している。これは小説だろうか。『茉莉花』には終刊号までに二十回、小説「悪魔」を連載し、小説は完成しているが連載は中断になったという。「没落の歌」と副題があり、私小説を思わせる、と寺島氏は述べている。

また、私がコピーした号の裏広告には、十二段家書房刊の「まつりか叢書」近刊として、鮫島氏の小説集『からゆきさん』とともに、北村氏の詩集『距離』があげられている。これらは実際に刊行されたのだろうか。

貞吉氏も小説「鄙歌」を連載し、戦後、一九五六年、津の印刷所から自費出版している。寺島氏は本書を貞吉氏から贈ってもらった。これは福島氏によると、連載中に横光利一氏が評価して紹介している。その裏広告に短編集『たびびと』『燕子花』を近く刊行予定とあるが、寺島氏は未見という。これらは伊勢市か津市の図書館には所蔵されているかもしれない。私は伊勢に親戚があり、時たま行く機会もあるので、その折にでも探求してみたいものだ。

前述の鮫島氏の一文によれば、初期の同人には、氏と詩人、大塚正憲氏、それに意外だが昭和初め、神戸で前衛美術運動の中心人物の一人として活躍した彫刻家の浅野孟府氏もカットを描いて加わっていたらしい。浅野氏が東大阪へ移って以後のことだろう。一周年記念号の寄稿家には、川上澄生、春山行夫、浜名与志春、尾崎一雄、小林太市郎らの名が見える。川上氏は二輯に短い詩とかなり多くの号の表紙装画を描いているようだ。氏はエッセイでも『茉莉花』はいつも贈ってもらい、とてもいい雑誌だと礼讃している。

最後に、本稿の多くをその著作『書肆「新生社」私史』から負っている（感謝！）福島保夫氏の略歴も簡単に書いておこう。ただ、残念ながら、本書の奥付頁略歴には一九一七年生まれ、と高知県の本籍地、埼玉県新座市の現住所、それに、東京作家クラブ会員としか記されていない。そのため、この回想記をたどって分ったことのみを転記するしかない。

氏は昭和二十二（一九四七）年七月頃、新生社を退社し（新生社は昭和二十三年十月頃倒産）、同社の二人の営業部員とともに日本橋で「蒼雲書房」という出版社を始める。近くに、私が『関西古本探検』で書いたことのある「丹頂書房」があった。おそらく、そこも行き詰ったのだろう。次に氏の文章に見えるのは昭和二十五（一九五〇）年三月、八雲書店にいた頃とある。三十一年秋までは、神保町の荒木書房にいた。さらに昭和三十一（一九五六）年暮には河出書房の学芸部にいたことが出てくる。『文藝』の別冊の仕事をしていたとある。ここも、河出の第一回倒産で職を失う。その後の職歴はある企業の宣伝課に入ったとあるが、様々な出版社で文芸編集者をしていた人であるのは確かだ。本書でも「新生社」の様々な編集者のことが回想されており、戦後出版史の記録として貴重だと思う。

私は以上を書き終えた直後、福島氏や北村氏、今井兄弟の情報がもっと得られないかと、いつもお世話になっている千里図書館の相談係の女性を二度訪ねた。

そこで親切に調べていただき、福島氏が一九九八年、八十一歳で亡くなったこと、他の著作に短篇集『橋』（創思社、一九六六年）、『うゐのおくやま―続・私の中の丹羽文雄』（武蔵野書房、一九九九年）などを出していることを教えてもらった。『橋』には丹羽文雄が序文を寄せており、タイトルになった「橋」は二段組で一五〇頁程ある力作長篇であることも。どうやら、大阪が舞台の自伝的な小説らしい。そのうち図書館でコピーして、じっくり読みたいものである。

また、北村氏は一九〇八年生れで、一九八〇年に亡くなっている。著書に、ジョイスの訳『一片詩集』（二十九頁、椎の木社、一九三三年）、これは戦後、一九六八年に私家本でも出している。『歴史の扉』（三重文芸協会、一九三五年）、『哀春詩集』（臼井書房、一九四八年）も出ていることが分った。また、三重文芸協会からは北村氏編で『三重文芸』も一九三四年に出ている。井伏鱒二も寄稿しており、なかなか充実した雑誌のようだ。このうち、『哀春詩集』を国会図書館のネット配信で、ざっとながら読むことができた。

これはあとがきによると、戦争前に書かれたものだが、敬愛する同人の小林太市郎先生の机下にあった詩稿（氏が召集されたので、帰還するまで小林氏に預けていたのだろう）がたまたま戦後になって臼井喜之介氏の目に止り、出してもらえることになったのだという。氏が臼井書房にしばらく勤めていた時であろう。これがおそらく、前述の『茉莉花』で予告されていた詩集『距離』のことかと思われる（『距離』は国会図書館にも所蔵されてないので）。

一読した単なる印象にすぎないが、タイトルにもあるように、若き日の北村氏の感情の哀調に満ちた旋律が全体に流れている詩集である。その、いささか虚無的な気分《トーン》は氏も辻潤や高橋新吉の影響を受けたせいだろうか（私が彼らの思想を充分理解しているわけではないが）。せっかくの機会なので、一篇だけ紹介しておこう。

夜に

夜は更ける

石も冷えるであろう
河原のはて
秋おそい夜の水は澄み
鉄橋を渡る終列車の
窓の灯を映して
明るく流れていつた
草のしとねは濡れ
私はひとを想うてゐた
石に似て
心も冷えるであらう
ひとは遠く
あなたは遠く
とほい山の端に
煌々と晩い月がさし昇つた

今井貞吉氏の『鄙歌』はやはり三重県立図書館（津市）に所蔵されているそうだ。

今井俊三氏は長篇小説『壁』を野田書房から一九三七年に出している。野田書房といえば、堀辰雄の小説を始めとする「純粋造本」といわれる限定出版で名高い出版社だが、ここから出していたとは初耳である。戦後の『三田文学』（一九四九年三月号）にも「愛物」という短篇小説を発表している（この初出は『茉莉花』に載ったもの）。これは神奈川近代文学館からコピーを取りよせて私も読んだが、愛娘を病いで亡くすまでの父親の心情の推移を緊密で坦々とした文体で綴ったなかなか読ませる自伝的小説であった。しかし、今では北村氏、今井兄弟共に忘れられた詩人作家であろう。

なお、『茉莉花』は、関西大学、神戸親和女子大学の図書館、日本近代文学館には各々欠号はあるが、所蔵されている由、いずれコピーを取り寄せてゆっくり読んでみたいものである。

（二〇一七年十月十四日）

追記1

本稿を書き終えてから、私は日本近代文学館から、『茉莉花』の二、五、二十七、四十三輯（終刊）を適当に選んで各々その半分の頁をコピーして二回に分けて送ってもらった。（雑誌全体の半分以内しかコピーできないのは、図書館の規則だそうだが、何とかならないものか）まだまだ資料として不充分だが、予算の少ない私としてはこれ位が限界である。これから見ると、初期の数輯は二四頁以内で、以後は殆どが三二頁、終刊号のみ一〇四頁になっている。終刊号の時点での同人は、青山虎之助、今井俊三、小林太市郎、北村千秋の四名であった。終刊号の表紙も、川上澄生の素描である。なお、川上氏は第二輯の扉に、短い詩を寄せていて貴重なので、引用させていただこう。

車窓展望

六月の桐の葉は骸骨をかくした
梅雨の晴れ間の青空を飛ぶ白鷺の明るさ
高雅な澁い敷物　昔ながらの六月の麦畑
高圧線の電柱は　構成派の人形
白い夏そばの花かざり

改めて思ったのは横幅の広い判型で活字がゆったり組まれているので、読みやすいことだ。これからじっくり読むつもりだが、すでに新たに分ったことは本文に加筆して盛り込んである。

また今井貞吉氏は画家志望だっただけに、本文のカットもよく描いていたようだ。

（二〇一七年十月二十日）

追記2

二〇一七年十一月初旬、京都百万遍、知恩寺で開かれた秋の古本祭りに私は珍しく二回目も出かけた。初日、午後にゆっくり会場を回ったが、大した収穫がなく、物足りなく思ったせいもある。しかし、その日は午後おそく到着したので、夕方まで急いで本を漁らねばならなかった。今回もこれといって面白い本が見つからず、そろそろあきらめて帰ろうかと思っていたところ、初めて目にした亀岡市にある小亀屋――ここは尋ねると店はなく、ネット販売をやっている所だという——のコーナーで、山の本が沢山並んでいる棚の中に、上田茂春『山の本を求めて東奔西走』（鹿鳴荘、二〇〇〇年、限定三〇〇部）という本が目に止った。白地の中央に山の上空を飛ぶ蝶の水彩画を配したおしゃれなカバーで、トビラにも少し違った蝶の絵が飾られている。著者も全く未知の人だが、中身をパラパラと見てみると、タイトルが示すように、山岳書蒐集の様々な苦労談や喜びが多数の古本屋を舞台にして語られている本のようで、面白そうだと思い、思い切って買い求めた。一〇〇頁程の本で、頁中央に一行の字数も少なく、十五行にゆったり組まれていて読みやすい。章ごとに取り上げた本のうちの主要な一冊の書籍が美しいカラーで別紙に掲げられているのも楽しい。

　私は山書にはあまり関心がないのだが、この著者は山書を求めて、〈古本ハイキング〉と称し、日本古書通信社の全国古本屋ガイドブックを携え、東京都内はもちろん、東北、名古屋、九州、さらに関西にも足を伸ばして古本屋を巡っている。むろん、目録でも注文しており、大阪、京都にあった限定本で有名な湯川書房とは長いつきあいがあったという。関西では、山書を置いている京都の大観堂、大阪の浪速書林、私などは知らない昭和三十年〜四十年代にかけてあった大阪の松本中央堂（主人、松本政治）にも出かけている。なじみの古本屋と一緒に七夕大入札会の下見にも出かけ、目当ての本を入札してもらったが、結局取り逃した話、白木屋などのデパート展初日での、エレベーターやエスカレーターを利用し、会場に着くやいなや、目当ての本めざして猛ダッシュするすさまじい本の争奪戦のありさまも描いていて面白い（私にはとんとそんな経験がないが）。エレベーターはドアのすぐ前の位置にあえて乗るようにする話は以前、読んだことがあるが、上田氏はまっ先に乗り込んでエレベーターガールの後ろにへばりつくのを心がけたそうだ。なるほどその手があったか。山書中でも大へん評価の高い串田孫一の『牧歌』が昔、渋谷の中村書店に置いてあったのに、何故かパスしてしまい、それ以来、未だに縁がないと悔やんでもいる。

　氏は山書はもちろんだが、文学書もいい本をいろいろ購入している。例えば、詩集で有名だった鶉屋書店から、犀星の『鶴』限定本や『愛の詩集』特製本を買ったりしている。

本書は上田氏が定年を数年残して勤めを辞めた折、退職祝いの宴に出席してくれた人に十冊、私家本をつくって配った。その出席者の一人、鹿鳴荘の主人が本書に注目し、公刊することになったという。本書出版の意図は、古書のエキスパートに向けてではなく、古書にあまり縁のない人にもその面白さをアピールしたいということで、その目的は著者の平易で、達意の文章によってよく達成されていると思う。むろん、私のような多少古書になじみ深い読者にも充分楽しめる。

惜しむらくは、奥付に略歴を記してほしかった。どんな経歴の、どんな仕事をしていた人なのかが分ると、より興味が深まると思うのだが。これらのエッセイは同人誌『ふれあい』（どんな同人誌かは不明）に連載していたものというから、元々文学志向の、文才ある人なのであろう。東北である学会に出席したついでに、と文中の一節にあるので、大学の研究者の方かもしれない。

さて、収穫本について思わず詳しく紹介したが、肝心の本題はこれからである（長々とお待たせしました）。閉会時間も迫ってきたが、なおも未練があってうろうろと二、三店をのぞいた。その一店、井上書店の平台の箱の中に古い雑誌（短歌や俳句の同人誌が多かったと思うが）がまとまって並んでいるのを見つけ、念のためにと一冊ずつチェックしていった。すると、その中から一冊、前述した『茉莉花』編集人、北村氏が、戦後、臼井書房でしばらく編集していた『人間美学』三号（昭和二十三年六月）がひょっこり姿を現わしたのだ。私は「おっ」と驚き、ホクホク顔ですぐレジに持っていった。五百円だったが、私には千円位の値打ちが充分ある。帰りの京阪の車中で早速ざっと中身を眺めてみた。本誌は「性」の特集で、私の知っている書き手では、性科学者、朝山新一、外国文学者の本多顕彰がロレンスについて、小松清がサルトルとエロチズムについての評論を載せている。各々知識層を読者に想定したレベルの高い評論である。さらに私があっと注目したのは、巻末に『茉莉花』同人だった今井俊三の小説「崩れる砂丘」の連載第一回が載っていたことだ。『茉莉花』時代の人脈がここで復活した思いがする。

その後、ざっと読んでみた。主人公は戦後、故郷の実家（津市にある?）に戻ったものの、旧家の大邸宅は大火災で荒廃して骨組みしか残っておらず、その残った部屋に日がな一日ごろんと寝ころんで、向いの物置小屋に住んでいる夫婦の様子を眺めている。といった物語であり、あまり心がはずまない。外界や他

『人間美學』３号、1948年

人に対してつねに無関心で、思索がともすれば内に向かい、すべてに「然しそれがどうしたというのだ」ということばが頭に忍びこんでくるという。冒頭近くには、「あわれにも、猫はむかしより髭など生やしゐたるか」という「よく識ってゐる狂詩人の句」をふと想い出したりしている。これはたぶん辻潤か高橋新吉のことばであろう。全体に漂う小説の虚無的雰囲気もどうもこの二人の思想の影響を受けているように感じられる。この頃の読者はもう少し明るく、前向きな物語を期待したのではなかろうか。

編集人、北村氏は「編輯後記」で「『雑誌の性格は三号で決まる』とよくいわれるが、本誌は三号を契機として、面目を一新して再出発したいと思っている」とその意気込みを語っている。次号四号の予告目次には、「アメリカン・ヒューマニズム研究」二の特集で、哲学分野で鶴見俊輔の名が、他に西脇順三郎の「ジョイスの思想と象徴的技巧」もあがっている。

なお、単行本の企画も、朝山新一『性の現象』、武田泰淳創作集『月光都市』志賀勝『D・H・ロレンス』

などが近刊として予告されているが、果たしてすべて刊行されたのだろうか。今、龍生書林の目録で見てみると、武田泰淳の小説はたしかに一九四九年に臼井書房から出ている。珍しい本で、魅力的なタイトルだが、私は古本屋でも見たことがない。『人間美学』がいつまで続いたのか、怠けてまだ調べていないが、あまり長く続いたとも思われない。

（二〇一七年十一月十日）

付記1

本稿で私は同人誌『茉莉花』の編集人、北村千秋氏と主要同人の今井俊三、貞吉氏兄弟のことを不充分ながら紹介したが、彼らは三人共津市出身であった。いささか強引かもしれないが、津市つながりということで、最近知るようになった津市で発行されているローカル誌『Ｋａｌａｓ』（季刊、カラスブックス、現在三十六号まで出ている）のことを少し紹介しておきたい。前述したように、伊勢市に昔から親しい母方の従姉妹夫妻が住んでいるので、時たま出かけることがある。二年程前に法事で出かけた際、ついでに、以前は伊勢市駅前にあった店が数年前、宇治山田の北、瀬田川沿いの古い情趣のある街並の中に移って営業中の古本屋「ぽらん」さんに初めて立ち寄ることができた。その折、一コーナーに先代の店主が研究している三重県出身の北園克衛の初出雑誌が非売で並んでいるのを見つけたものだ。いずれ北園氏の記念館が建てば、提供するつもりだと伺った。そのとき、レジ近くに置いてある地元の雑誌が目に止った。表紙全面の風景写真が魅力的で、まず引きつけられる。ひと目でセンスのよさが感じられる雑誌だ。九二頁で、上質紙が使われているので、ボリュームもある。六百二十円だが、中身もパラパラ見ると充実しているようなので、買って帰ることにした。早速、読んでみると、予想以上にこれが面白い内容である。奥付によると、編集、デザイン、写真は西屋真司氏によるもので、氏が独りでつくっている雑誌だ。毎号、テーマを決め、それに沿って津市や三重県在住の特色ある職業人や芸術家を取材し、五、六本の文章にまとめている。というより、毎号、手さぐりで人に出会っていくうちにその号のテーマが何となく固まってゆくようだ。そのためか、文章に臨場感があって引き込まれる。最近、私の入手した号では「内側の範囲」（三十一号）「振らない賽子（三十二号）」「かさねぎのたまねぎ」（三十三号）といった風に、である。例えば、三十一号の二つの文章では、顔見知りのカフェ姉妹のフランス行の旅の顛末を姉妹の視点から描いている。その中でパリのある古書店に立ち寄り、この雑誌の編集人から頼まれた、荷風や谷崎を中心に日本文学を紹介したアンソロジーのフランス語訳本、長谷川潔装幀の『牡丹の庭』（稀覯本と思われる）を土産に買って帰る話などが綴られている。三十二号では、その長谷川潔が少年時まで育ったのが桑名市で、長谷川氏の祖父が住職を務めていた桑名市の寺院を訪ねている。このように探索が次々につながってゆくのが興味深い。

　私がとくに親しみを覚えたのが、西屋氏が二年前から事務所の隣りに「古書カラスブックス」を併設していることで、取材文でも、「持ち込まれるもの—古本と古本市」を書いたり、巻末に「まちの古本棚」と題して、本棚の写真と仕入れた本の三冊程を連載で紹介している。なかなかの読書家で、自分の読み終わった本を順々に棚に出してゆくそうである。津の商店街で行われた一箱古本市にもポランさんらとともに出店している。ぜひ近いうちに、津市に旅し、この古本屋を訪ねたいものである。本造りや装幀にも関心が高く、フランスで本格的な製本技術を学んできた造本作家、鈴木敬子さんのアトリエも訪ねている。巻末の日録によると、編集の実績を買われたのだろう、東京のある出版社の本の制作も請負っている。その打合せに上京した折は神保町の古本屋を熱心に回っている。

　文体も毎回、凝って工夫されているが、——私は、この人は小説も書けるのでは、と思う程だ——西屋氏が撮った、本文に添えられた写真も見ごたえがある。なお、巻末の写真の連載「界隈」は津市在住の写真家、松原豊氏によるもので、そのノスタルジックな風景作品の数々には毎号引きつけられてしまう。

　それにしても、本稿と合わせて『Ｋａｌａｓ』を読むと、何か津という土地のもつ文学的土壌の根の深ささえ感じてしまうのである。

　私は、この『Ｋａｌａｓ』は単なるローカル誌にとどまらず、もっと広く、本好きの読者に読まれる価値のあるものと思ったので、まずは郷里、神戸元町の「１００３」の女性店主の方に紹介したところ、興味をもたれ、交渉して店に三冊程仕入れて置くようになった、と伺っている（京都では古本屋、レティシア書房他四、五店にも置かれているそうである）。興味をもたれた読者は一度ぜひ手に取ってごらんになるよう、お勧めします。

（二〇一八年三月十日）

付記２

二〇一八年三月末の神戸、三宮、サンボーホールの古本展に引続いて、四月初めからの大阪、京橋のツイン２１での古本展にも昼おそくに出かけた。今年は花粉症もひどいのに我ながらご苦労さまなことである。あまりこれといった収穫はなかったが、帰りがけにふと見つけた『文学雑誌―杉山平一追悼号』八十八号（二〇一二年十二月）は未見のもので、うれしかった。編集工房ノアの涸沢純平氏や同人の編集人、大塚滋氏初め、六人の方が追悼記を書いている。

　それはさておき、本を漁っていて、一冊堂のコーナーに今は亡き、『彷書月刊』のバックナンバーが二冊だけあり、その一冊、一九九九年三月号―小特集「古本屋の書誌学」―が未読だったので、パラパラと中をのぞいてみた。すると、目に飛び込んできたのが寺島珠雄氏の連載、「低人通信」四十三回目で、「今井貞吉という人（二）」のタイトルである。「おっ、これは知らなかった！」と喜んで収穫の一冊に加えたのはいうまでもない。早速、待ちきれず、会場横にある喫茶店で休憩をとり、四頁のその短文を読み終えた。

　これは、前述した寺島氏が『虚無思想研究』に書いた一文の続篇に当るもので、その後調査して分ったことをまとめたものである。

　私が書かなかったことも出てくるので、少し紹介しておこう。まず、鈴鹿市在住の旧友に調べてもらい、今井貞吉氏は一九八五年三月、八十一歳直前に亡くなった、という。貞吉氏からもらった手紙によって教えられ、辻潤と親交があった布施延雄（モリスの『無何有郷だより』の訳者）のことも報告しているが、ここでは省略。貞吉氏は口笛の名手だったらしい。また、今井兄弟は二人とも独身だったらしい、とも書かれている（これは未確認とあるが、前述した俊三氏の私小説（?）では、結婚している）。寺島氏が貞吉氏から献呈された『鄙歌』のカバーと、その口絵に載った貞吉氏の和服姿の写真も転載している。後半は「『茉莉花』断片」の見出しで、青山虎之助や北村千秋についてふれているが、それほど新情報は書かれていない。ただ、貞吉氏の手紙で、辻潤の長男、辻まこと氏もこの雑誌の愛読者だったことが分かったという。北村千秋氏が戦後『人間美学』の編集者になったことにも言及しており、手元にある雑誌の表紙も大きく図版で出しているが、これが何と、私も偶然入手して前述紹介した同じ号であった！　寺島氏は最後に今井兄弟についての「詳しい事跡の調べは主として三重県の人々に期待しよう」と述べている。それこそ、前述した『Ｋａｌａｓ』の編集人、西屋真司氏にお願いしたいものだ。

私も、微力ながら調べたことを本稿でまとめられたので、もし念者者（筆者註・寺島氏によれば、物事に並外れて入念な人のことを言い、ねんしゃもん、と呼ぶ）であった寺島氏がまだ御健在であったなら、ぜひ読んでいただきたかったなぁと残念に思う。

連載の（一）もこれからぜひ探求するつもりだ。

なお、同じ会場で、たしか福島鋳郎の評論集『戦後雑誌の周辺』（筑摩書房）を見つけ、中をのぞいたところ、巻頭に雑誌『新生』と青山虎之助の仕事の歴史が長い頁をとって書かれていた。当然、若き日に同人として参加した『茉莉花』についても言及されていて、青山氏がそこに発表した小説を紹介したり、終刊号の北村氏の「終刊の辞」も引用されていた。本稿には必要な文献で、買おうかどうか大いに迷ったが、私は元々青山氏についてはさほど関心がないし、新生社の歴史についてはすでに本も出ている。また『茉莉花』についてこれ以上つけ加える気力もないので（本当の理由は予算不足ですが……）、断念してしまった。怠け者の私は読者におわびするしかありません……。

（二〇一八年四月三日）

私はその後すぐに前述の『彷書月刊』（一九九九年二月号）の寺島氏の記事を手に入れようと、二、三の心当りの古本屋で探してみたが、あいにく見つからなかった。そこで、これは該当号も分っているのだから、図書館でコピーしてもらう方が断然早いな、と思いつき、時々お世話になっている神奈川近代文学館に連絡してみた。さすがに、当館は『彷書月刊』バックナンバーがすべて収蔵されているようで、すぐにコピーを送ってもらえた。届いたのを見ると、「今井貞吉という人（二）」は三段組み、八ポイント（?）の小文字ながら、一頁の短文であった。『芸術三重』二十三号の表紙書影が載っている。読んでみると、今井兄弟についてのさほど新しい情報は残念ながら書かれていない。貞吉氏の特集号には、氏へのインタビュー「わが青春と文学」が十一頁にわたって載っており、自筆年譜などもあるという。これは又、津市の図書館にコピーを依頼してみようかと思う。

他に貞吉氏からの手紙によれば、氏は十五、六歳の折、京都の伯父宅に起居して同志社中学に通った時期があり、その頃の知己、笹井末三郎のことも寺島氏は一寸紹介している。「笹井末三郎は京都荒黄《ママ》組の三男、つまりやくざの若親分だがアナキズムに傾き、詩を書いた変り種でかの南天堂の客でもあった」と。貞吉氏は彼にいろいろ心配をかけたことがあり、「たいへんやさしいヒューマニストで詩人でした」と書いているそうだ。若い頃は、親に言えないような遊びもやった人なのかも、とつい想像をたくましくさせるような人間関係である。

寺島氏の記事は前述の（二）で終っている。そこで、私の探求も不充分ながら、このへんでピリオドを打っておこう。

（二〇一八年四月十四日）

付記3

前記で、ピリオドを打っておきながら、また一つ書き加える破目になり、我ながらしつこいことだなぁと思う（読者にはどうかあと少し御辛棒願いたい）。

八月中旬、台風が近畿を通過し、少しは涼しくなるのかと思いきや、またもや酷暑がぶり返し、もはやお手上げである。そんな八月下旬のある日、三宮で友人に会った後、久々にセンター街のファッションビル二階にある清泉堂倉地書店まで足を伸ばした。通路の両側にお店があるが、まず北側の、文学、歴史、人文科学、美術などの棚を一回りして、ほしい本がなかったので、南側の写真、演劇、音楽、芸能などのコーナーに移動する。ふと棚の下の床を見ると、細長い箱に古そうな雑誌が入って並んでいる。見てみると、『南洋』『支那語雑誌』『空と海』など、戦時中に出ていた雑誌が大半だった。初めて見る雑誌だが、私にはあまり関心がない内容だ。ただ、念のためにと順々に点検してゆくと、その中に一冊だけ『詩風土』（臼井書房、昭和二十二年十一月号）が出てきたのである。

これは、京都の臼井書房から二十一（一九四六）年一月に社主で詩人でもある、臼井喜之介を編集人として創刊された詩の月刊雑誌で、本号ですでに十八輯になっている。河野仁昭『京都の文人』（京都新聞社）によれば、昭和二十四（一九四九）年十月まで三十六輯出た。寄稿者には、丸山薫、神保光太郎、山岸外史、依田義賢、天野美津子らがいたという。関西の古本展では時たま見かけるので、私もわずかながら入手したことがある。

本号を見ると、表紙装画が棟方志功！　表紙に詩作品の筆者名が表示されていて、私も知っている名前が数人あがっている。野長瀬正夫、江口榛一、小高根二郎、岩田潔（俳人）、古谷綱武、そして天野忠も！　さらに本稿で紹介した北村千秋も寄稿しているではないか。私は大喜びですぐレジに持っていった。ただ、四〇頁の薄い雑誌で背は殆ど欠けており、綴じも半分ばらけそうなのに五百円とは何だかなぁ、と思わないでもない（おそらく状態が良ければ千円位が相場の雑誌だろうが）。しかし、私には必須のものだから文句は言えない。

早速、帰りの阪神の車中で詩の大半は読み終えた。

このうち、江口榛一の「靴」は、幼いわが子二人が泥だらけで遊んでいる情景を描きながら、日頃から約束しているゴム長靴を今日も買ってやれない貧窮の自分を正直に嘆いている詩である。江口氏は旧著『関西古本探検』で私も紹介した戦後の無頼派に属する詩人、文学者であり、戦後すぐの赤坂書店で、編集長としても活躍した人だ。最後は自死してしまった。編集部員にあの梅崎春生もいた！　それゆえ、旧知の人に再会したような感慨を抱いた。

　岩田潔は俳人で、句集の他、俳句についての評論集をいろいろ出している人だ。私は以前、「ぐろりあ・そさえて」から出された『現代の俳句』（昭和十六年）を入手している。私には幅広い視野をもった、柔軟な見方をする人だ、との印象がある。臼井書房からも広告によれば、『俳句浪漫』を出している。その岩田氏が詩も書いていたのだ。本誌に載った二作品のうち、とくに「火の山のやうに」は、氏の蔵書を一切処分したことが出てきて、私には興味深いものであった。ここに引用させていただこう。

そのころの犀星《さいせい》を真似て　書物を売り払ひ、
机の上に聖書一冊を残す、
かかる夏の夜明け　机の前に端坐し、
米塩の資となつて失せた本を思ふ、
胸の奥で火の山のやうに煙を噴くもの、
昨夜書いた剣嶽の詩が怒つてゐるやうだ、
せめて昼寝の夢にでも　俺は日本海を見よう、
巌だらけの磯の彼方で　暗く天を支へた海を見よう、

古谷綱武の「私の詩」と総題する二つの詩、「いのち」「雨」も、素朴ともいえる作品だが、評論やエッセイを主な著作活動にする氏としては珍しいものだろう。そういえば、巻末の「編集雑纂」の中に、「詩風土は所謂詩壇の外の人々が多いと評する者がある。今後も一層さういふ人々によつて一つの風格を保つてゆくことにならう」とある。本号の江口、岩田、古谷氏などもその好例に当るのではないか。

　さて、北村千秋である。前述したように、北村氏は同じ頃、同書房で『人間美学』の編集長をしていたので、『詩風土』に作品が載るのもいわば当然で、臼井氏の依頼にすぐ応じたのだろう。もっと言えば、臼井氏は戦前、北村氏編集の『茉莉花』を愛読していた可能性が高い。その編集の手腕を見込んで、『人間美学』の編集長を任せたのだろう。本文中のコラムに書房の近刊情報として、前述した北村氏の詩集『哀春詩集』も準備中の一冊とあった。『哀春詩集』は戦前、若き日に書かれた作品集とのことだから、この詩は収録されていないのではないか（未確認）。せっかく見つけたものなので、最後に引用させていただこう。

秋立つ

落日の輝きを
片羽の裏に受けて
美しい金いろに染まりながら
幾羽かの白鳥は
高圧線の鉄柱のうへ
高い空を渡つていつた
夏から秋への飛翔を
北から南へと

青い稲田のなか
白い国道のひとすぢ道のはて
山は紫に暮れかゝり
麓の古い町や村に
チカチカと揺れる
あの村の
寂かな家々の窓には
もうすつかり秋の風が
巡つてゐるのであらう

しみじみと胸に染み入ってくる、懐かしい日本の原風景であり、私には好ましい詩である。

　本号の広告を見ると、棟方志功の板画集『板愛染』や竹久夢二の絵本歌集『宵待草』、それに意外にも、後にユニークな研究といわれる川村多賓二の『鳥の歌の科学』、百田宗治『現代詩』――これは私も昔、手に入れている――なども出している。臼井書房も戦後、意欲的な出版活動を様々に展開していたことが分るのである。

（二〇一八年八月二十八日）

付記４

つい先日、こんな不思議な偶然があるのだろうか、と思える体験をしてきたので、最後にぜひ報告しておきたい。

私は十一月末、秋晴れの日に思いきって久々に遠出した。近鉄特急で出かけ、初めて津市にある三重県立美術館を訪れたのである。ペースメーカーの障害者手帳持参で乗車賃は半額になるので、こんな時は大へん有難い。館は静かな環境にある、りっぱな建築であった。ここの館長は旧知の速水豊氏で、私は氏が兵庫県立近代美術館学芸員時代にフリー編集者として、ユニークな近代日本美術史の力作『シュルレアリスム絵画と日本』（ＮＨＫブックス）を書いていただいた方なのだ。御多忙のところ、少しだけロビーでお会いして雑談し、その折幸運にも氏の今回企画した『川端康成と横光利一展』の図録と入場券もいただいた（感謝！）。それに、速水氏が前回、企画した『モダニストの日本美――石元泰博「桂」の系譜』のＡ４判パンフの冊子も。これには速水氏の一〇頁にわたる解説論文が載っている。まことに視野の広い方なので、これから読むのが楽しみだ。

その後、ゆっくりと会場を見回ったが、横光が川端に若い頃から晩年まで送った封書やハガキが多数展示されている。封書の手紙はすべて原稿用紙が使われており、横光の大ぶりで格調高い字体が印象深い。二人の代表的な著作の原本も多く展示されていて、その多彩な装幀は、私のような古本ファンにとって格好の眼福のひとときであった。川端関係では、川端が愛したカジノフォーリーのプログラムのパンフ表紙が一まとまりで展示されていたり、川端と親しく交わった古賀春江の油絵や水彩画も数点あり、面白い。新感覚派の作家たちの発表舞台となった『文藝時代』も復刻版を含め、数冊あったが、どれもモダンでシュールな表紙で見ごたえがある。これらの表紙装幀は、吉田謙吉をはじめ、「アクション」同人や村山知義らが担当したものだ。さらに本展の目玉の一つとして、川端の脚本「狂った一頁」を元にした衣笠貞之助監督の実験的な無声前衛映画の一部を小画面ながら放映していて、私はしばし見入ってしまった。今見ても斬新な躍動的画面である。

　思わず展示の印象を簡単ながら書いてしまったが、例によって本題はこれからである。

　実は美術館を訪れる前に、以前から一度寄りたいと思っていた前述した『Ｋａｌａｓ』の編集人、西屋真司氏が併設している古本屋「カラスブックス」に、津駅からトボトボ歩いて途中、人に場所を聞きながらやっと探し出し、お昼前に到着した。丁度そのとき、『Ｋａｌａｓ』の新刊三十六号（タイトルが「物語の賞味期限」）が出来上ったところで、その印刷所からの受け取りや納品作業で多忙な西屋氏だったが、作業をしながら快く少し話を交して下さった。その上出来上ったばかりの新号をさしあげるとおっしゃったので、恐縮しながらも有難く頂戴した（その日は幸運が続いたなぁ……）。私は美術館行きが午後すぐに控えているので、急いでざっと棚を眺めた末、珍しいと思われる木村荘八『未来派及立体派の芸術』（四版、天弦堂、大正四年）と臼井喜之介編『随筆京都』（臼井書房、昭和二十四年、重版）を見つけ、さし出すと、これも少し割引して下さった。重ね重ねの御親切に感謝しつつ、おいとました。

　帰りの難波行き特急車中で、早速いただいた『Ｋａ

『Kalas』36号、2018年

ｌａｓ』のどこから読もうかと、今回、六話ある取材話のエッセイをパラパラ頁をめくってゆくと、その中の「深い足跡　藤田明さんに聞く津の活字文化」と題する文中に、何と、前述した今井貞吉の名前が出てくるではないか！　私はあっと驚き、ドキドキしながら、その七頁にわたる一文を夢中になって読みふけったのは言うまでもない。実はその前文の一話にも、序奏に当る記述があり、西屋氏は、伊勢市の「古本屋ぽらん」さんから、あなたの興味に合うのでは、と取っておいたのをいただいた今井貞吉の小説『鄙歌』を読み出し、そこに丁寧に描かれている、今は失われた戦前の津の風景にひきこまれていったという。

　その小説を読了した氏は今井貞吉への興味が深まり、その後、二冊の貞吉氏関係の資料本を探し出した。一冊は今井氏と交流の深かった故岡正基氏の『三重ゆかりの作家と作品』（二角獣社）で、二章をとって貞吉氏の人と作品を紹介している。もう一冊は私も言及した『芸術三重』（昭和五十六年、二十三号）の「今井貞吉特集号」である。こちらは、古本屋用の倉庫から偶然出てきた一冊だそうだ。この特集中の今井氏との対談相手も岡氏であった。この貴重な二冊を読み込んだ上で、三重や津の歴史文化に詳しい生き字引的な存在である藤田明氏を紹介してもらい、インタビューしている。藤田氏は昭和七（一九三二）年東京に生れ、第二次大戦末期に疎開で津に移住。以来、三重県内各地で高校の国語教師、短大や三重大学の非常勤講師を長く務めてきた。岡氏とは同人誌の仲間でもあった。現在は津市の総合文化雑誌『津市民文化』の編集や執筆、全国小津安二郎ネットワーク顧問など幅広く活躍している方である。藤田氏も今井氏と交流があり、その印象を次のように簡潔に語っている。「今井さんとはバスで時々顔を合わせました。どちらかといえば小柄な人でしたね。（中略）最晩年に妹さんと住んでいたのは結城神社の近くの粗末な家でした。ロマンチストでね。浮世離れした人でした」と。

　前述の二冊の本とインタビューからまとめて、西屋氏は貞吉氏の生涯を紹介しているが、その中で私が書けなかった事実を若干転記しておこう。

まず、貞吉氏は津市八幡町で砂糖商を営む裕福な家に六人兄弟姉妹の次男として生まれている。父の死後は兄、俊三氏が父親代りになった。兄弟が東京時代に交友したのが横光利一、小林秀雄、中原中也、中島健蔵などで、大物文学者がズラッと並んでいるのには驚かされる。俊三氏が昭和十二年に刊行した『饗宴』も『壁』と同様、野田書房刊である（小林秀雄あたりが野田書房に紹介したのだろうか）。小林秀雄は昭和十四（一九三九）年に来宅して一泊し、兄弟が鳥羽を案内したという。貞吉氏が戦後に発表した作品には『あるばとろす――高橋新吉』『あの頃は――中原中也の投げ節風の回想』『燕子花』『辻潤』などがあり、これらは版元の記述がないので、おそらく私家本だろう。文学者との交友記で、どれも面白そうだが、三重の古本屋ででもなければ、めったに出てこない代物だろう。戦後は病身の俊三氏と妹の生活を一身に背負い、県警内の文芸誌『あさあけ』の編集や、執筆、自作の絵を売ることで主に生計を立てた、とある。

西屋氏は最後に「この街で故きを温ねるためにどの道を遡ろうとも、そこには多くの先駆者が付けた深い足跡が残されている」と印象深く記している。

さらに、巻末のカラスブックスの本を紹介した「まちの古本棚」には、何とその後、手に入れたのか今井俊三氏の『饗宴』も棚に飾られている。現在、読書中とのことで、その感想も伺いたいものである（さすがに、これはすぐに地元の郷土史家に売れたそうだ。残念！）。

なお、巻末に十年間季刊で発行してきた『Ｋａｌａｓ』は今後、不定期発行になるとのあいさつ文があった。今後は締切りに縛られないゆったりした雑誌づくりを目ざすそうだ。西屋氏の今後のいっそうの御活躍を祈ります。

それにしても、私が本篇の草稿を事前に送ったわけでもなく、書いたことをお知らせもしていないのに、西屋氏が別のルートで今井貞吉氏と出会い、独自に今井兄弟のことを調べて書かれたとは！　これも不思議な共時性（シンクロニシティ）の体験であろう。

（二〇一八年十二月一日）

註

（1）実は、本書の出版後、またもや林哲夫氏から教えられたのだが（感謝！）、棟方志功の『板極道』（中公文庫）所収の「忘れえぬ人々」の中にも、この店の主人、西垣光温氏のことが書かれている。棟方氏は自分の板画作品にほれこみ、最初に営業的に世に送り出してくれたのが西垣氏だったと明かし、感謝をこめて書いている。谷崎潤一郎を初めて紹介してくれたのも西垣氏だった。大阪へ来れば、よくこの店の二階に寝泊りしていた、とも。他に書く機会がないので、ここに記しておく。

（2）今は亡い古本屋の内部空間の資料として貴重なので、福島氏が引用している野間氏の文章と福島氏の描写を再引用しておこう。

「この十二段家書房は、野間宏氏の『青年の環』のなかにも、『この難波近辺には珍しく最近新しく出来た小ザッパリしていて明るく本の数も表通りの店よりも多いし、その種類をとりそろえている書店』『新刊書と古書を共にあつかう十二段家書店《ママ》』などと実名で登場するが、店のなかは、新刊本の書棚が立ち並び、ところどころ中国風の壺などを置けば似合いそうな、硝子張りの黒檀作りの方形の棚が設けられてあり、私などにはとても手の届きそうもない帙入り本、和綴じ本などが飾られてあった」と。

詩同人誌『季』で二詩人の追悼号を読む

——清水健次郎、備前芳子のこと

　二〇一七年四月初旬、恒例の神戸三宮、サンボーホールで開かれた春の大古本展に私は珍しく早めに出かけたが、それでも会場に着いたのはお昼前であった。まっ先に向かったのは尼崎の「街の草」さんのコーナーである。というのは以前からお店でも、故杉山平一氏の旧蔵本をチラホラ見かけており、この古本展でもいろいろ見つかるのではという期待があったからである。書友のお二人と昼食やお茶の休憩を挟んだが、残りの大半の時間、「街の草」さんの本を主に熱心に点検していった。

　その前に、私は新刊の『編集者の生きた空間』（論創社）の中で、砂子屋書房時代の大木実が出した第二詩集『屋根』（一九四一年）にも一言ふれているが、その本が今回の合同目録の「街の草」さんの欄に安く出ているのを見つけて注文しておいたところ、当たっているのを店主の加納さんから聞き、うれしくなった。中を見ると、扉頁に「平一」の印が押されていたので、本書も杉山平一氏の旧蔵本なのだと分り、二重の喜びであった。本書には後ろの見返しに「大阪、梅田、阪急百貨店書籍部」の店名シールが貼られているので、おそらく戦後、杉山氏がそこで購入したものと思われる。

　さて、今回、コーナーの端に積まれていたのが詩同人誌『季』（関西四季の会発行）と『文学雑誌』のバックナンバーの一部だった。後者では、四十三号（一九六六年十一月）と四十四号（一九六七年十一月）が見つかり喜んでいる。というのは、これも今度の私の本に書いた創元社時代の上司、故東秀三氏の未読の小説、前者には「素顔」が、後者には「柳川雨情」が各々載っていたからだ。これから読むのが楽しみである[註]。

さて、『季』は、私は初めて見る雑誌なので、順々に繰って中身の目次を眺めていった。『季』も杉山氏の旧蔵書らしい。表紙・扉絵も氏の味のある線描画である。すると、杉山氏の詩と並んで、後期の同誌には毎号のように清水健次郎氏の様々な英国詩人の訳詩が載っているのが分かった（初期の号には、主に自然を詠った氏のオリジナル詩が収録されている）。私はとたんに「あっ、この人はどうも見覚えのある人だな」と思い当った。一瞬、記憶をたどってみると、私が昔出した『関西古本探検』（右文書院）の中で「淡路島出身の女性歌人、川端千枝」を書いているが、そこにこの人の名もたしか出てきたな、と。近年、ますます物忘れ、とくに人名忘れがひどくなってきた私だが、一度本に書いた著者の名だけはどっこい、ちゃんと憶えているようだ。私は懐かしい人に再会したみたいな気になり、『季』バックナンバーの中から、清水氏関係の号を五、六冊選んで買って帰った（もっとほしかったのだが、一冊三百円なので、予算上雑誌ばかり多くも買えないのだ）。

帰宅して前述の私の本に早速当ってみると、川端千枝に関心をもったきっかけは、梅田地下街にかつてあった萬字屋書店（現在は紀伊國屋北側の筋で営業中）の均一台でたまたま手に入れた清水氏の『麦笛』という私家版の詩文集の中にあった、同郷の歌人、川端千枝について書いた文章を読んだからだと分った（この本も、いつのまにか手離してしまい、今は手元にない）。そこにごく簡単に清水氏の略歴も書いている。明治四十年淡路島に生れ、大阪外大英語科卒の人で、わが大先輩に当ると。本書には同人だった百田宗治主宰の椎の木社から清水氏が若い頃出した詩集『欠伸と涙』や『雪のおもてに』『失ひし笛』の作品（いずれも私家版）も再録されている、と。「戦後は「関西四季の会」に属した人だ」とも書いてあったのだ。ただ、川端千枝のことを紹介した文章だから、清水氏に関しては、それ以上の詳しいことは書いていない。

さて、『季』の大きな収穫は八十四号（二〇〇一年五月）の「清水健次郎追悼号」である。この号から、清水氏は二〇〇〇年に九十三歳で亡くなったことが分った。『季』の編集人の一人、矢野敏行氏の追悼文によれば、清水氏は『麦笛』以後も『薄陽』『愛日集』『吾亦紅』を出していて、いずれにも氏の写した魅力的な写真やパステル画が入っている。この三冊には英詩の翻訳が多く含まれているという。（これらはいずれも私家版で、残念ながらネットの「日本の古本屋」にも一冊も出てこない。実は後日、これら三冊を「街の草」さんで幸運にも手に入れることができた。私には奇跡かと思われる収穫であった。読後感はいずれ又の機会に……）杉山氏も巻頭に「清水さんの翻訳詩」を寄せている。杉山氏は、翻訳詩は原詩の言葉のひびきを消してしまうので苦手で、荷風や堀口大学などの特定の詩人訳のしか読まない。しかし、清水氏の訳はどれもすばらしく、清水さんらしい詩になっており、愛読した、と書いている。やはり編集同人の舟山逸子さんは、その追悼文に、清水さんは梅田の太融寺で開いていた『季』の合評会に、毎回遠い淡路島から欠かさず参加され、静かに話される、二十代であった同人たちにとっては、あたたかい父のような存在であった、とその死を悼んでいる。この想いは他の同人にも共通のものであったようだ。

最初に京都で開かれた「関西四季の会」に参加したとき、すでに六十歳を過ぎていたそうだ。矢野氏の回想によれば、清水氏は国鉄京都駅から河原町の会場までリュックを背負って歩いてきたという。

もう一つの重要な『季』の収穫は一九九九年春刊の八十一号である。杉山氏のエッセイ、「八十一」によれば、氏が戦前属していた堀辰雄が中心の『四季』は一九三三年（昭和八年）創刊、一九四四年（昭和十九年）に八十一冊で終刊したのだが、戦後、一九六七年十二月に丸山薫が第四次『四季』を創刊し、潮流社から十七冊を出し、一九七五年、丸山薫追悼号をもって終った。（たまたま、私が以前入手した戦前の『四季』一九三九年（昭和十四年）九月号が手元にあるので、その書影のみ掲げておこう。）それを引継いで、東京では『詩』（後に改題して『東京四季』に）、関西では杉山氏を顧問格に『季』が生まれた。その『季』が八十一号

『四季』49号、1939年

『季』93号、2010年秋

に達して記念号を出すまでに至った感慨を綴っている。本号の巻末には一九七四年十二月に創刊された『季』の八十号までの目次細目がまとめられている。これを見ると、同人外からも大木実——前述の私が入手した杉山氏の蔵書も、早くから大木氏を評価していた証だろう——、片岡文雄、小山正孝、玉置保巳氏らが寄稿していたのが分る。玉置氏は逆に、昔の『詩学』（一九九一年六月号）に「映像の詩人、杉山平一」と題して、敬愛する杉山氏の人と仕事を紹介している。とくに私が注目したのは、私が『ぼくの古本探検記』で紹介した大阪、十三のすぐれた詩人、清水正一氏も二回、寄稿していたことだ。十号にはエッセイ「詩集『ぜぴゅろす』散歩」が、二十三号には詩「秋の歌」と「オーサカの日曜日」が載っており、今回手に入れた。前者は清水氏独自の鋭い杉山平一論である。清水氏は杉山氏から依頼されて『杉山平一詩集』（思潮社）の解説も書いている。

八十一号には清水健次郎氏が貴重な「想い出」三篇を寄せている。私が以前紹介した略歴では触れていない事実を書いておこう。

清水氏は一九二七年（昭和二年）、大阪外大英語科卒業後、福井県三国の高等女学校で十七年間ほど英語の教師をしていた。一九四四年春、妻が難産で急死、さらに四人の子供のうちの末娘を五歳で疫痢のため亡くしている。『季』八十三号の、氏の絶筆となったエッセイ「死と少女」には、その折の体験がありのままに語られている（妻と娘を続けて失った私にはまことに身につまされる文章である）。

氏は、しばらく沈痛をきわめたが、その年の九月、詩友の畠中哲夫氏に誘われて、当時三国に疎開していた三好達治氏を初めて訪問し、知遇を得る。ほどなく三国の学校から故郷、淡路島への転勤が決り、三好氏にお別れの挨拶に出かけた際、三好氏から「関西に帰ったら『アマガサキセイコウ』の副社長、杉山平一君を訪ねたまえ」と杉山氏への伝言を頼まれる。淡路島への転任後、勤務校の女生徒が尼崎製麻工場へ勤労動員されていたので、一日、休みをとり尼崎へ出かけ、そこで空襲に遭う。すぐ生徒達の淡路島の工場への転勤を兵庫県庁で交渉し、大へん苦労して生徒達を漁船（！）に乗せて全員帰宅させた体験を語っている。杉山氏とはそのとき結局会えなかった。入れ違いに、杉山氏の工場は福井の三国に移転して、杉山氏は旧知の三好氏と往来するようになった、とも。

さて、私が一番驚き、またうれしかったのは、最後に綴られていた、それ以前の若き頃の交友関係の話である。氏はこう書き始めている。「昭和初年、神戸から出ていた詩誌『羅針』を私は発刊当時から手にしていた。その中で福原清の詩を一番好み、ついで山村順、竹中郁などの人々と親しい通信をつづけていた」と。氏が『羅針』の詩人たちとも交流があったのをこれで初めて知った。さらに次の一節にも出会ったのである。

「青山順三という東宝映画に関係していた方が私の近くに住まわれ親しく往来するようになった」と。こちらは戦後、両氏とも淡路島に住むようになって以後の回想と思われる。青山氏も、私の『編集者の生きた空間』の中で度々登場してもらった方で、竹中郁や坂本遼など、若い頃から関西学院大英文科の同級の詩人たちと交友があり、一方、晩年は林喜芳氏らの同人誌『少年』にも加わって寄稿していた人なのだ。いわば神戸文芸史の隠れたキーパースンのお一人である。その青山氏とも交友があったとは！　竹中郁氏とはその後一番親しくなり、『季』の集まりにも、お願いして度々出ていただいた。氏の第四詩集『故郷《ふるさと》の藜《あかざ》』（一九五〇年）は、竹中氏がかかわった児童詩誌『きりん』の出版元、西梅田にあった尾崎書房から竹中氏の口添えで出されたのだという。これも私が『関西古本探検』で尾崎書房について一文を書いたとき、書房の最後の刊行本として書名だけは入れておいたものだ。またしても、人間関係の縁の不思議さに出会った、今回の古本体験であった。

　最後に、清水氏の多くの詩の中から選び出すのは大へん困難で迷うところなのだが、氏の詩集も私家版で、今では入手できないので、わずかでも紹介する意義はあろう。ここでは『季』二号（一九七五年春）に載っていた短い詩を三編のみ引用させていただこう。その二編に本が出てくるのが私には好ましい。

秋　日

日は照ったり翳ったりして
やがて庭の落葉をたたく
時雨の音――
私はアミエルを二頁読んで栞を挿む

書庫にて

逃れ去ろうともがけばもがくほど
執念くからみついてくるもの――
読み棄てて積ったこれらの書物
ふりかえることは楽しみなのか苦しみなのか

小　鳥

――T・Tのために

冬空に谺する銃声をきいて

森の奥深く分け入ったけれど
裸木の梢にわずかな薄陽がさすばかり
ああ　もう遠い小鳥の啼声

ところで、『季』の同人には、編集人の小林重樹氏、矢野敏行氏、舟山逸子さん他、私が入手した最後期号（二〇〇五年春・八十七号）では十二人いるが、その中に偶然、私がその詩集を以前から入手していた方が二人もいるのに気づいたのである。備前芳子さんの『欹席』（編集工房ノア、二〇〇二年）と杉本深由起さんの『ふうわりと』（編集工房ノア、一九九九年）である。どちらにも杉山平一氏の序文や跋文が付いていたので、いい詩集だろうと見当をつけて買っておいたのだ。ちなみに『欹席』のカバー絵は、『季』にも使われた杉山氏の〝道〟を描いた線画である。杉本さんは略歴によると、一九六〇年大阪生れの人。近年、絵本や児童文学の分野でも活躍されているようだ。この点で、私が既刊本で紹介した大好きな神戸の詩人、尾崎美紀さんの歩みにも似ている。

詳細な紹介は今は省略するが、どちらも平易な日常のことばを用いて、ハッとさせられるような深味のある詩を書いている。

ここでは、杉本さんの詩集『ふうわりと』から一作品のみ、全文紹介しておこう。比喩として蔵書印が出てくるのがおしゃれではないか。

Ｋｉｓｓ

あなたは
わたしに
Ｋｉｓｓをした
ぼくのものですって
蔵書印を押すように

わたしも
あなたに
Ｋｉｓｓをした
けれども　それは

切手を貼るように　かな?

宛先のない手紙
空のポストに投函された小鳥
それが　あなた
そして　わたし

愛用の書棚で黄ばんでいく
読み古された本　ではなく
いつも新しく
開封したい
されたい

地球をひとまわりして
もし　また
いつものように
お互いの手元に届いたら、ね
グッド　ラック!

『季』は現在も続いているようである。今後も探求してゆきたい同人誌である。（二〇一七年四月十日）

追記1

以上を書き終えて二、三日後、私のもとに松原市在住の宮井京子さんが編集・発行している小冊子『本と本屋とわたしの話』十二号（二〇一七年四月）が届いた。この冊子は年に二回の発行で、毎号宮井さんに依頼された本好きの人たちが数篇の好エッセイを書いていて、私の知人では古書店「街の草」店主の加納成治氏や詩人の小野原教子さん、画家の戸田勝久氏も寄稿している。部数は百五十部くらいらしい。関西の数件の古書店に置いてある。実は私も今号に初めて書かせてもらい、JR福島駅近くにある小さな古本屋「トランペット」のことを紹介したのである。

最初に何げなく巻末にある宮井さんのエッセイ「生涯の詩集」を読んで、あっと驚いた。彼女も前述の備前芳子さんの詩集『欽席』をたまたま元町、トンカ書店の「詩人と本棚」即売展で見つけて手に入れ、大へん心に残るいい詩集だと紹介していたからである。そこに『季』に備前さんの追悼号があり、二〇一〇年に出ている、と書かれていたのだ。そうか、すでに彼女は亡くなられていたのか！（合掌）。私が探したバックナンバーの中には、その号はなかった。とすれば、備前さんが遺した、唯一冊の詩集なのだ。大切に愛蔵しようと思う。

なお、書き終えてから知ったのだが、インターネット上に、元『季』同人の詩人で詩集のコレクターでもある中嶋康博さんが、清水健次郎氏の戦前の詩集から多数の作品やエッセイ「百田宗治の思い出」などを引用して詳しく紹介しているので、興味のある方は参照して下さい。（「四季・コギト・詩集ホームページ」http://cogito.jp.net/）最後の方に、ここで紹介した『季』の清水健次郎追悼号からも引用されている。

（二〇一七年四月十四日）

追記2

ゴールデンウィークの半ばに私は宮井京子さんと淀屋橋でお会いした。というのはいただいた五冊の冊子は書友の人たちに配ってすぐになくなってしまったので、もう十冊注文しておいたのを手渡してもらったのだ。一冊一冊手造りなので、なかなか手間がかかるらしい。その折伺った話によれば、宮井さんは一九九四年秋より五、六年間、大阪文学学校に通い、詩のクラスで高階杞一氏（『キリンの洗濯』でH氏賞受賞）に学ばれたこともあるそうだ。どおりで、好みの本の傾向といい、冊子に書かれるエッセイといい、文学修行された方のセンスのよさが伺える。

冊子を受け取るとともに、何と、前述の『季』の備前芳子追悼号（九十三号、二〇一〇年十月）をさし出され、贈呈して下さったのである。彼女の話によれば、三月に大阪の帝塚山学院大で「杉山平一と花森安治」展が開かれたので出かけていったところ、会場におられた杉山氏の娘さんから、居合わせた『季』編集人の一人、矢野敏行氏を紹介された。そこで、備前さんの追悼号のことをお尋ねしたところ、「送ってあげましょう」ということになった。前後して、武庫川の「街の草」さんでも、店にあったバックナンバーの中から同号を探し出してもらったという。こうして二冊入手できたので、その一冊を私に贈呈して下さったのだ。まことに有難く、喜んで頂戴した。

　私は早速、追悼号を感銘深く読んだ。ここではごく簡単に紹介しておこう。巻頭に杉山平一氏の追悼文が載っている。「いつも、後ろに隠れて声低くしていた備前芳子さんが、詩集『欽席』を遺して、ひっそりと亡くなった」と書き出されている。備前さんは杉山氏が帝塚山短大で、映画芸術論の講義をしていた折の古い受講生であった。十四、五年後に、杉山氏が神戸新聞の詩の投稿欄で選者をしていた際、匿名でたびたび入賞する女性に注目していたが、その人があるとき備前さんだとわかり、びっくりされたという。彼女は杉山氏の詩と人柄を慕って『季』同人になった。その後、貯金が少したまったので詩集を出したいと相談され、大いに賛成した。詩集のあとがきによると、杉山氏はワープロを打ってくれる知人を紹介して下さったり、編集工房ノアからの出版を勧めて下さったりしたという。矢野氏の一文によれば、杉山氏との師弟関係は優に五十年を越えているそうだ。杉山氏は「私の詩に似た作品が多く、（作品名をあげているが中略）私もこういうものを書きたいと思わせられる」とまで絶讃している。その杉山氏も今は亡い。

　詩集のタイトルになった「欽席」は、杉山先生の授業で出欠を採るとき、ハイと元気よく返事をしたつもりなのに、声が低いのでうっかり欠席になってしまった切ない体験を描いている。矢野氏はこのタイトルが「いかにも備前さんの、この世での在り方を表しているように思える」と述べている。確かに彼女を象徴するような作品だと思う。その人柄は、同人の杉本深由起さんが追悼詩で描いている次の二節に的確に示されていよう（／で改行）。

「不器用で／けれど　ひたむきで誇り高かった／哀しくて／けれど　ほんのりと明るかった」

「人恋しいくせに／人が好きな／はにかみやの少女のような／あなたを／私は好きだった」と。

　追悼号に年譜もないので、家庭をもっていた人なのか、どんな仕事をされていたのか、何歳で亡くなったのか、私には全く不明である。それでも、追悼号を読めば、同人の詩人たちすべてから愛された存在の人だったことが充分伺える。

　ここでは、詩集の中から、私が魅了された作品を二点だけ紹介するに留めよう。

自画像

バスの窓から見ていると
交差点で信号待ちしている
老犬がいる
きまじめな顔付きをして
青になるのを待っている
何処かで見たような顔だけど
思い出せない。

沈黙の歌

こんな汚い台所の片隅で
ひっそり生きている
こおろぎよ
仲間は裏の草叢で
にぎやかに大合唱中なのに
ひとり集団から離れ
おまえは
なぜ歌わないのだ
なぜ黙っているのだ
暗い電灯の下で
ふるえている
その細長いひげの先の孤独
そんなものをまだ噛みしめていたのか
ケチくさい悲哀を

（二〇一七年五月七日）

追記3

後日、また「街の草」さんで手に入れた『季』八十五号（二〇〇二年冬）に、矢野敏行氏が「備前芳子詩集『欽席』に寄せて」を書いている。備前さんの詩を五作品引用しつつ、同じ詩人らしい眼でその本質を捉えた、大へん的を射たエッセイで、私共も大いに共感させられる評言に満ちたものだった。ここでは、とくに印象深かった冒頭の文章をそのまま引用させていただきたい。

「ひっそりと、気がつけばそこに居る、という風に、いつも備前さんは、詩を書いておられる。自分を声高に主張するのではない、かといって、そこにただ立っているだけ、ということでもない。この世に自らの占めている空間を、いとおしみ、そこで、繊細な感受性のアンテナをいつも張って、生きておられる」と。

同人の詩人からもこのような温かく的確な評価を得ることができた備前さんは、ある意味で幸せな方だったと思う（それも、追悼号でなく、詩集出版の直後に書かれたものだから）。

（二〇一八年四月四日）

追記4

二〇一八年三月末、神戸、サンボーホールで開かれた春の大古本展に、初日、所用があってまたもや遅れ、会場に着いたのは午後二時を過ぎていた。二、三の書友の方のあいだで午前中、わたしの姿が見えないので少々心配されていたという話も伺った。まことに光栄なことだが、古本者としては失格かも知れない……（苦笑）。

早速、「街の草」さんのコーナーで沢山積まれている同人雑誌類を主に漁り、未見の『季』二冊や、初見の『山の樹』二十五号（一九六七年一月）――これは東京国分寺市で発行の詩同人誌で、鈴木亨氏が編集人。ここに杉山平一氏がエッセイ「中原中也と風」を出しているし、大木実氏が「鎌倉の本屋」という詩を発表しているのを見つけたからである。「本屋」は古本屋のことで、その詩の最後は「ことしは友だちの詩集をみつけて二冊買ったが／ちくしょう　僕のもある　誰が売ったか」と結ばれている。まことに正直な感情吐露で、私も本音では、共感するところがある。もっとも、一方で他の人に買われて読まれたら、それもいいなという寛容な（?）心も持ち合わせてはいるが。

さらに見つけた創作と批評の同人誌『頌』十一号（一九九八年八月）では、林哲夫氏が「レ・マンディアン」という、十八年ぶりに訪れたパリの印象記を書いている。平気で物乞いをする普通の青年や少年、老女の意外なふるまいの見聞記で、面白い。あとは、東京四季の会の『詩』（季刊十号、一九七七年）と沢山あったなかから『輪』九十五号（二〇〇三年）も。前者にも、杉山氏や大木氏の詩があるし、私がうれしかったのは、かつて『関西古本探検』で一寸紹介したことがある高知の古本屋たんぽぽ書店店主で詩人の片岡千歳さんが「『ぜぴゅろす』感想」のエッセイを一頁（二段）書いているし、清水正一氏も、杉山氏の詩集『ぜぴゅろす』にふれて、エッセイ「けさオーサカで西風がふいたよ」を同じく一頁載せていたことである。杉山氏の作品に即して、その魅力を独特の清水節で語っている。

片岡さんは若い頃、神戸で働いていて、「月曜詩話」のグループに参加しており、その指導的立場の詩人が杉山氏であった。この一文で、「ぜぴゅろす」が〝西の微風〟という意味のことばであることも初めて知った。さらに『輪』も求めたのは、中をたまたまのぞいていたら、昔、片岡さんの少し後輩であり、同じ『月曜日』の同人だった山南律子さんが「愛の詩」という三段一頁のエッセイを載せているのが目に止まったからである。山南さんは、ひと頃『輪』の同人であった。この一文で片岡さんから送られて来た、亡き夫君片岡幹雄氏の作品集から「カワヤナギ」の一節を引用しつつ、片岡さんとのこれまでのつきあいや彼女のその後の高知での活躍ぶりを伝えている。山南さんは若い頃、尼崎に住んでおり、片岡さんもキャラメル会社の尼崎寮に住んでいたので仲良くつきあっていたという。キャラメル会社というのが、私には初耳であった（そういえば、佐多稲子も処女作の小説『キャラメル工場から』を書いているなあ）。「何十年ぶりかで、梅田で出逢ったが、昔と変わらぬ笑顔の美しい人であった」

と書いている。さらに、一九九四年から季刊『生徒』を出していたというのも、私は知らなかった。千歳さんは二〇〇八年一月、七十二歳で亡くなった。

　またもや、前置きが長くなったが、私はこれらの雑誌を収穫して（一冊三百円）、レジにもっていった。丁度、加納さんもレジにいて、「注文の本、当ってますよ」と声を掛けて下さり、とても喜んだ。今回の合同目録でも「街の草」さんは私の好きな関西の著名詩人の詩集をいろいろ出していて、他にほしい本もあったが、私は一冊に絞って、城越（清水）健次郎『故郷《ふるさと》の藜《あかざ》』（尾崎書房、一九五〇年）のみを注文しておいたのである。実はその横に同氏の戦前刊の私家本、椎の木社発行の『雪のおもてに』と『失ひし笛』も載っていたのだが、各々が二万円、一万円と高価で、とても私には手が出ない（椎の木社刊の詩集は総じて高価に付いている）。その点、『故郷の藜』は二千七百円だったので、これなら何とか、と思ったのだ。それにこの詩集は、私が旧著で言及した大阪、尾崎書房の最後の刊行本でもあり、私にも縁がある本なのだ。なお、城越名は清水氏の旧姓で、そのへんの事情は不詳である（奥付の著者名は清水健次郎となっている）。氏は一九四六年に再婚しており、その際に改姓したのだろうか。

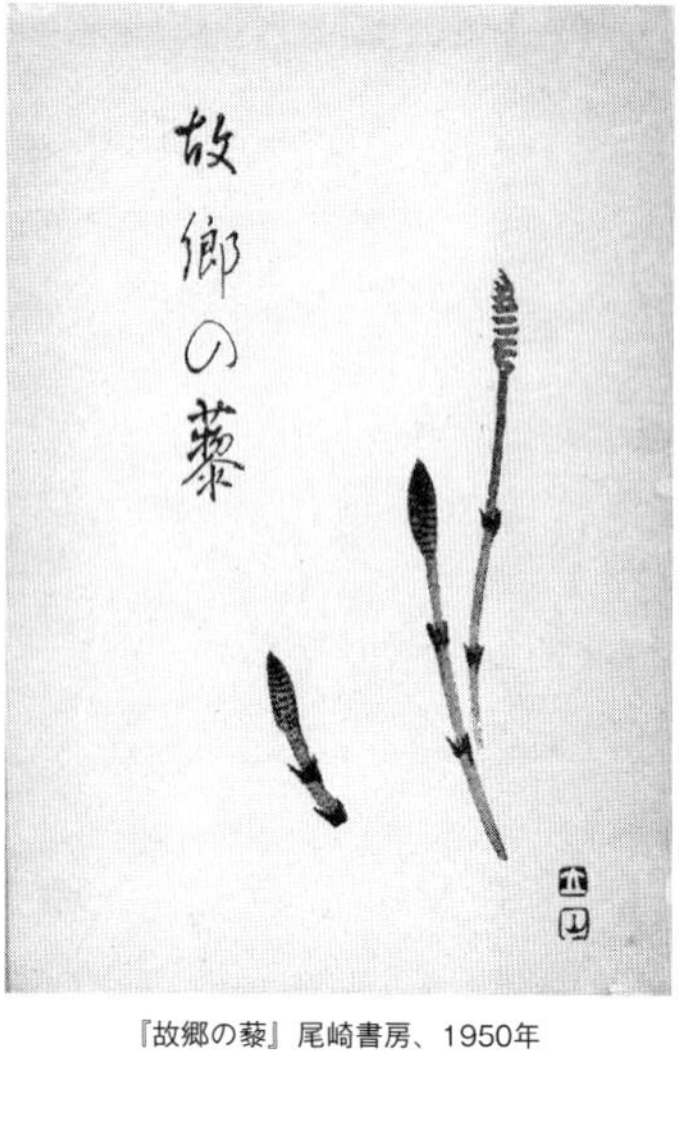

『故郷の藜』尾崎書房、1950年

　受け取った詩集を見ると、表紙は紙装で、五十六頁の、いかにも戦後まもなく出された詩集らしい簡素な造本である。表紙画は、不動立山という画家（？）のつくしを描いた墨絵で、題字は清水氏の筆。トビラ（タイトル）頁の次に一頁とって、上部に井上竹洞筆の「越前東尋坊の景」の図版、下段には百田宗治の序詩が載っている。百田氏は周知のように、初めは民衆派詩人の代表者として、後にはモダニズム詩を書き、児童詩の指導者としても活躍した詩人だが、古本ファンには、詩誌『椎の木』を主宰した編集者としても親しまれているようである。清水氏も戦前、『椎の木』同人として参加し、百田氏の指導も受けており、清水氏が長年住んでいた福井県三国へも、おそらく百田氏は招かれて訪れたことがあるのだろう。その折の印象を詩に描いたものか。百田氏の詩集に未収録の可能性もあるので、ここに引用させていただこう。

屹立した巌壁のおもてに
私は一つらねの文字を読んだ
書かれていない一聯の詩を
海が書き、波がうたつた古い昔からの
物がたりの一節を
波は静かで
空には鳶が舞つてゐる午後

——唐人防《ママ》にて

タイトルにある「あかざ」は、全く知らなかったが、国語辞典によれば「畑、荒地に自生する一年草で、若葉は食用になる」とある。本篇は、清水氏の経歴でも一寸ふれたように戦争末期から戦後にかけて、妻志津子さんと次女アユ子さんを病気で続けて失い、その上、長男も失明寸前でようやく手術によって回復するという三重苦の身近な体験をありのまま正直に詩に描いたものが殆どである。読みすすむうちに、胸がしめつけられる。氏も「あとがき」で、「感傷に溺れる愚と、現実に屈する怯懦を恥ぢながら、詩はやはり私にとって最後のものであった」と記している。このような苛酷な体験を何とか乗り越えられたのは、詩を書くことによるカタルシスの力が大きかったにちがいない。そうでなければ、戦後から晩年まで、意欲的で落ち着いた詩作活動など、持続できなかっただろう。

なお、巻末には長女ルミ子さんの、妹を偲ぶ「おもいで」と題する可憐な詩も二作、付けられている。

せっかく入手した詩集なので、ここでは氏の悲痛な叫びを歌った作品群ではなく、最後に置かれた「あられがこ」――あられがこ・越後九頭竜川の上流に住む魚――と題する印象深い作品を引用させていただき本稿を終ろう。自己の姿をこの魚に重ねて投影したもの、とも受け取れる。つまり、大自然の懐に抱かれて、流されていく自分をありのままに受け容れる、というふうに……。

あられがこ
仰向にねて
霰に白い腹を叩かせ
寒流を下るといふ

凍れる山脈を越え
枯木の梢をかすめ

眠れる家家の屋根を渡って
はげしく襲ふ霰の夜
荒れるものは荒れしめ
眠れるものは眠らしめ

あゝ霰に腹を打たせて
あられがこは河の面に浮いてゐるといふ

（二〇一八年四月十五日）

註

後者はすぐに読んだので、一言のみ言及しよう。大学時代にしばらくつきあって別れた女性――今は地元のテレビ局で働いている――と、社会人になって六年目に出張先の福岡、柳川で再会した男の揺れ動く心の様相がしっとりとした筆で描かれた佳作であった。私は以前、東氏は恋愛ものには手を染めなかった、と書いたことがあるが、初期にはこんな作品も書いていたのだと認識を改めたものである。

『季』に集う俊英詩人たち

――杉本深由起、小林重樹、舟山逸子、紫野京子、矢野敏行、奥田和子、中嶋康博ほか

　前稿で私は『季』の二冊の追悼号を紹介した。

　その後、『季』同人からも評価の高い杉本深由起《みゆき》さんの第一詩集、『キュッキュックックッ』（編集工房ノア、一九九一年）がとても読みたくなった。タイトルからして面白いではないか。しかし、何ぶん二十六年前の出版で、あちこち古本屋で探しても全く見つからない。たまたま、大阪発のユニークな雑誌『ぽかん』の六号発行を記念して、京都、恵文社で執筆者の一人、山田稔氏を囲むトークショーが開かれたので、珍しく遠くまで出かけていった。『ぽかん』女性編集者、真治彩さんとの山田氏の正直なかかわり方や今までの出版で編集者には恵まれたお話など、大へん興味深く拝聴した。その会場で編集工房ノアの涸沢純平氏とお会いしたので、雑談の中で思いきって杉本さんの詩集の在庫について尋ねてみた。すると、少々カバーの汚れた本だが、一冊位ならまだ倉庫にあるはず、とのお返事。喜んですぐに注文したのは言うまでもない（涸沢氏の御親切に感謝！）。

　送っていただいた詩集を見ると、一風変った装幀で、タイトルになったことばが出てくる「ははあん」と題する詩がカバー表、裏にかけて三カ所にレイアウトされている。読んでみると、これは「窓ガラスがきれいに磨かれてゆくときの音」なのだ。あとがきによると、杉本さんも、大学二年の秋、大阪の中之島図書館で、偶然杉山先生の評論集『詩への接近』（幻想社）――これは私も昔、手に入れ、実に面白く読んだ――

を読んで、大へん共鳴し、それ以来ずっと杉山氏に私淑してきたという。『季』には五十三号から同人として参加している。杉山氏も序文の中で、彼女が詩集を出すというので、喜んで序文を引受けたが、杉本さんの詩も、自分の詩に似ていて、まるで、私の作品のようなのがある。それらに妬みをおぼえるくらいである、とも述べる。それで、「杉本さんの作品をほめることが、自分の作品をほめるような気がして、かえって書きにくい」とまで書いている。読んでみると、たしかにもっともで、杉山氏が言うように「ウィットが面白く、そして明るく、素直で、前向き」な作品が満載されている。本当はすべて紹介したい位だが、ここでは私がその発想の斬新さにうーん、すごい、と唸った最後の一篇のみ、引用させていただこう。

言葉は

言葉は
紙ヒコーキのようなものでしょう
一つの言葉に
丁寧に折り目をつけて
祈るような気持で飛ばしたり
ときには荒々しく
続けざまに投げつけたり

わたしのこころ
乗せただけ　ひとつも
こぼれ落ちずに届くかしら
まっすぐに

さて、前述の『季』の備前芳子追悼号には、裏表紙の裏に同人、杉山平一氏の『巡航船』（編集工房ノア）と並んで、杉本さんの詩集『漢字のかんじ』（銀の鈴社、二〇〇九年）の広告が出ていた。私はこれもぜひ読みたいと思い、ふと思いついて、同人名簿にある杉本さんあてにファンレター（?）を書き、厚かましくももしまだ手元にあればゆずっていただけたら、とお願いしてみた（同人誌には必ず同人の住所名簿があるので、こんな時有難い）。

一ヵ月近くたって、杉本さんから突然電話があり、風邪が長びいてやっと回復したこと、自分の詩集を読みたい人が読んでくれるとうれしいので、贈呈します、とのお話。私は大へん有難く、お言葉に甘えることにした（いつもながら、ずうずうしいことです）。本書は、ジュニア・ポエムシリーズの一冊。様々な一字の漢字を三十二字取り上げて、その「語源や成り立ちにとらわれず、実感を大切に」自由に唱ったものである。例えば「器《うつわ》」の詩では、雨の日、器を表へ連れ出すと、口口口口が大きな声でたのしそうにうたいだす、というふうに。第三詩集『ふうわりと』でも、「女」や「座」の漢字について同じような試みをしたところ、まど・みちお先生からおほめの感想をいただいた。それで、この少年詩集も企画をあたためて出した、という。すべて面白いが、ここでは二篇だけ引用させていただこう。

涙

涙　ながすときには
ひっそりと　戸をしめて
でも
ながした　涙のぶんだけ
戸のなかで
大《おお》きな人《ひと》になって
戻っておいで

卒《そつ》

さいぼうぶんれつ！
卒という字《じ》のなかに
人《ひと》、人
いろんなことから

卒ぎょうするたび
さいぼうぶんれつして
おとなになっていく

あたらしいぼく
これまでのぼくから
うまれてこい
十《じゅう》も二十《にじゅう》も

如何だろうか。このように新鮮で柔軟な漢字の捉え方は今まで見たことがない。私はこの詩集を中学校の国語のサブテキストに用いて、先生が授業したら、生徒も面白くて喜ぶし、詩へのよき誘いにもなると思う。

本書の略歴によると、杉本さんは同シリーズで児童文学の賞を受けた『トマトのきぶん』も出しているし、絵本『やくそくするね。』や童話『やまだまやだあっ！』なども出している。ことば遊び的なタイトルからして、面白そうだ。これから続けて探求したいものだ。故杉山氏は、このようなすばらしい才能をもつ女性詩人を少なくとも二人も育てられた。私は、彼女たちが一般の読者にももっと全国的に知られるよう、切に願っている。そのために、拙文が少しでも役に立てたらうれしいのだが（日本の出版社は、それがわるいとは言わないが、人気が出た文学者や詩人の出版に力を入れすぎると思う。隠れた才能のある人たちにももっと光を当て、応援してほしいものだ）。

実は後日、『季』編集人の一人、小林重樹氏の小特集が載っている十四号（一九七八年冬）も「街の草」さんで手に入れた。このような『季』外部の読者にも同人の仕事を紹介する特集は私のような初心者には大へん有難い。これは小林氏の第一詩集『こわれやすい心象』から引用された四篇の詩、童話短篇「石山のトロッコ」、「宮沢賢治ノート」、同人の舟山逸子、福山良子、清水健次郎による小林氏の詩集『石に住む光』（花神社）評から成っている。舟山さんのエッセイによれば、小林さんの視線は、つねに「もの」や「生き物」の光をとらえると同時に、その「かげ」や「闇」をもとらえる、というのが主要なテーマになっている、として、例えば、次の詩をあげている。

日暮れ

朝の光が
わけへだてていったものを
日暮れは
ひとつひとつつないでゆく
木と木　空と山
私ともうひとつの私

なるほど、こういう日暮れの捉え方があるのか、と新鮮でハッとさせられる。舟山さんはまた「石山」という二篇を取りあげ、石工が石の闇を切り崩して内部の光を広げてゆく散文詩がとりわけ美しい、と紹介している。この詩集『石に住む光』のタイトルは、リルケの言葉から採られているそうだ。

　清水健次郎氏も巻頭の詩「石」が好きだ、と言い、清水氏の自宅の庭石も、山や渓谷で見つけた石、旅の途中のギリシャの丘のオリーブ林の中やポンペイの廃墟で拾ってきた石などを位置を決めて置いてあり、年々愛着が増してくる、といった自身の石体験を重ね合わせて感慨深く紹介している。ここに小林氏の「石」を再引用させていただこう。

土に耳をあてて
石はじっと
聴いている
雨の音
落葉の音
いちにちの遠ざかってゆく
音を

　実に余韻の残る印象深い作品だ。自分が石になり替って周りの音に聴き入るという発想の転換が独創的だと思う。いわば哲学的で宗教性をおびた詩ともいえようか。実際、小林氏自身も五十号の「同人の自筆プロフィール」の一文で、自分はキリスト教の部外者ではあるが、ある映画の中の次のことばを紹介して、「私の詩についても『神は少しずつしか話して下さらないのだ』という思いもする」と語っている。

小林氏は他にも神戸大震災の経験を唱った追悼と祈りの詩集『一行一禮』（月草舎）や『言葉の覆の下で』（関西四季の会）などのすぐれた詩集も出している。

さらに、創刊同人で編集人の一人、矢野敏行氏も『季』十五号で、前述の小林氏の第一、第二詩集を比較しつつ、紹介、批評している。矢野氏によれば、第一詩集『こわれやすい心象』の冒頭に置かれた「水の造形」が、十年を隔てて刊行された第二詩集『石に住む光』の二冊を貫く、変らぬ詩作姿勢を表す象徴的な作品だという。とても興味深いものなので、ここに引用させていただこう。

かたくなに
自己の形をたもとうとする
かたくなに
内にこもろうとする
五ミリの気魄
すいせんの葉先で
じっと
自分の重みに耐えている
水玉の気魄

小林氏の作品を一部のみ紹介したが、私はこの両書の詩のすべてを読みたい。しかし未だに見つけることができない。今後、ぜひ探求したいものだ。

ただ、たまたま私が入手した『季』五十三号に載っていた「内省」という詩も、私には大へん感じ入る作品なので、労を惜しまず引用させていただこう。

水たまりに星が映る

濁りを沈め
闇が色や形を消し
静寂がそのおもてを磨いてゆく

そうすると
ひとつのさみしい真理は
自分の中にあるのだ

夏の山径に入ってゆくと
蟬がいっせいに鳴き止む
神が人の耳をふさぐのだ

夜の眠りにおちる前の一刻
昼間かき消されていた自分が見えることがある
神が目かくしをほどくので

自然の何げない変化が内省の瞬間を生むという詩人の発想には感嘆し、凡人の私は教えられる。そこには思いがけない発見がある。これも深い宗教性を感じる作品だ。

　さらに、創刊以来の同人で――『季』を始めたのは二十代だったという――編集人の一人、舟山逸子さんの詩やエッセイもすぐれたものである。たまたま私の入手した八十七号に載っているエッセイ、「別れの準備」（洛西惜別）を読み、しみじみと心を打たれた。十九年間、京都洛西の、愛宕山が遠くに見える部屋でひとり暮しをしていた舟山さんが大阪の高槻市に引っ越す前の片づいた二週間、その部屋でこれまで生きた空間を回想して感慨深く綴ったものである。また詩では七十一号に載った「どこへ」にとくに魅了された。次に引用させていただこう。

夜毎　夢のふちを
大きな鳥のはばたきが
縫って行く
わたしのなかから
壊れてゆく記憶のかけらを
啄んで　遠くへ
運び去っていくのだ

夜毎　わたしは
記憶を失い

からっぽになっていき
どこか　遠い空間で
わたしの記憶の総体が
わたしを形作り
わたしが還ってくるのを
待っている

何かそこに、人間の内部空間の宇宙の壮大なドラマを見る思いがする。

詩集に『春の落葉』や『夏草拾遺』（いずれも花神社刊）などがある。

また、ヴェテランの詩人、紫野京子さんは清水氏と同様に、多くの英詩訳も載せている。『季』に長く連載された彼女が敬愛する様々な詩人、文学者、画家、宗教家についての深みのある評論的エッセイをまとめて『夢の周辺』（月草舎）を出している。これも探して、まとめて読んでみたいものだ。句集もあり、『季』に時々挿画も描いているので、多才な人である。詩集に『虹と轍』『火の滴』（いずれも月草舎）などがある。

最後に、もう一人だけ挙げておこう。『季』五十号に目を通していると、矢野敏行氏の書評エッセイ「中嶋康博詩集『夏帽子』メモ」が目に止った。巻末の同人名簿にも、中嶋氏の名前が見られる。「おやっ、この詩集と著者名にはどうも見覚えがあるぞ」と思って、雑然とした本棚の、詩集を割とまとめたあたりを探してみると、やはりありました、この詩集が！（七月堂、一九八八年）これで、読者としてすでにご縁があった詩人に三人も出会ったことになる。カバーはクリーム色の地にスミの文字をのせ、タイトルだけ薄緑色のすっきりした造りの詩集だ。扉頁と後ろにドイツ、十九世紀の画家、ルートヴィヒ・リヒターの家族交歓図を描いた可愛らしいカットが入っている。扉裏に「田中克己先生に捧げる」と献辞がある。あとがきに当る「覚書」を見ると、詩をつくり始めて間もない頃、未見の田中克己先生（『四季』同人）に詩稿をお送りしたことを想い出している。その先を読んでゆくと、「此度は自分も四季同人の末席者として」詩集を出すことになったと書かれている。最後に謝辞として次のように記されている。

「――（前略）――並びに遠方よりは折々のはげましの御言葉を賜りました杉山平一先生、『季』の先輩舟山逸子さんに対し、末筆ながら心より深謝の意を顕はせて頂きます。」と。

　私がこの詩集をふと古本屋で見つけ、求めたのもやはり、この杉山氏の名前が目に止ったからだろう。むろん、タイトルにも魅きつけられたからだと思う。中嶋氏は私の入手した『季』バックナンバーからはしばらくして同人名簿から消えている（後に、中嶋氏のお便りから、『季』には杉山平一氏の紹介で参加し、四十三号から五十号まで同人だったことが分った。現在も客員待遇の由）。割に詳しい略歴もあり、「昭和三十六年名古屋生れ。富山大学理学部卒。現在、台東区立下町風俗資料館勤務（非常勤専門員）」とある。詩人の学歴や職業も書いている略歴は珍しい。七月社の方針だろうか。その後、一九九二年より岐阜女子大学に勤務。最近まで同大学の図書館司書として勤めている。

　肝心の詩集の中身だが、矢野氏のいかにもふさわしい評言を大幅に借りると、「いわば、少年の夏休みの世界に」夏帽子をかぶって入ってゆき、「明るい光のそそぐ山地」を「リュックを背負い、クワガタ虫を手にして」歩んでゆくような気分にさせてくれる作品群、と言えよう。旧仮名づかいの手法が古典的だが、それもかえって私には新鮮に響く。矢野氏は献辞宛ての田中克己よりも「詩の向うに立原道造の姿がちらちらする」と述べている。

　せっかくの機会なので、ここでは私が面白いなと思った短い詩を三篇、引用させていただこう。むろん詩をつくる過程を童話的にたどった「Märchen」という作品なども捨てがたいのだが。

情事

ゐなかのお昼の道端で。輪生する百合の中に。

粉を一杯につけた虫が寝てゐる　ふたりで。

てんたうむし

実際にこいつは妙な液でシャツを汚すし
気も極端に小さくて　指先なんかでもぢもぢする
ゼンマイを巻きすぎたと思つたら
ぼろりとほら草莽《そうまう》に落ちた

怪談

深夜　ラムネのやうな透明の湯につかり
独りの老人がさびしげに軍歌をうたつてゐた
やせこけた胸板をはなれて
そのまはりをいつたり来たり
拍子をとりながら泳いでゐたのは
あれは手拭ひのやうに真白い彼の魂だつた

中嶋氏の詩集はその後出ているのだろうか。これから調べてみたいと思う。中嶋氏は前述したように、ネットで清水健次郎氏の仕事を紹介した人でもある。[註1]

以上、『季』に集うすぐれた詩人たちについて、ごく簡単に紹介してきたが、編集人の矢野敏行氏を始め奥田和子、小原陽子さんなど、まだまだいい詩を書く同人が控えている。多士済々で実力ある詩人の層が厚いようである。しかし、今回はもはや詳しく紹介する余力がない。またの機会を待ちたい。最近の『季』の内容も探求して知りたいものである。

（二〇一七年九月二五日）

追記1

その後、前述の紫野京子さんに関する収穫が二つあったので、労を惜しまず報告しておこう。

一つは東京の合同目録で、ひと葉書房に紫野さんの詩集『心のなかの風景』（花神社、一九八一年）が出ているのを見つけたので、注文したら幸いにも送られてきた。淡いブルーの函にバラのカットを配した題簽が貼ってあり、表紙は著者の名前にふさわしい濃い紫のクロス装、自装である。見返しに、ある著名な女性版画家への謹呈署名が入っている。おそらく交流があった人だろう。

　本書は紫野さんの第一詩集で、出版のことは何も分らず、花神社の大久保憲一氏に大へんお世話になった、と「おわりに」に書いている。ちなみに『季』同人の初期の詩集の多くが花神社から出ている。略歴によると、紫野京子さんは一九四七年生れ、とあるので、私と一年違いの同世代の方だ。出版年から数えると、三十四歳時の出版である。それまでに書いてきた詩から選んだとあるので、おそらく二十代後半頃からの作品群であろう。トビラには「亡き父母に捧ぐ」と献辞がある。五十六篇の詩が収められているが、いずれも平易な分りやすいことばが使われているのが私には何より有難い。

　内容はごく簡単にいえば、幼い子供を育てながら、愛する人（母親だろうか）や父親を続けて亡くした最中につくられた詩が多く、迷い、喪失の哀しみ、後悔、死者への深い想いなどが主に自然（とくに花）や風景に託して唱われている。内省的な作品群であり、私は通読して心を打たれた。おそらく紫野さんは詩を書くことによって、心のバランスや慰め、いやし、救いを得たのではなかろうか。最後の方にはキリスト教への希求や帰依も語られている。

　本書から二篇だけ、私の好みで引用させていただこう（本書の基調旋律とは少しはずれているが）。

手紙

心は私のいのちだから
赤いスタンドの手のない手に
それを委ねるとき
一番大切な宝石を手放すように
そっと優しく手渡す

愛は私のすべてだから
溢れる心を抱いたそれを
私の愛で封印する

私の心が汽車に乗り

私の心が船に乗り
私の心に羽根が生えて

それが伝書鳩のように戻って来るか
流れ星《ぼし》のように消えていくか
私は知らない

前述した杉本深由起さんの詩「言葉は」にも通じるものを感じる。

私も大切な人への手紙をこのように心をこめて書きたいものである。次は最後に収められた作品。

らぶ・ちぇいいん

はあとかずらという名の
吊鉢が　窓際にかかっている
英名をらぶ・ちぇいいんというそうな

この世でいちばん大切なのは
愛することだけなのです

さて、もう一つの収穫は、「街の草」さんで見つけた紫野さんの個人編集雑誌『貝の火』（創刊号、月草舎、一九九五年九月）である。雑誌の山の中から、すぐパッと目についたのが、淡いブルーを基調とする難波田龍起の水彩の表紙画だった。たしか『季』にも、紫野さんがこの画家についての評論を書いていたと思う。第一詩集から数えて十四年目の出版である。「創刊にあたって」によると、あの神戸大震災から一ヵ月あまりたって、この雑誌をつくることを思い立った。今を悔いなく「生きること」、そして「人とのかかわり」が一番大切なことをこの震災の経験から身にしみて感じたという。

内容は彼女の詩や評論の他に、田口義弘、本多寿、中正敏、村岡空、香山雅代の詩、そして「季」同人からも小林重樹氏が詩とエッセイを寄せている。さらにこの雑誌の目玉として、詩人、田中清光氏が長篇評論、「大正アヴァンギャルドの表現革命」――「マヴォ」

と『死刑宣告』――の前半を二段十四頁にわたって載せている。副題の両冊をユニークなリノリウム版画で豊富に飾った岡田龍夫についても詳しく紹介している貴重な力作だが、ここでは長くなるので詳細は省こう。執筆者のすべてが紫野さんと交流のある人たちであろう。

なお、誌名は宮沢賢治の童話から採っており、オパールの石の別称とのこと。紫野さんの誕生石でもあるという。この雑誌のその後の消息は今のところ不明である。又いつか見つけられたらと願っている。

（二〇一七年十一月五日）

追記2

私は右記の原稿を書いてから、ふと思い立って、奥付にあった『貝の火』の発行所、月草舎――ここは『季』同人の詩集をいろいろ出している――にＦａｘして、『貝の火』の消息やバックナンバーの有無を尋ねてみた（年代も古いので、現在もまだ月草舎はあるのかなと心配しつつ……）私は他のことはだらだらと先伸ばしする方だが、こと本に関するかぎり、思い立つとすぐ実行に移す性質《たち》らしい。うれしいことに、三日程してＦａｘの返信が来て、多数のプリントが流れてきた。それを見ると、発信者はあの紫野京子さんで、月草舎は彼女がやっているところなのだと分った。これによると、月草舎はホームページを開設しており、ここに『貝の火』全号の目次細目も掲載されている。そのプリントも送って下さったのだ。『貝の火』は二〇〇七年三月刊の十六号で終刊となっているから、十二年続いたわけである。その後は『惟《ゆい》』という

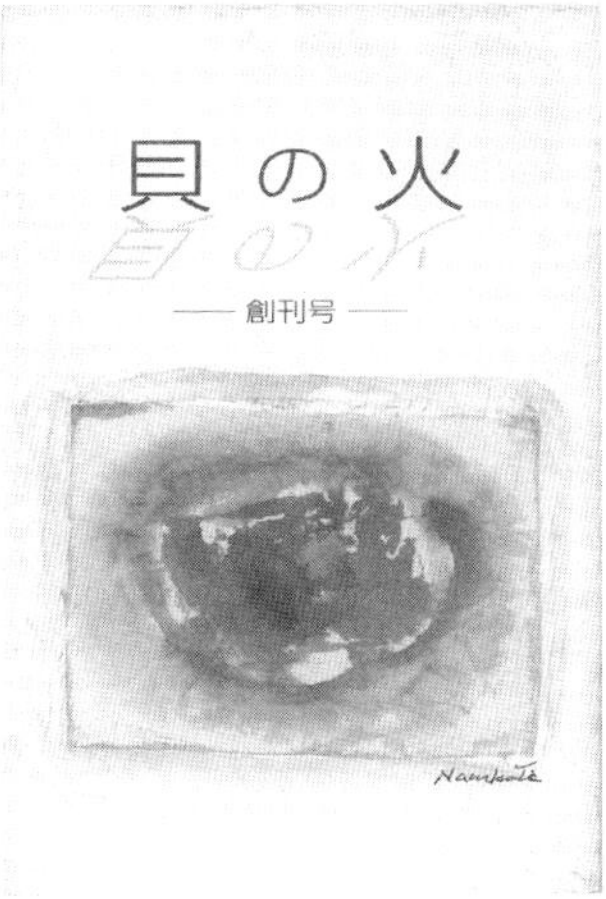

『貝の火』創刊号、1995年

三十二頁位の詩誌を細々と発行しているという。「目次」をざっと見ると、大体、毎号二十五、六人の人が書いており、杉山平一氏も時々、詩やエッセイを寄稿している。金井直、難波田龍起、藤村壮、田口義弘、村岡空、高野喜久雄各追悼号がある。

私は沢山読みたいのはやまやまだが、資金不足なので『貝の火』は田中清光氏の後篇がある二号と終刊の十六号のみを、詩集では柴野さんの『風の芍薬《ピオニア》』（二〇一〇年）、小林重樹『言葉の覆の下で』（一九九九年）を注文するのに留めた。送られてくるのを楽しみに待っているところである。

（二〇一七年十一月十一日）

追記3

十一月中旬、急に冷えこんできた日曜の午後、もはや恒例になった「街の草」詣で（笑）に出かけた。今回は二冊、珍しい本を見つけることができた。一冊は私の本でわずかに紹介したことがある兵庫、相生市の詩人、故高須剛氏の詩集『海へ』（相生、ガル出版企画、一九九九年）で、氏の畏友、黒田信次氏の相生湾を写した素晴しい数々の写真との見事なコラボレーションである。表紙の表・裏全面も相生湾の、郷愁を誘う美しい写真で包まれている。高須氏はこの詩集を「原郷発見への旅」と捉えている。

もう一冊は、これも私が『ぼくの古本探検記』（大散歩通信社）中の林芙美子のことを書いたエッセイで少し紹介した姫路市在住の故沖塩徹也氏の初期短篇集、『湖畔療養所』（私家版、一九九〇年）である。沖塩氏は戦前、若き頃、東京の雑誌社で編集者として林芙美子とも交流があった人で、戦後は『姫路文学』の中心的同人として活躍した。こんな本を出していたとはつゆ知らず、私は喜んだ。二冊ともこれから読むのが楽しみである。

つい、回り道をしてしまった。さて、収穫があったので、そろそろ帰ろうかと思いながらも、なお未練があって右側の棚の前に積まれた本の山脈をチラチラ眺めていたら、その一山の上の方に、何と、前述した舟山逸子さんの詩集『夢みる波の』（編集工房ノア、二〇一四年）が見えるではないか。しかも格安で！すぐヒモを解いてもらい、求めたのは言うまでもない。私は帰りの阪神の車中で、座れたのですぐ読み始め、たちまち引き込まれていった。梅田で乗り継いだ地下鉄で千里中央駅に着くまでに、読了してしまった。

　本書は略歴によれば、十七年ぶりに出された第三詩集のようだ。ごく簡単な内容の紹介になるが、本詩集は大切な人と別れた悲しみやさびしさ、喪失感といった感情が全篇に満ちている作品である。しかし、その事実をしっかりと受けとめ、再出発、再生への強い意思も表現している。とても格調高いものだ。きっと詩を書くことが心の支え、救いにもなったのだろう。舟山さんの大好きな画家、セガンティーニ、ベックリン、フェルメールのとくに目当ての作品を求めて、ヨーロッパの各美術館を訪れた折のエッセイも深みがあってとても印象に残る。ここでは、私の好みで二篇だけ引用させていただこう。

七月

時間が　ゆるやかに
過ぎればいい
静かに　わたしは
待とう
来はしないものではなく
わたしのために　きっと来るものを
その石段をおりてくるひとを
時間は　ゆるやかに
流れればいい
山梔子が匂い
わたしの誕生日も　来る
新しい時間が　きっと来る

来るものを待ちはしない
来はしないものを待っているんだと
うそぶいていた二十歳のわたしでなく
かなしみを知ったわたしが

待っている
静かに
待っている

次のは本書全体に流れるムードの中では異色の、ユーモラスな作品である。むろん、哀愁を伴う笑いだけれど。

アフリカのキリン

アフリカの草原を走っているキリンも　たまにはころぶ。ころんだきりんは　首をまわして
あたりの草をはみ　ころんでないふりをして　やおら　立ちあがるのだそうな。
ラジオで　そんな話をきいたとき　笑った（目のはしに　涙もわいた）。
キリンも　つくろったりするのか。人間のように
ころんでも
ころんでないふり。泣いても　泣かないふり。
痛くても　不幸せでも　頭をめぐらして　静かに
立ちあがる
アフリカのキリンに　わたしも　なる。

これは直ちに、私の好きな神戸の詩人、尾崎美紀さんの哀愁に満ちた詩「きりんのかなしみ」（『らいおん日和』所収）を想い出させる。註2

今回もとてもいい詩集にめぐりあったものである。

（二〇一七年十一月二十二日）

追記4

暮れもおしつまった二十五日、三宮で久々に旧友と忘年会を兼ねたランチをして別れ、帰りはやはり阪神、武庫川駅で降りて「街の草」さんに向かった。というのは前回、帰り際に幸運にも棚にあった寺島珠雄詩集『断景』（竹中労跋、浮游社、一九八六年）を見つけたのだが、あいにくその日は予算オーバーで、店主の

加納氏に取り置いてもらっていたのだ（このパターンが私には多いなぁ……）。それを受け取るだけで帰るつもりだったが、せっかくのぞいたのだからと欲を出し、もう少し本を漁ることにした。それが幸いしたのか、向いの倉庫前の古本の山々の一束を横から眺めていたら、どうも見覚えのある詩人たちの詩集の背が目についた。早速、加納氏に断って縛ってあるヒモをほどくと、中から前述した舟山逸子さんの二冊の詩集『春の落葉』『夏草拾遺』と矢野敏行氏の『薄明より』（花神社、一九八五年）が姿を現わしたのである。とくに矢野氏の詩集は私が初めて手にした氏の第一詩集であり、うれしかった。またも次回へ預かりかと思ったが、加納氏に伺うと、各々五百円でよいとのことなので、その場で手に入れることができた。

『薄明より』は箱入り、淡いブルーの布表紙で手ざわりもよく、いかにも詩集らしい造本。函とトビラのカットはあの堀辰雄にゆかりのある深沢紅子さんに依頼して描いてもらった優しい野の花があしらわれている。見返しを開くと、何と、私が別稿で書いた清水健次郎氏あての著者献呈本であった。おまけに、うれしいことに杉山平一氏の序文も付いている。杉山氏はまず、氏も属していた戦前の『四季』が戦後、スケープゴートになって戦争責任までも押しつけられたことに触れている。しかし、「全国に、ひそかに、この詩の正踏派を慕うものが、地下水のように、かくれて、せんせんと鳴っていたのである」と記す。矢野氏もその代表的な投稿者の一人であり、一九六七年、丸山薫氏が始めた復刊『四季』の投稿仲間と一緒に「関西四季の会」をつくった。それをもとに『季』を創刊した。あとがきによれば、本書収録の作品はすべて『四季』と『季』に掲載されたものという。杉山氏は、矢野さんの詩のなかに、「精神性を帯びて浄福の光が溢れて」おり、「音楽のようにひたひたと胸底に寄せてくる」水が流れている、と巧みに指摘している。そして最後に「しずかに大切にしたい詩集だ」と序文を結んでいる。

全体を通して、杉山氏も書いているように「光」ということばがよく使われており、これは『石に住む光』をまとめた小林氏の詩作にも何らかの影響を与えているかもしれない。敬愛する同人同士が影響を与え合うのは全く自然なことなのだから。

　本詩集から選び出すのもなかなか難しいが、私がほぉと感心し、これは面白いと思い、気に入った詩を独断でいくつか引用させていただこう。まず巻頭の若い頃の短い詩を二つ。

　　母

あなたは　柔らかい
タオル地の匂いがする
沈むことのない無意識の
船だ

　　静夜

星がひとつ
考えぶかい　星がひとつ
夜空で哲学の講義を
月の教授から聴いていた

これはメルヘンチックな味わいもあるように思う。
次に、恋愛中（?）の熱のこもった詩もひとつ。

　　峡江
　　　　——物語風

おまえを抱くと
かすかに髪は湿っていて
すこし冷たい
それから息は
酸いヨーグルトの匂いがして

とても　熱い
おまえが動くと
その華奢な骨組が　腕の中で
僕にはよめる

その瞳の峡江《フィヨルド》に
いつもひっそり繋がれている
謎めいた舟の影が
僕には　見える

最後の連が童話風、幻想的で私には面白い。
最後に、箴言風のユニークな短詩を紹介しよう。

器

人がひとつの　哀しい
陶器のようなものである　ということを

人がひとつの　優しい
楽器のようなものである　ということを

私はこれを読んで、こういう発想を思いつく詩人って、すごいなぁと思った。一人の人間のもつ多面性や、読む人に様々な受け取り方や想像力を呼びさます楽しい作品ではないかと。

さらにつけ加えると、後に本書の校正が出る直前に、私は『季』バックナンバーの広告で矢野氏が二〇〇八年に第二詩集『自鳴琴』を編集工房ノアから出していることを知り、早速ノアさんに直接注文したところ、幸いまだ在庫があったようで、すぐ送っていただいた。本書にも杉山平一氏が帯に簡潔な推薦文を寄せている。浅井真希子さんによるセンスのいいカバー装画にも惹きつけられる。『自鳴琴』はオルゴールのことだという。詳細の紹介はもはや省くが、全体にさわやかな印象を受ける好詩集と思う。

今回、これでほぼ、初期の『季』同人のすぐれた詩人たちを各々簡単ながら紹介することができて、私はホッとしている。むろん、追悼号『季』（五十三号）が出ている神田寿美子さんや小原陽子さんなど、まだ抜け落ちている重要な詩人も多々いるかと思うが、私の不勉強ゆえ、これ以上、書けなかった。お許し願いたい。

（二〇一七年十二月二十七日）

追記5

さしもの厳しい冬の寒さもようやく峠を越え、暖かい日ざしが感じられる三月中旬、例によって「街の草」さんに立ち寄った。加納さんは三月末のサンボーホールの古本展の準備で多忙の様子であった。目に付くところに、整理中の詩集の一山があり、紫野京子さんや小林重樹氏の、すでに私が入手している詩集が見られたので、なおも見てゆくと、奥田和子さんの詩集『靴』（編集工房ノア、一九九九年）が現れた。オビに杉山平一氏の言葉があり、「情緒を抑《おさ》えた筆致で夫婦という絆が、立体的に構成されていてするどく、涙させ感動を誘う散文精神による絶唱の詩集」と記されている。随分熱のこもったすいせんの言葉なので「おっ、これは、ひょっとして」と思い、奥付の略歴をのぞくと、やはり私の直観は当り、奥田さんも『季』の同人であった。女性詩人には珍しく、ちゃんと「一九三七年　北九州市に生まれる。甲南女子大学教授」、別刊詩集に『小さな花』（編集工房ノア、一九九二年）もあげられている。

杉山氏が跋文「奥田さんの詩」を十四頁にもわたって寄せており、オビの言葉はその最後の一節を採ったものだった。

奥田さんは芦屋市に住み、杉山氏によると、理科系の学者の方である。夫君も、収録の詩によれば、関西大学の教授で、大学院生も教えていた先生だが、専攻分野は不明である。本書は、その夫君ががんで旅立つまでの看取りの諸場面の様子と、死後の御自分の心境や周りの人たちの反応を、簡潔でウィットに富んだことばで、時にはユーモラスに語った詩集である。その語り口《くち》は杉山氏が言うように、情緒におぼれず、冷静で、時には辛辣でもある。

わずかばかり、次に引用させていただこう。

正体

あいつは　うすのろや
あいつは　あほや
夫は　そんなことをよくいっていた

葬式騒ぎが終わって

シーン

「おくさん　たいへんでしたね」
「どおしてますか」

電話や手紙は
なぜか
うすのろと　あほばかり

これは私には多様な解釈が許される詩だと思う（作者の意図は別にして）。つまり、夫君の人間観察力が低くてその人間性の判断が誤っていたのか、または日頃からうすのろとかあほとか、軽口を叩けるほど親密な間柄だったのか、いずれにしても妻に正直に本音で語れるだんなさまだったのだろう。人間の真実が垣間見える作品である。

もう一つあげておこう。

羨望

世間さま　とくに女たち

夫が亡くなったこと
さほど
お気の毒
とは思っていない

あからさまに

「よかったね自由になれて」
「おめでとう」
「うらやましいわ」といいたいが
そうはいえない

だから
しらんぷりきめこんで
顔をそむけて
黙ってすれちがう

これも、夫が先に亡くなった妻への、世間の女性たちのある種の本音の反応を辛辣に語っている。ただ、私見では夫の死による悲嘆や動揺で、しばらくの間は抱きがちな、幾分被害妄想的側面も表れているかもしれないが（失礼なら、お許し下さい）。

偏った引用になって奥田さんに申し訳ないが、もちろん、亡くなった夫君への愛情を逆説的なことばで表現した詩も多く、杉山氏のいうように、ひとつの夫婦の絆が様々に感じさせられる感動的な詩集になっている。

跋文で杉山氏は、自分が『季』に毎号寄せていたカットは「線による詩の表現のような気持」で描いており、それを奥田さんから評価された手紙をもらい、うれしかった旨を述べている。そのためか、本書でも杉山氏のカバー絵とカットも多数小さいながら添えられており、作品と異和感なく共振する、ステキな本づくりとなっている。

奥田さんは私の入手した『季』のバックナンバーでは七十六号（一九九六年冬）で初めて同人名簿に出てくるので、比較的中期から参加した人らしい。第一詩集『小さな花』も探してぜひ読みたくなった（版元は絶版）。

（二〇一八年三月十五日）

後日、サンボーホール、春の古本展で「街の草」さんから手に入れた『季』八十三号の、小林重樹氏の後記によると、『靴』を突然贈られた、あの毒舌家の山本夏彦氏が、未知の人の詩集にもかかわらず、評価して『週刊新潮』の連載で、丁寧に紹介したといい、その一部を引用している。その一節には「この人必ずしもよき妻ではないが自分と他人を見る目は確かである。（中略）その人（夫）を失った寂寥も十分出ているが」などとある。確かに山本氏好みの詩集だろうと私も思う。

（二〇一八年三月末日）

追記6

なお、紫野京子さんからは、執筆の参考にと、後に私の注文した『貝の火』の号だけでなく、全号を贈っていただいた（在庫のない号はコピーして）。大へんなお手数をかけてしまった。御親切には感謝のことば以外にない。それにもかかわらず、本稿では貧しい、不充分な紹介に終わってしまった。おわび申し上げる。せめて今後ヒマを見つけてじっくり読んでゆきたいと思う。

※　※　※

さわやかな秋晴れのある日曜、午後おそくに私は阪急、王子公園駅近くにある神戸文学館で開かれている企画展「直筆原稿で探る陳舜臣の神戸」を久々に見に出かけた。展示自体も興味深かったが、その後、館蔵の図書コーナーにある詩集群を順々に眺めていたら、その中に奥田和子さんの『小さな花』を見つけたのだ！（編集工房ノア、一九九二年）さすがは神戸文学館だと喜んだ。本書にも杉山平一氏の丁寧で的確な、奥田さんの詩を評価した跋文が付いている。奥付を見ると、女性の詩集には珍しく、略歴に一九三七年北九州市生まれ、とあった。とすると、彼女が五十五歳時の第一詩集である。閉館時間が迫っていたので、短い間、あちこち拾い読みしただけだが、やはり面白い。とくに、短詩には杉山詩ばりの、着想がユニークで機知とユーモアに富んだ作品がいろいろあった。

私の気に入った短詩を一部急いで手帳に転記したので、ここに二つだけ引用させていただこう。

老紳士

寿命とおりあうか
万年筆のほうが

長生きするのではあるまいか
ガラスケースにもたれて
書き味を確かめている

外は粉雪

　ホームへ

女が階段をのぼっていった
すこし遅れて　エルメスの香りが追いかけていく
間にあったか
ともに

ぜひ今後、探求して現物を手に入れ、じっくり読んでみたいものだと思う。

（二〇一八年十一月二十六日）

追記7

私は以上の手書き原稿を高橋みどりさんに依頼して、ようやく活字化してもらった。ふと思いついて、それをまず杉本深由紀さんに以前のお礼をかねてお送りしたところ、とても喜んで下さった。杉本さんはその後、私が取り上げた同人の方々にも拙稿を送って下さったようで、矢野敏行氏、舟山逸子さん、中嶋康博氏から各々お便りをいただき、私の勘違いや事実の誤記などを指摘して下さった。おかげで出版までに訂正でき、大へん有難いことであった。そんな手紙のやりとり中に、編集工房ノアの涸沢純平氏より、氏の新刊『やちまたの人』を献本していただいた（再度感謝！）。今回もノアさんの著者だった足立巻一や川崎彰彦、鶴見俊輔、私の創元社在社中の上司だった東秀三各氏を始め、多くの著者への追悼エッセイが心をこめて書かれていて、実に読みごたえがある。

　とくにノアさんから十冊も出版して伴走してきた杉山平一氏についての文章は各々短いながら八篇も収められている。興味深くそれらを読んでいて、次の記述が目に止り、あっと思った。杉山氏が最後の詩集『希望』をノアさんから出され、第三十回現代詩人賞を受けられたのだが、その東京での授賞式直前に九十七歳で急逝された。御子息、杉山稔氏、長女の木股初美さんとともに涸沢氏も授賞式に出席した折、以倉紘平氏が『希望』について意を尽した七分間のスピーチをした。それに感動した氏は後に『海鳴り』に掲載させてもらったが、式に出席していた舟山逸子さんもそのスピーチ全文をいちはやく『季』の杉山平一追悼号に再録した、と書かれてあったからだ。私は「街の草」さんで『季』のバックナンバーは原稿の材料にとけっこう沢山手に入れていたが、うかつにもその追悼号のことは知らず、見つけていなかったのだ。これはぜひ読みたい、と思い、丁度舟山逸子さんへのお礼の手紙を書くところだったので、末尾にその追悼号を手に入れる方法が何かないものか、と遠回しにお願いしておいたのである（いつもながら厚かましいことである）。

早速、舟山さんはその九十七号（二〇一二年秋）を快く贈って下さった。添えられたお便りによると、これは四百部印刷し、あと数冊しか残ってない由（貴重な文献であり、感謝以外にありません）。ここではごく簡単にその内容を紹介しておこう。

まず、杉山氏の遺稿詩が二点（「終わりよければ」「一匹の蜂」）掲げられ、同人の矢野、奥田、舟山氏の追悼詩が載せられている。次に同人外から、交流のあった高階杞一氏、山田俊幸氏、元同人の中嶋康博氏による含蓄深いエッセイ、さらに木股初美さんの「父と暮らせば」という心にしみる文章が寄せられている。中程に前述の以倉紘平氏のスピーチ再録があり、次に「杉山平一詩抄」が二十点。

後半は杉本、舟山、小林、紫野、高畑敏光（初期編集人の一人）、奥田、矢野各氏が各々の杉山氏への想いと氏とのエピソード、杉山詩の本質を捉えたエッセイを感慨深く綴っている。とりわけ「光を信じて」と題する舟山さんの文章がとても心に残る。

巻末には「杉山平一氏と関西四季の会関連年譜」が二段七頁にわたって詳しく掲げられている。これを見ると、杉山氏は三十八年間にわたって、『季』の多くの合評会や同人の詩集刊行記念会、四季派学会での旅行行事などにも参加して、同人たちにアドバイスや励ましの言葉を絶えず与え続けたことがよく分る。それだけに、師を失った同人たちの深い哀しみ、喪失感がひしひしと伝わってくる追悼号である。

この年譜他で新たに知ったことを記しておこう。初期の『季』合評会と杉山氏の出版記念会に竹中郁氏も二度参加したこと。矢野敏行氏が滋賀の浄土真宗のお寺の住職であること。奥田和子さんは一九九五年、七十二号より同人になったこと、などである。

私も思い返せば、むろん面識とてなかったが、『ぼくの古本探検記』を出した際、氏と交流のあった大阪、十三のすぐれた詩人、清水正一氏のことを紹介した一文を収録したので献本したところ、御丁重なお礼のおハガキをいただいたことを憶い出す。御病気後で、一寸読みにくい文字だったが、氏も高く評価するマイナーな詩人――『戦後関西詩壇回想』でも一項設けて紹介している――を世に紹介してくれてうれしい、という、暖かいお気持が伝わってくる文面で、感激したものである。

（二〇一八年十月二十日）

註

（1）私はその後、二〇一八年四月中旬、街の草さんに出かけた際、中嶋氏の詩集『蒸気雲』（岐阜、山の手紙社、一九九三年、限定二〇〇部）を見つけたので、喜んで求めた。これは第二詩集で、『夏帽子』出版後の一年間につくった作品をまとめたものという。造本、装幀も『夏帽子』に倣ったもの。殆どが自然を唱ったもので、そこに自己の心象を投影しているものが多い。これらを読むと氏には、詩の先生、田中克己氏を失った喪失感が相当大きかったように思える。「覚書」から少し引用しておこう。「当時、詩集（筆者註・『夏帽子』）をお送りした詩人の方々から少数ながら、懇切な激励を戴いたことが、抒情詩人の直系を自任してゐた私の一種の高調ともなり、またそれが幻想にすぎなかったことがやがて烈しいマイナーポエットの喪失感としてこれらの中に現れてゐるかと思います」と。氏は東京から、故郷の岐阜の田舎町に帰っている。その後、二〇一三年、既刊詩集二冊に新篇十七篇を加えた『中嶋康博詩集』を限定三百部で潮流社から出している。私は思いがけず、中嶋氏よりお便りとともに本書を献呈していただいた（感謝！）。

（2）私はこの詩を『編集者の生きた空間』の一五五頁で引用させていただいた。

関西の戦後雑誌、同人誌を寸描する

――『風神』の静文夫、三浦照子を中心に――

　二〇一七年八月初旬に神戸、サンチカ（三宮地下街）で恒例の古本展が開かれたので、はりきって初日に出かけた。ただ、いつものごとく出遅れ、会場に着いたのはお昼前であった。その入口ですでに早くから来て本を漁っていた書友のお三人に会い、そのうちのお二人から各々の収穫本を見せてもらった。今回は、目録でも、六甲道の口笛文庫さんが神戸関係の珍しい詩集、エッセイ集を多く出品していたのが注目されたが、各々、口笛文庫さんから中村隆の『詩人の商売』と林喜芳『神戸文芸雑兵物語』を入手し、しかもどちらも献呈署名入りで、その本の出版記念会の貴重な集合写真が挟まれていた。前者には中村氏の献呈者あての手紙も同封されている！　私は本はすでに持っているものの、これを見て羨望の念を禁じえなかった。私の方は初日は収穫もなかったので、翌々日、再度、初日に気になっていたものの入手しそこなった本を再び探しに出かけていったが、いくら探してももはや見つからなかった（がっくり）。

　そのせいか、何か物足りなく、帰途、猛暑で足元をフラつかせながらも尼崎の「街の草」さんに立ち寄った。着くなり、店先の本の山々をぼんやり眺めていたら、その一山に何だか珍しそうな雑誌の一束が目に入ったので、店主の加納さんに断って、順々に点検《チェック》していった。そこで収穫した雑誌たちのことは後述することにして、サンチカで発掘できた雑誌のことをまず報告しておこう。

　それは大阪、釜ヶ崎を唱った三冊の詩集で著名な詩人、東淵修が発行していた『銀河詩手帖』三巻七号（地帯社、一九七〇年春季号）である（『銀河詩手帖』は一九六八年十一月創刊）。これに、前著で触れた戦前、『香炉《こうろ》』を出していて、戦後は一時『輪』にも参加した詩人、豊崎聡平のエッセイ「コピーライティングと詩の接点」が三段組み五頁にわたって載っているのをたまたま見つけたのだ。「ほう、彼はコピーライターだったのか！」と。早速、帰りの車中で読んでみると、後輩のコピーライターＡ君に向けて、タイトルにある主題について語った、豊崎氏の、どちらかといえばオーソドックスな、なるほどと思える評論であった。すなわち、詩と宣伝コピーの違いや重なる点を説得的に述べているのだが、氏の交友範囲でも、「宣伝の担当者に、かつて小説作家を志したとか、俳句、川柳、短歌、詩など、なんらかの形で文学を志した人たちがいる」という一節など、とても興味深い。私がすぐに思い浮べるだけでも、デビュー前、コピーライターだった林真理子や開高健（これは逆のパターンだが）、戦前からのプロレタリア系詩人で『戦旗』編集部を経て、大宅壮一主幹の『人物評論』の編集者として働き、転向後、戦後は花王石鹼宣伝部で活躍した上野壮夫——尾崎一雄らとも親交のあった——、上野壮夫については、その長女、堀江朋子さん（現在、『文芸復興』主宰）が書いた父親の評伝、『風の詩人』に詳しい。さらに、前著で書いた『航海表』編集人、藤本義一もまさにそうである。私がうれしく思ったのは、その文末に筆者紹介として、「ＴＡＫ　ＡＤ、ＣＲＥＡＴＯＲＳ　ＯＦＦＩＣＥチーフディレクター、香炉、航海表、表現、輪などの同人を経て現在いずれの詩結社にも属さず」とあったからだ。というのは私の『編集者の生きた空間』では、友人だった海尻巌氏の詩の註から、豊崎氏が晩年、京都の嵐山にひっそりと住み、一九八〇年、五十九歳で病気で亡くなったこと以外、経歴は不明と書いただけだったからだ。いつからかは分らないが、コピーライター集団のリーダーとして活躍したことがこれで初めて分ったのである。『表現』同人だったことも初見である。——この雑誌については不詳だが、つい最近、東京の金井書店の目録で、近藤書店から一九五四年に創刊された『表現』が目に付いた。注文したら、幸い入手できたので書影のみあげておこう（青山二郎の装画）。佐古純一郎らが書いている。

『銀河詩手帖』といえば、もはやいつ、どこで入手したのか定かでないが、今も大切に保存しているのが通巻百九号（一九八五年五月）で、〈清水正一追悼〉が特集されている号だ。『銀河詩手帖』に載った清水氏のエッセイの生原稿も印刷されている貴重なものである。加納さんに伺ったところ、この雑誌は東淵さん死去（二〇〇八年）後も継続され、現在二百八十四号まで出ているとのこと。

さて、入手した他の雑誌についても少しずつ触れておこう。まず、幸運だったのは、京都の詩人、故河野仁昭が後期の編集人だった『ノッポとチビ』四十五号が一冊見つかったことである。これはあの夭折した黒瀬勝巳が参加していた詩同人誌で、本号でも「主として女がうたう駄馬の唄《スキャット》」という軽快でことば遊び的な、愉快な詩を寄せている。天野忠、大野新、河野氏

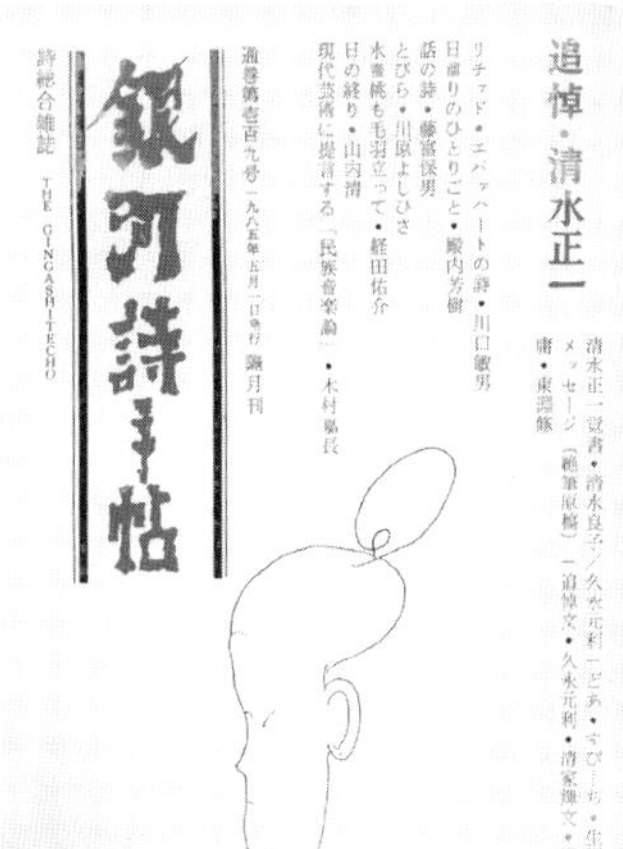

『銀河詩手帖』109号、1985年

『表現』創刊号、1954年

の詩や児童文学の上野瞭のエッセイ「黒瀬勝巳『ラムネの日から』を読んで」も載っていて読ませる。

　この『ノッポとチビ』については、昔、入手して通読したことがある、河野氏の『戦後京都の詩人たち』（「すてっぷ」発行所、二〇〇〇年）——本書は、後に編集工房ノアから再刊されている——に全頁の半分位を費した「『ノッポとチビ』の仲間たち」の章で詳しく回想されている。終刊までの河野氏の編集人としての体験や思いがありのままに正直に綴られていて、大へん興味深かったのを覚えている。掲載された主要な詩も号ごとに引用されている。

　『ノッポとチビ』は一九六二年二月に大野新、有馬敲、河野氏、清水哲男らによって創刊され、一九九二年三月、七十号で終刊した。創刊号には、後に清水哲男の処女詩集『喝采』（文童社、一九六三年）のタイトルになった作品が掲載されている。四十号までは大野新が編集し、四十一号から河野氏が編集した。大野氏も評論集『砂漠の椅子』所収の「『ノッポとチビ』の推移」で、氏が編集したころの苦労を十年ごとにまとめて書いている。初期はタイプ印刷で勤務後の職場、京都の双林プリントで自分で刷ったという。黒瀬勝巳が参加したのは四十三号からで、最初に載ったのが私も『関西古本探検』で紹介した「文庫本としてのおふくろ」であった。今回、私が入手したのは四十五号なので、前述の詩はおそらく黒瀬氏が三度目に載せた作品であろう。氏は参加した翌年（一九七八年九月）、『ノッポとチビ』に主に書いた詩をまとめ『ラムネの日から』を編集工房ノアから手づくりで自費出版して

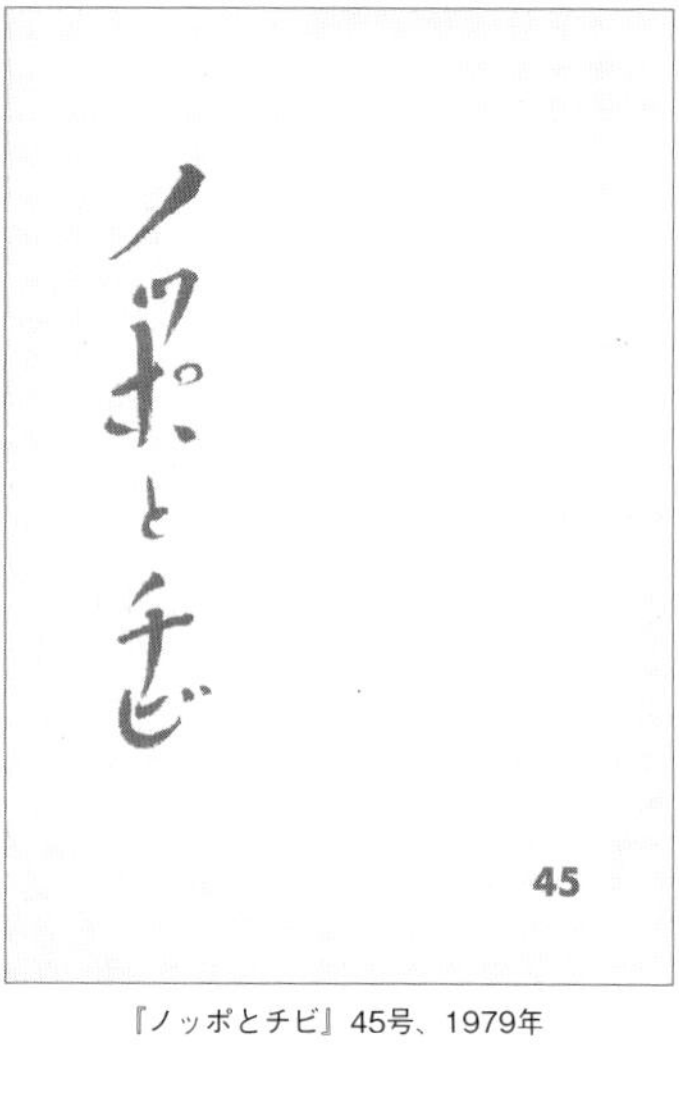

『ノッポとチビ』45号、1979年

いる。

私は残念ながら、この本、今は書友の医師、津田京一郎氏からいただいたコピー製本しか持っていない。黒瀬氏の早すぎる死後、四ヵ月後に（一九八一年九月）『ノッポとチビ』で追悼号を出しており、これも幸運にも津田氏からコピー製本をいただいて大切にもっている。天野忠は病気で最後の入院をするまで寄稿していた。

今年一月、私は書友の小野原氏から教えられて、高階杞一氏や細見和之氏らが編集している大阪の出版社、澪標（みおつくし）刊の詩の雑誌『びーぐる』三十四号に「再発見　黒瀬勝巳」の特集が出ているのを入手して見たときは本当に驚いた。ようやく黒瀬氏が正当に評価されたのだと思い、私は我が事のようにうれしかった。主に交流のあった十三人の人がその人と作品について各々心を打つエッセイを寄せている。

前述の『ノッポとチビ』同人の安部寿子、東川絹子さん他、別稿で書いた『季』の舟山逸子さんも書いている。私の知らなかった事実もいろいろと書かれていて、興味津々に読んだ。巻頭に黒瀬氏の顔写真も載っているので、私は初めて、こんな人だったんだ、と実感できた（黒瀬氏に関心のある読者で、未読の方にはぜひおすすめします）。

そういえば、この原稿を書き終える直前、私は編集工房ノアの涸沢純平氏から氏の新刊エッセイ集『遅れ時計の詩人――編集工房ノア著者追悼記』を思いがけなく贈っていただいた。私が以前から自著でも涸沢氏の文章を何度か紹介し、その出版を待望していたのを覚えていて下さったのだろうか（感謝！）。

本書は、詩集の著者であった港野喜代子さんの思い出を巻頭に、足立巻一や天野忠、それにうれしいことに私も注目してきた黒瀬勝巳や清水正一の追悼文が前半に並んでおり、早速その辺りを夢中になって読んだ。

とくに港野さんの葬儀の際に、永瀬清子さんが詠んだ追悼詩には感動した。また、私も本で書いた、昭和初期の神戸の前衛美術運動で名高い彫刻家の浅野孟府と港野さんに交流があったことも本書で初めて知り、おどろいた。本のタイトルになったエッセイは清水氏の自宅の時計のことにふれたものである。詩人でもある涸沢氏らしい、繊細で味のある文章群に感嘆する。詩や文学の好きな多くの読者に読んでほしい好著である。すでに川本三郎氏が『週刊ポスト』にいい書評を書いている。

その後、前述の涸沢氏の『遅れ時計の詩人』の出版を記念して、『ぽかん』編集者の真治彩さんが『淀川左岸』という二八頁の小冊子をつくり、発行したのを知り、早速取り扱っている東京のますく堂さんに注文して送ってもらった（その後、関西の数軒の古本屋や梅田のジュンク堂にも置かれている）。

本冊は山田稔先生を始め、佐久間文子、樋口塊、扉野良人、真治彩など計七人が、各々編集工房ノアとのかかわりや刊行本への思い入れなどを熱をこめて書いていて、読みごたえがある。このうち、樋口氏の一文は、父親の樋口至宏氏のことも正直に語っていて私にはとくに興味深いものだった。というのは至宏氏は元人文書院の優秀な編集者で、後に長野の鳥影社へ移り、最近定年になるまで編集長を務めていた人である。私は氏の人文書院時代に京都で何度かお会いしたことがあるのだ。氏もユング関係の翻訳書も手がけていたので、何かと話が合ったのである。息子さんの方は、サラリーマンのかたわら、ネットで「古書ソオダ水」を運営しており、京都、恵文社の古本フェアーにも出品している。なかなかいい詩集を蒐めている店だ（現在は新宿区西早稲田に開業中）。

『淀川左岸』

それにしても、自著の刊行に際し、こんな充実した、いわば誌上出版記念会ともいえる小冊子を出してくれたのだから、涸沢氏は何と果報者ではないか。

次に、季刊『風』五号（一九七五年二月）。これは高槻市の詩人、河野春三が編集・発行していた文芸誌で、寺島珠雄が巻頭に連載「埋没的な詩の紹介（三）—関根弘と井上俊夫から—」を書いている。しかし、私がもっとも注目し、喜んだのは、かつて私も『ぼくの古本探検記』（大阪、大散歩通信社）でその生涯と仕事を

『風』5号、1975年

紹介した清水正一のエッセイ「詩人寄席」が一二頁にわたって載っていたからである。これは、清水氏が愛着深い安藤鶴夫の『巷談本牧亭』中の散文を冒頭で紹介しつつ、まだ行ったことのない本牧亭に思いを馳《は》せ、さらに戦中、戦後の氏の日記を引きながら、戦争末期に仕事で川崎市へ二週間出張した折の浅草の常盤座や鵠沼行きの思い出を懐かしく語ったものだ。『からたちの花』の作家、鵠沼在住の宮内寒弥とそれまでに手紙で交流があり、自宅を探しあぐねたが出征中で会えなかったともいう。実は、自宅に帰ってしらべてみると、私はしばらく前、甲子園のみどり文庫さんで『風』十四号（一九七七年十二月）も入手していた。この号でも、清水氏が「詩・橋・都々逸」なるエッセイを巻頭に寄せ、詩も二作載せていたから求めたのだ。『風』はいつまで出ていたのだろうか（未調査）。

清水氏は詩集二冊とエッセイ集『犬は詩人を裏切らない』一冊を遺したのみだが、この雑誌を始め『関西文学』『銀河詩手帖』などにもいろいろ単行本に未収録の散文（主に詩人論）を寄稿していたようだ。私は

徐々にだが、清水氏のエッセイを雑誌で見つける度に蒐集している（これらを一冊にまとめて出してくれる奇特な出版社はないものだろうか）。

たまたま本稿を書いている最中に、前述の清水氏の『犬は詩人を裏切らない』に手が伸び、所収のエッセイ「詩人のわかれ」を再読した。これは、安西冬衛、高島健一（『天秤《びん》』同人）、港野喜代子など、氏が出会った大阪の詩人たちが有名、無名を問わず次々と登場する、大へん魅力的な回想記である。戦後、阿倍野橋で、詩人、藤村雅光、青一兄弟が経営し、大西鵜之介が専務だった不二書房から、小野十三郎も編集に協力して全国向けの『詩文化』（月刊）が一九四八年夏から二十一号（一九五〇年十二月）まで発行されている。ここから安西冬衛『座せる闘牛士』や小野氏の『詩論』なども出ている。その大西氏が一九二七年に出した幻の私家版詩集（二〇頁の小冊子）『亞鉛風景』について、寺島珠雄が『風』七号（一九七五年九月）で貴重な紹介をしていて、興奮させられた、と清水氏が書いていたのだ。実は大西氏についても、私は旧著『関西古本探検』（右文書院、絶版）中の一文に少し書いている。そこで私が偶然入手した、大西氏が若き日、一九二五年（大正十四年）に出した珍しい横組みの歌集『薔薇《ばら》の騎士』を一寸紹介した。大西氏は一九五三年に五十一歳で病気で亡くなっている。寺島氏のこのエッセイも探求して読みたいものだ。

その後、盟友であった藤村青一氏が、志賀英夫氏編集発行の『柵』八号（一九八七年七月）に大西氏について語った一文を図書館に依頼してコピーで手に入れた。そこに大西氏の作品「階段」の前半が紹介されていて貴重なものなので、少し長いが再録しておこう。

わたしは階段のふみ板の上に立っている
しっかりとわたしの二つの足で立っている
わたしは階段をふみあがればよい
わたしはギリギリのところに立っている

どれだけわたしは指の先を血にしたか
どれだけ　わたしは壁を引っ掻いたか

爪のかき痕から
いつも黒い光がながれて来た
指のあいだを透かして見たが
そこから何が見えただろう
哲学や　薔薇や　女体や　その歴史や
地球の裏側を覗き込まんとする
　——孤絶した時間の隅で
わたしは　どれだけ壁を引っ掻いたか

この階段の下に
わたしの幻影の部屋がある
わたしの過去の部屋がある
わたしはその戸をピッシャリと閉じた
ふたたび　堕入る事のないように
そして　わたしは階段のふみ板の上に立っている

わたしは　ただ　階段をふみあがればよい
しっかりと　大またに
一歩一歩　階段をふみあがればよい

氏の人生の歩みと今の決意がしっかりとここに書き留められている。

　藤村氏によると、大西氏は『詩文化』に毎号詩を欠かすことなく発表し、それが数十篇に達したので、「螺旋階段」というタイトルの詩集出版をすすめた。しかしその頃から不二書房の経営が傾き始め、ついに出版できずに終ったという。まことに残念でならない。

　さらに『風神』一号（一九八九年五月、一六頁）、三号もあった。三浦照子さんのペン画（?）を配した簡素な表紙である。これもなかなか貴重な詩同人誌で、一号の巻末「あとがき」に代るコラム「葦のペン」の三浦さんの短文によれば、三浦さんが赤穂の田舎町で高校一年生の折、最初に接した詩人が静文夫であり（静氏らが一九四九年にガリバン刷りで出した『木靴』に彼女も翌年参加する）、以来四十年間、「その美意識もかたくなでストイックな姿勢に対する（静氏への）尊敬」を一貫してもち続けた。静氏と三浦さんが参加した足立巻一らの『天秤』が消滅後、ささやかな季刊の二人詩誌を計画し、静氏に快く受け入れられて、船出したという。ところがその二年後、一九九一年七月、静氏は亡くなってしまい、その十月に『風神』三号で早くも追悼号を出すことになったのである。

三号の「葦のペン」で、三浦さんは最後に『風神』三号に託された静氏のことばを冒頭に別枠で掲げている。それには「照ちゃん、ええ詩かかなあかんで。こんどの風神は、ぼくはもうあかん、ひとりでたのむよ。ぼくの詩は『季節』のなかから載せておいて。（中略）それから、いろいろすまなんだな。」静氏の詩における洗練されたことばからは意外な、人情味のある神戸弁（?）で綴られていて、私は胸をうたれた。

三浦さんは「父親よりも長い歳月のつきあいのなかで、師とも仰ぎ父とも慕ったかけがえのない存在でした」と感慨深く述べている。『風神』はその後も三浦さんの発行で続いている（後述）。

この追悼号（三二頁）には、静氏の詩集『季節』から採られた二篇を巻頭に、交流のあった岡見祐輔、織田喜久子、桑島玄二、小林武雄、西本昭太郎、丸本明子ら九人の追悼エッセイ、渡辺信雄、三浦照子ら三人の献詩が収められている。各々、哀切な言葉で氏とのつきあいや人柄、詩風について語られており、氏の全体像がよく伝わってくる。静氏の追悼集は他の雑誌でまだ見たことがないので貴重である。

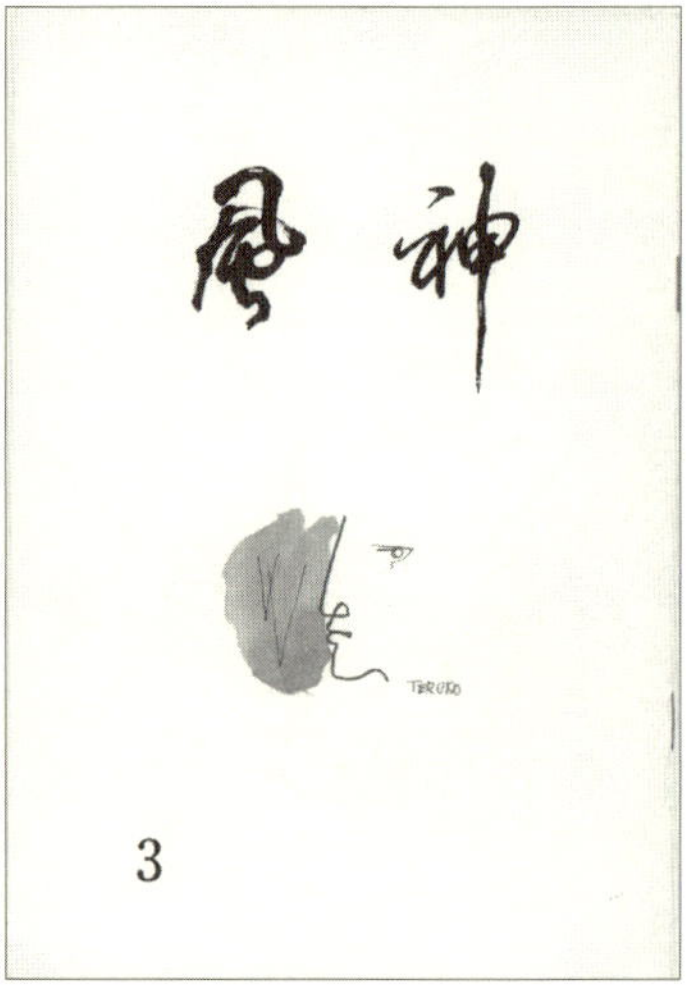

『風神』3号、1991年

ここで改めて、私の持っている静氏の遺稿詩集『天の罠』（エルテ出版、一九九二年）から、その略歴を簡単に紹介しておこう。本書には、巻末に安水稔和氏の一文「詩人の肖像」と三浦さんの「優しさと厳しさ」が添えられているが、安水氏はまさに前述の三号の追悼集から、小林武雄、桑島玄二、鳥巣郁美、岡見裕輔氏の文章の一部を引用して紹介しているのだ。

一九〇九年、神戸市に生まれる。本名は山縣瑛男。学歴は私の持っている詩集『彩眠帖』（天秤発行所、一九七五年）と『季節』（編集工房ノア、一九八五年、カバー、扉絵は『天秤』同人だった津高和一）にも載ってないので不明である。神戸の文化総合雑誌『半どん』などに氏自身の自伝的エッセイがもし載っていれば、今後探求したいものである。職歴も詳しいことは分らないが、戦時中、妻の里である赤穂に疎開し、県庁赤穂支所で当時、兵庫県厚生課長だった及川英雄氏（神戸文芸界のリーダー）の下で働いていたことがある。この後は神戸に帰り、西宮に住み、旧居留地にある貿易商、角谷商会の重役にまでなっている。外国を舞台にした詩が多いのは仕事でもよく訪れたからであろう。何の文献で見たのかはもはや忘れてしまったが、神戸淡路大震災の後、娘さんの住む東京へ一時移っていたようだ。一九九一年、八十二歳で西宮市で亡くなっている。

詩歴の方だが、一九三二年（昭和七年）創刊のモダニズム系の詩誌『甲南詩派』（山口俊三発行）、同年創刊の北園克衛の『マダム・ブランシュ』にも参加。一九三三年創刊『闘鶏』（石田三智雄）、『内部』（亀山勝――『羅針』同人でもあった人）、一九三四年（昭和九年）『風神』（亀山勝発行、竹中郁、池田昌夫、村野四郎ら九人のメンバー）同人を経て、一九三五年（昭和十年）『オペラ』を編集発行している。戦後、疎開先の赤穂で一九四九年、『木靴』を発行、桐山宗吉や織田喜久子らも寄稿した。一九五八年、足立巻一、米田透、亜騎保、桑島玄二らの『天秤』に参加する。『天秤』は四十六号で終刊。この『天秤』には後々まで愛着をもっていたという。そして最後は三浦照子との『風神』であった。詩集は前述した本の他に題名が同じ小冊『季節』（天秤発行所、一九七〇年）、『旅行者』（同、一九七二年）がある。この二冊は、神戸中央図書館に所蔵されている。また、書友、清水裕也君が

「街の草」さんで見つけたのを教えてもらったが、詩画集、シド・コーマン『ＡＮＹ　ＨＯＷ』（どうせとにかく）の原文と静文夫訳・津高和一画（書肆季節社、一九七六年）も限定三〇〇部で出ている。

『天の罠』の略歴頁には、その穏やかでいかにも詩人らしい晩年の姿写真が載っている。

追悼号の各氏のエッセイによると、静氏はいつ、どこで会っても生活の匂いを全く感じさせない、一〇〇パーセントの詩人で、やわらかいほほ笑みをたたえる、ダンディな紳士であったという。これは前述の写真でもよく伝わってくる。小林武雄氏は「感性の豊かな人で、温厚な人柄だが自己を守り、批評もおだやかだが、辛辣でもあった」と簡潔に人物評を語っている。詩風については、桑島玄二氏が、「いわば純粋詩で、観念や思想を除いた絵画的心象によって純粋美を保持しようというところに生命がある」と、ズバリとその本質を言い当てている。

三浦さんは「語彙の選択のきびしさ、妥協のなさ、最小限の言葉の駆使によるイメージの増幅、そして決して現実を詩わず、詩的な抽象世界に漂白した詩人」と書き、遺された六冊の詩稿ノートを見て、「彼の詩稿の推敲は凄まじいものがある」と記している。私も素人ながら、氏の詩集を読んで、なるほどその通りだなと感じ入ったものである。一読して分りやすい詩とは決して言えないが、透明感あふれる清々しい印象を残す詩が多いと思う。

最後に、遺された詩集の中から、「踊り子」も好きだが、迷った末、私の気に入った作品として次の一作だけ紹介しておこう。

私は詩には素人ながら、静文夫は竹中郁や足立巻一のように全国的には知られていないものの、『羅針』の福原清と並んで、神戸の重要な、いぶし銀に輝く真珠のような詩人として、もっと高く評価されてしかるべき人だと思う。

骨董店にて

〈時はそこで五時を打つ〉貼札に埃おゝい季節を飾っ

て、古風な椅子に巷の歌があった。そのとき、もの憂い日びに色そえる洋琴をかゝえて、あなたはふと〈疑い〉をその絃に滑らせる。秋の日を微笑ませる剝製の鳥々。

黒い樫の戸の上、見おろす羚羊はあなたに似て、す早い生物であった。翔ぶそ矢を彩りにそめて、山なみを駆けるひとゝきがあった。しずかに裳すそを手にかゝげて〈繊細な葦〉あなたは世界を目覚めさせる。

揺れ椅子と花瓶のそばで、鬟つくって呼ぶしなやかな手の扇。〈時はそこで六時を打つ〉

もちろん、他にも沢山、魅了される詩があるので、興味をもたれた方はぜひ氏の詩集を探求して読んでいただきたいと思う。

帰宅してから調べてみると、『風神』は以前、もう一冊、十一号（二〇〇一年六月）を手に入れていた。これは一枚の横長の紙を三つに折り畳んで七頁に仕立てた小冊子。本号には、初めて同人に参加した神戸のヴェテラン詩人、福井久子さん（詩集『飛天の幻想』『形象の海』など多数。エズラ・パウンドなどの英詩人の研究者でもあり、神戸山手女子短大の教授を務めた）の翻訳詩と詩の三作、三浦さんの詩、それに静文夫氏の遺稿詩「あじさい」が載っている。表紙・カットに、『天秤』同人だった津高和一氏の墨筆が使われている。「葦のペン」によれば、三浦さんは古希に近くなった現在、「十五年ほど前からずっと希んでいたS教授の講義（筆者注・近世文学の分野）を受講する機会を得て」、若い学生に混じって学んでいるという（ついてゆけない、と戸惑いながらも…）。

我々凡人と違い、とてつもない知的好奇心と実行力の持ち主だなぁと感嘆する。詩人、今村欣史氏によれば、現在九十歳近くながら老人ホームで過ごされ、お元気そうだとのこと。

私は後日『風神』二十号（二〇〇七年十二月）も手に入れたが、特集テーマは「万華鏡」で、伊勢田史郎、直原弘道、山南律子さんら九人の詩人がそのテーマに沿った詩を各々寄稿している。詩同人誌で、毎号特集形式というのは珍しいのではないか。

なお、『風神』の編集発行人、三浦照子さんについては、恥ずかしながら今まで全く知らなかった。そこで例によって友人のKさんにネット検索をお願いした（いつもながら感謝！）。それによると、三浦さんは詩人で画家だが、広い人脈を駆使して、西宮の大谷記念美術館で評判を呼んだ黒田清輝展や岡本太郎展など種々の企画展を次々とプロデュースして、それまでの赤字を黒字運営に転換させたり、世界の絵本原画展やイタリア・ボローニャ絵本原画展を始めたのも彼女だったと初めて知った（あまりの不勉強に自分でも恐れ入る）。その後、サンパル市民ギャラリーや神戸の様々な画廊の立ち上げにもかかわったという。

多彩な分野の著書もあり、詩集では『掟』が芦屋書院から、『それからあとのはなし』『やさしい旅』が天秤発行所から、『午前の悼歌』が風神発行所から出ている。私はその後『やさしい旅』のみ、街の草さんから入手した。また小説集も『さよならボローニャ』や『無名草紙Ⅱ』が美術書院から。絵本も数冊出しているという。小説などぜひ読んでみたいものだ。これからぼちぼち探求したいと思う。その他の略歴は、前述の著書のどれかを見れば分るかもしれないが、今のところ情報がないので分らない（念のため、『兵庫近代文学事典』を見てみたが、立項すらされていなかった）。

三浦さんと交流があり、最近『触媒のうた』という神戸文芸史にまつわる興味深いエッセイ集を出した西宮の詩人、今村欣史氏に伺ったところ、『風神』は二十五号（二〇一二年十二月）まで確認でき、さらに二十六号まで出たかもしれないという（未確認）。なお、『風神』六号は、震災で亡くなった詩人・画家で『天秤』同人でもあった津高和一追悼号であった。

せっかくの機会なので、三浦さんのB5判のりっぱな詩集『やさしい旅』からも一篇、大へん迷った末「冬の坂」のみ、選んで引用させていただこう。海港都市、神戸の六甲山系への道を思わせる坂を彷彿とさせる作品である（三浦さんは芦屋に住んでいる）。むろん、けわしい人生という象徴的な坂でもあろう。後半に収められたイタリア各地への旅の途上で唱われた詩も美しいものだが。

坂をのぼる　街路樹の裸の枝に
揺れる冬の陽の縞模様を縫うて
透明な寂しさの坂をのぼる

海を背負うて　中間色の街を背負うて
坂をのぼる　きょうはゆるやかにうねる坂道
おりおりの心の勾配にそうて
記憶の白い石だたみを
踏絵のように素足をたしかめながら
のぼっていく　涯のない坂を

不意にと切れる音楽のように　不安の壁に
さえぎられることがあっても　ふりむいたりはし
ない
ひたすらのぼる　約束の
きょうの坂道

詩集の表紙画（エッチング）と挿絵は心の深層を連想させるような松本宏氏の強烈な印象を残す作品である。

最後に、元『輪』の同人、直原弘道編集の文藝誌『遅刻』第二冊（一九八八年七月、大阪、浮游社）も手に入れた。原稿が遅れても何だか許されそうな、面白い誌名である。倉橋健一、たかとう匡子（詩）、玉井敬之、寺島珠雄、松尾茂夫（詩）らが寄稿している。最

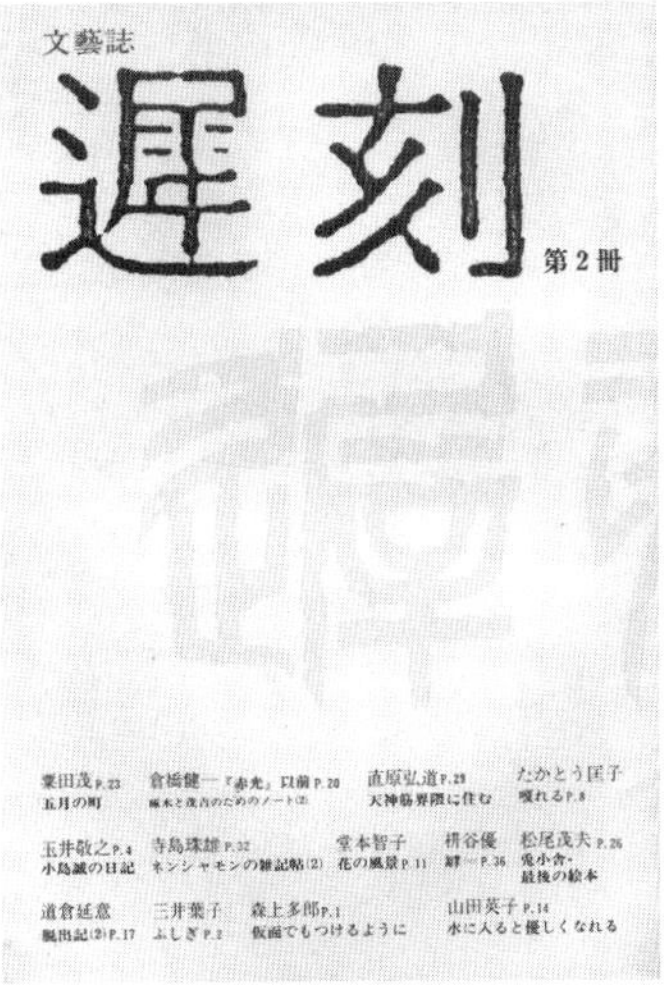

『遅刻』第２冊

近、『遅刻』全冊を扱ったことがあるという「街の草」加納さんによれば、『遅刻』は十九冊出て、終刊になったという。

このうち一つだけ、寺島氏の連載「ネンシャモンの雑記帖二」をごく簡単に紹介しておこう。

これは白崎秀雄『当世畸人伝』と『現代詩手帖』の「日本モダニズムの再検討」特集に載った「日本前衛芸術年表一九一六〜一九六九」中の一節の調査不足や誤りを指摘し、手持ちの文献を用いて説得的に反証した、寺島氏らしいもの。「ネンシャモン」とは冒頭の寺島氏の説明によれば、「念者者」と書き、「物事に入念な人を念者といい、それが並外れている」と、念者者と呼ぶという。寺島氏も人からそう呼ばれたことがあり、その評には服さないが、面白いのでタイトルに使ったという。しかし、それは寺島氏らしい謙遜であり、まさしく氏は念者者であったのではないか。前述の連載もそうだが、寺島氏にもまだまだ単行本未収録のエッセイや評論が相当ある。例えば、大阪の伴勇氏が発行している『月刊近文』にも「日録抄」を三十回以上連載している。とはいえ、実をいうと、私は寺島氏の遺した単行本も詩集『酒食年表第二』など——今見ると、「遅刻の会」発行となっている！——まだわずかしか手に入れていない。遅まきながら今後、探求したいものだ。

とくに、最近、月の輪書林の目録で初めて知ったのだが、『寺島珠雄　詩・エッセイ』が一九九九年、遺作集として、現代詩神戸研究会から出ており、神戸の詩人たちとの交友録も収録されているようなので、ぜひ読んでみたい。

『遅刻』もまたぼちぼち見つけたいと思う。

以上、雑誌の探求は切りがないところがあるが、未知の情報や新たな事実の発見などがつねにあるので、今後も止められないことだろう。

（二〇一七年九月四日）

追記1

以上を書き終えて三週間程たった九月下旬、私は知人の画伯、戸田勝久氏が阪急六甲駅すぐ近くの画廊で開いた「小さな手紙」展を観に、珍しく初日に出かけた。その見事な、味わい深い宝石のような小品の数々には魅了された。その帰り、ＪＲ六甲道駅まで坂をブラブラと下り、駅のすぐ北側にある六甲道図書館に初めて立ち寄った。ふと、何か未見の神戸関係の資料でもないものかと思いついたからである。該当するコーナーの中に林哲夫、北村和之、そして私らが中心になってつくった『神戸の古本力』（みずのわ出版）があるのがうれしかった（さすがは六甲道図書館！　ありがとうございます）。なおも見てゆくと、どういうわけか、四、五年前の『半どん』が三冊だけ並べられていた。早速、手にとってのぞいてみると、その一冊が六十周年記念号に当る百六十号で、中に前述の『風神』の三浦照子さんの短い回想エッセイ「久坂葉子と中西勝」が収録されていたのである。閉館時間も迫っていたので、私は急いでざっと通読した（それゆえ、以下は正確さに欠けるかもしれない）。

　その一文によれば、三浦さんは大学一年生のとき、戦後、三宮にできた〝現代演劇研究所〟に研究生として参加し、久坂さんの戯曲「女たち」の舞台美術を担当した。それをきっかけに彼女の悲劇的な自死のときまで親しくつきあっていたという。同世代にもかかわらず、田舎出身の自分に比べて、久坂さんは随分と大人の女だな、と思っていたそうだ。お二人にこういう交流があったとは全く知らず、私にとっては、新たな発見であった。やはり雑誌探検は心踊る体験だな、と改めて思ったものである。

（二〇一七年九月二十五日）

追記２

　二〇一八年一月七日（日）、不信心なもので未だ初詣でも済ませていない私は、その代りに「街の草」さんへ古本の初詣でに出かけた（苦笑）。何か今年こそ、ご利益がないかと思ったものですから……（冗談ですが）すぐ、店先の本の山を漁っていたら、その一山の下の方の背文字に、三浦照子さんの詩画集『悼《いた》ましい構図』（美術書院、一九九三年）が垣間見えるではないか！　や、今年は幸先がいいぞ、と思ったが、丁度、古紙回収車の人が本を売りに来て加納氏が相手になっていた時なので、氏に断わりもせず、厚かましくヒモをほどき、実物を手にして感激した。そのあと見つけた雑誌もあり、まず『ＭＯＫＵＴＯ』創刊号（二〇一二年九月）――誌名は木兎、つまりミミヅクの意。これは大阪で清水正一のエッセイ集を始めとする「手鞠文庫」や文芸雑誌『てまり』、続いて『ＭＡＲＩ』を発行した作家で詩人の故喜尚晃子さんが八十二歳（！）のとき、最後に創刊した文芸雑誌で（以後も出たのかは不詳）、清水信のエッセイ「ネクタイ―杉山平一のこと」、以倉紘平の「〈夜学生〉の流儀」――かつての生徒であった夜学生たちの同窓会でのエピソードには泣かされる――などが載っている。むろん、喜尚さんの同誌創刊に至る自伝的長篇エッセイも読みごたえがある。中に堀田珠子さんの善光寺への旅で「姨捨」を訪れたときのエッセイ「老人を棄てる」もあったが、この方は元人文書院の優秀な編集者で、私は昔、アンソロジー『原稿を依頼する人・される人』（燃焼社）で、彼女が担当した熱烈な愛読者が多い美術史家、加藤一雄先生との『蘆刈』出版前後のいきさつを一篇、寄稿してもらった人なのだ。御健在であったかと、私は懐かしく思った。巻末に喜尚さんの撮った見事なカラー写真も六頁（六枚）付いている。表紙は彼女の油絵で飾られ、作陶作品もあり、マルチな才能をもった人である。また、『現代詩神戸』二百五十号（二〇一五年九月）――これは記念号で、現代詩神戸研究会のこれまでの歩みについての十六人の詩人によるエッセイや同誌に載ったエッセイ・書評の目録一覧が巻末に二段二十二頁にわたって収められており、貴重な資料になっている。さらに『詩学』も十冊程あり、すべて表紙が鈴木翁二の懐かしさあふれる水彩画で全部ほしい位だったが、そこはおさえて一冊だけ、一九九三年六月号を収穫に加えた。というのは、目次を見ると、私の好きな以倉紘平氏の第四十三回Ｈ氏賞受賞の記念号で、その人と作品を大野新や玉置保巳が紹介、解説していたからである。これらをまとめて、おずおず加納氏にさし出したところ、正月だからというので（？）、格安で分けて下さった。大へん有難いことである。やはり「街の草」誌では御利益がありました！

本当はこれらの雑誌も詳しく紹介できたらよいのだが、今は怠けて省略し、本題に入ろう。

三浦さんは画家でもあると前述したが、『風神』での小さなカットなどはすでに見ていたものの、油絵の本格的な作品は未見だった。しかしこの詩画集では表紙にも彼女の画が単色だが使われているし、全頁アート紙の中身にも、計十六点もの絵画作品がカラーで収録されているのだ。これらを見て私は、やはり画家としても一流の人だという認識を新たにした。登場する女性たちの表情も個性的だし、各々の絵に物語が凝縮して構成されているような暗示的な画風で、やはり詩人らしいなと思わせる作品群である。気に入った作品があったが、頁数の都合で図版を載せられないのが残念だ。

詩の方は三部に構成されており、Ｉ　悼ましい構図、は神戸大震災の体験から生み出されたもの、Ⅱ　パスポート、は様々な海外への旅での体験から、Ⅲ　花ごろも、は花々――とくに「さくら」を唄いながらそこに自身の心情を投影したもの、から成っている。

本書は「あとがき」によると、神戸大震災後五年目を迎えて作られたもの。最初の詩「悼ましい構図」の冒頭に「その情景を描くことなどできなかった」とあるように、震災の惨状をリアルに写し取ることは彼女には不可能で、「容《すがた》を替えて表現するほかなかった」という。とはいえ、ここでは、震災で亡くなった詩同人誌『天秤』の仲間でもあった画家、津高和一への「悼歌」も含まれていて、痛ましい思いがする。

三浦照子『悼ましい構図』1999年
表紙装画は「記憶の化石—悼ましい構図」

三浦さんはこう書いている。「それまで、作品の中に社会性を追求することは意識して避け、自己の構築した非現実空間の中で制作を続けていたのが、街の風景の垂直線が全て傾いて見えたあの日から、否応なく社会の社会的背景に目を閉ざしての表現活動はできなくなってしまった」と。

Ⅱ「パスポート」でも、旅先の風景の中に一瞬、震災時の風景がよみがえる体験が描かれている。いわば、フラッシュバックの心理体験であろう。

Ⅲの「花ごろも」では、自身の近づきつつある死を意識して書かれた作品が多い。「連祷─さくら─」では、冒頭に「神様／どうか／わたしを／桜の季節に／お召し下さい」とまで訴えている。挟まれたしおりにある、故伊勢田史郎氏の本書を評する的を射たエッセイにもあるように、これはすぐ西行の有名な歌を連想させる。伊勢田氏はその一文を「花と対置し、死を凝視することによって、死を乗り超えるのだ。詩人の強靱にして、しかも柔軟な精神の作用をここにも見ることが出来る」と結んでいる。最後に収められた散文詩「北病棟─下２０２号室─迷子」では、彼女も一時、同じ病棟に入院していたのだろうか、山形の米沢で生れ、結婚して芦屋で暮らしてきた九十二歳の老婦人が、「わたくし　迷子になりましたの」と話しかけ、故郷の実家の近くの「黒い橋」のところまで誰か連れていって下さいませんか、と訴える話を受けとめる。そして最後に老婦人を運び去るストレッチャーの車輪の音を聴き取る……。まことに哀切で、胸を打たれる作品だ。

さて、最後に、本書収録の全作品の中では一寸異色だが、私がとても面白いなと感心した三浦さんの面目躍如の作品、「存在証明」を引用させていただこう。

クローゼットの扉は
一面に空と海を映す巨大な鏡
群れ集う鳥たちも　行き交う船影も
きらめく外光も　食事の風景も
ともに鏡に捕らわれる
平板な日常

けれど　その日わたしは
鏡の中に　わたしの姿を見失った
特に記憶のアルバムのなかを去来する人達と
親しい挨拶を交わしているうちに
鏡の中に埋没してしまったのかも知れぬ

運転免許証　保険証　印鑑証明　パスポート
戸籍謄本　キャッシュカードに受診票
あふれるほどのアリバイを揃えても
わたしだけが　いない
日常の中の　そのささやかな異変

あのアリスの、鏡の中へ迷い込む物語を連想させるような、日常の中の異空間への気づき……。詩を読む楽しさを味わせてくれるユニークな作品である。

さらに同日、幸運にも見つけた三浦さんの個人誌（同人は福井久子さんのみ）『風神』十七号（二〇〇四年十二月）にも一寸ふれておこう。本号は「祭り」の特集で、このテーマで九人の詩人（朝比奈宣英、伊勢田史郎、たかぎたかよし、直原弘道、鈴木漠、松本昌子、山南律子、福井久子、そして三浦さん）が各々力作を寄せている。このうち松本さんの「聖夜」は西脇順三郎を偲ぶ印象深い詩である。表紙のカットは故津高和一のもので、本文カットは三浦さんの可愛らしい小鳥や人形などを描いたもの。巻末の彼女の「天秤―追悼」は上部に『天秤』同人の岡本甚一宅での新年会（一九八四年）での写真を掲げ、下欄に、津高氏、米田透、桑島玄二、静文夫、田部信、伊田耕三、高島健一、岬玄三氏各々の死を見送った当日の鮮やかな情景を一言ずつ綴っている。こうして見ると、三浦さんにとって『天秤』同人時代はいつまでも忘れることのない、よき文学仲間に恵まれた日々であったと思われる。同人で未だ御健在なのはおそらく彼女ぐらいであり、世の無常を感じざるをえない。次頁には、米田透と静文夫の作品も再録されている。最後に、生と死を深く考えさせる印象深い静文夫の「挽歌」を紹介して、この稿を終ろう。

生がわれわれにも近い終りの時を告げる
言葉はすでに言葉を消して土となり
しめやかな雨がその土に沁みこむ
世界を越えてなおそこに日があり
ただ季節のない季節がしずかにそれを掩う

遠い旅の日に歓びの声をあげ
近い営みに追憶の手を差しのべる
ひと筋の生はいま言葉なく生きて
永い輪廻の朝と夜を駆ける
終りの時、始まりの時

生がわれわれにも近い無為の時を告げる
悼むこのひとときに

（二〇一八年一月八日）

追記3

私は本稿で三浦照子さんの仕事を少しばかり紹介し、手に入れた詩集『やさしい旅』から作品も一篇引用させていただいた。その本の表紙装画は画家、松本宏氏による、大へんインパクトのあるものだが、この人については何も知らなかった。

一月初旬、久しぶりに神戸、三宮からの帰りに春日野道で下車し、商店街にある勉強堂をのぞいた。ここは下町の古本屋さんだが、時々私には意外な掘出し本が見つかることもある店だ。神戸関係の資料、雑誌も充実している（専門は社史関係）。御主人とも古本業界や古本展の話など短い会話ながら交すことが多い。まず、店先にある図録類が詰った棚を見てゆくと、その中に『松本宏展—心象風景』（二〇〇四年、加古川総合文化センター）があるではないか。しかも三百円で！私はホクホク顔で、その日の収穫本に加えた。出身地の加古川市で開かれた回顧展の図録なので、おそらく珍しい一冊ではなかろうか。表紙には、晩期の作品「画室にて（二）」が使われている。

本書には油絵の代表作五十一点と、パステルや水彩画など三点が収録されている。ざっと通覧したところ、

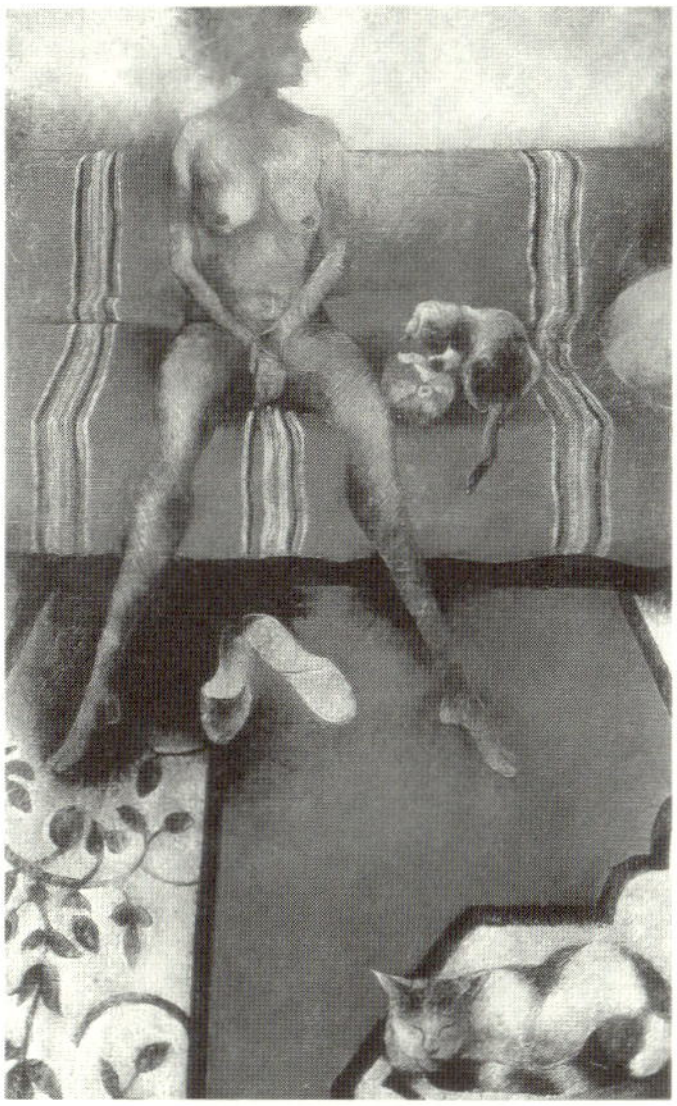

松本宏「女と猫」1983年

素人の私には、大ざっぱにいって、心の深層に強烈に訴えかけてくるような、シュルレアリスム系の画家のように思える。とりわけ中期の、深海を人形の首やバラ、魚の残骸が漂っている「人形の哀しみ」の連作は印象深い。この作品は第一回、金山平三賞を受賞している。私が一番好きなのは後期の裸婦像「女と猫」や「貝からのイメージ」である。ここに掲げるのをお許し願いたい。うれしかったのは私が別稿で何度か言及したことがある、日本近代前衛写真史の（とくに関西の）開拓的研究者、中島徳博氏（当時兵庫県立近代美術館、学芸課長）がこの図録にも「絵画（タブロー）への意思」という一文を寄せていたことである。これを読むと、私が下手な解説を書くより、ずっと深くこの画家の特質を捉えている。その一節を引用しておこう。

「ある意味で、松本宏の絵画は自己探求のひとつの手段なのかもしれない。この画家の眼差しは、つねに自分の内面に向かっている。そうした点では、一九七〇年代半ばの一連の幻想的作品が最も興味深い作品といえよう。人形や蟹、薔薇に対する執拗なこだわりの中に、この作家の深層があらわれているのではなかろうか」と。最後に、表紙に使われた「画室にて」は象徴的な作品で、「自分の人生と芸術を一枚のタブローの中に総括することを試みたのである」と記している。

年譜によって略歴を簡単に紹介しておこう。

一九三四年、兵庫県現加古川市に生れる。一九五七年東京芸大美術学部、小磯良平氏の教室を卒業。六四年、行動美術協会員となる。同会員で『輪』の同人でもあった貝原六一氏を絵の師としている。一九七六年神戸大学教育学部教授になり、一九九二年退任まで教える。美術評論家、伊藤誠氏の解説によれば、八〇年代後半から体調を崩し、現在、休息待機の時期だという（一九九六年以降は年譜にないので不明）。私の勝手な推測だが、あまりに自己の内面をつきつめて探求したため、心身のバランスを崩されたのだろうか。ふと、私には鴨居玲の晩年の苦悩が思い起こされる……。

　そういえば、伊藤誠氏の豆本『回想・鴨居玲』（神戸〝灯の会〟）によれば、鴨居氏が神戸へ来てから、伊藤氏も加わって、若手のすぐれた画家を育成する目的で「カポネ美術賞」（五回で終る）を創設したが、その五人の受賞者の一人に松本宏氏が選ばれている。

　あの鴨居氏が松本氏の才能を早くから見抜いていたのだ！　それゆえ二人には何らかの交流があったと思われる（後に、古本で見つけた元町画廊主、佐藤廉氏の『画商の眼』によると、一九七〇年から画廊企画で始まった「具象人間五人展」（中西勝、西村功、河野通紀、鴨居玲、松本宏）も十回に及び、五人は親しく交友していたという）。

　ともあれ、不明であった画家の展覧会図録が見つかり、幸運にもその独創的な世界を垣間見れたのは幸いであった。

（二〇一八年一月十日）

追記4

　その後、二〇一八年三月中旬に「街の草」さんをのぞいた折、幸運にも前述した『遅刻』第十冊（一九九一年五月）を見つけた。この雑誌は加納さんも高く評価しているためか、他の同人誌より高い値段が付けられている。本号は「特集・森上多郎の文学」になっているが、目次を見ると、その中に「清水正一素描」があったので、喜んで収穫の一冊にしたのである。森上氏についてはお名前を存じている位で、その作品は不勉強で殆ど読んでいない。森上氏は戦後、阪急電鉄に長く勤め、その後、池田文庫に出向している。ここで小野十三郎展を企画した人だ。本特集で、その詩や創作、評論など多数の作品が紹介され、織田喜久子、倉橋健一、寺島珠雄氏などが、その人と文学を率直に語っている。中でも、寺島氏の戦前版『歴程』を介した森上氏とのつきあい話が抜群に面白い。詩集に『凍った場所で』や『四月のある午後』など四冊がある。「清水正一素描―戦後十年までの軌跡」はまっ先に興味津々で読んだ。これは森上氏が同人であった『解氷期』六号（一九七七年三月）に載ったものの転載で、清水氏の詩集刊行以前に書かれた、したがって先駆的で本格的な清水正一論なのである。清水氏の『詩学』に寄せた短い「わが詩歴」全文や詩をいろいろ引用しつつ、氏の仕事を戦前、夏枝雨之介名で様々な同人誌――伊賀上野の『うす月』、東京の『北』、『この人を見よ』、大阪の『軽気球』、堺の『極光』など――に小説や戯曲を発表した時期（やはりこの時期の資料は残ってないらしい）、戦後、十年程、足立巻一らのいた夕刊『新大阪』の「働く人の詩」欄に精力的に投稿していた時期、それ以後、に分けて、熱を込めて論じている。庶民の生活を易しいことばで新しい技法を駆使して深く見つめた、並はずれた詩人であるにもかかわらず、中央詩壇の詩人たちには詩集がまだ出てないために理解されなかった不幸な事実をあげて彼らの批判もしている。私もかつて『ぼくの古本探検記』で紹介した「雪」も引用され、発表された当時から印象深い作品であり、「チェホフをこんなふうに造型できる詩人はそうざらにいるものではない」と森上氏は書いていて、うれしくなった。清水氏とは森上氏が十六歳のとき出会って以来の四十年近くになるつきあいだそうである。一読して、大へん感銘をうけた評論であった。

（二〇一八年三月十五日）

その後、山田稔氏の新刊エッセイ集『こないだ』を興味深く読んでいたら、書評集の中に、枡谷優の小説集『北大阪線』（編集工房ノア）が出てきた。面白い小説だが、文章も大へん素晴しい、と評価し、所々引用しつつ、紹介している。収録されている中篇三篇は『遅刻』（！）に発表されたものだという。山田氏も「この誌名がいい。暗示的である」と書いている。本書もいずれ読んでみたいものである。

（二〇一八年六月十一日）

追記5

　二〇一八年八月のお盆前に始まった恒例の京都、下鴨神社の古本祭りには行こうか行くまいか、ぎりぎりまで迷ってしまった。七月に六年ぶりのペースメーカーの入れ替え手術で十日間入院し、退院してからあまり日もたっていないし、第一、今年の異常なほどの猛暑には日々ぐったりしていたからである。それでも初日はいくらか暑さも柔らいだ感もあったので、一大決心して出かけていった。昼過ぎに到着して入口の店からぼちぼちと漁っていったが、これといって面白い本は見つからなかった。それにしても、この猛暑にかかわらず会場は古本ファンで活気に満ちあふれていた。本好きな人々がこんなにも大勢いるのに、どうして出版業界の不況が続いているのか、といつも不思議に思う。

　会場中ほどの店を横目で眺めつつ歩いていると、前方から歩いてきた、早くも収穫を得た若き古本の猛者、清水裕也君に出くわした。休憩台に坐って一寸話を伺ったところ、池崎書店の均一コーナーで、大阪から出ている詩とエッセイの同人誌『解氷期』を三、四冊ゲットしたと言う。川島知世氏が発行人だが、同人には寺島珠雄氏や清水正一氏もいて、精力的に発表している。さすがは清水君、目のつけどころが違うなぁと感心した。彼と別れ、残り物がまだないかと、急いで池崎書店へ出向いた。まず、棚の方を眺めていくと、寺島珠雄の小野十三郎についての著作二冊と『アナキズムのうちそとで』（編集工房ノア、一九八三年）があるではないか。このうち、後者の目次をのぞくと、割に気軽に書かれた比較的短いエッセイが収録されており、小野十三郎、岡本潤、辻潤、秋山清などの他、様々な著者についての短い読書日録もある。私はこれをまず買うことにした。その後、均一コーナーへ回ると、やはり『解氷期』の残り二冊や『文学学校』三冊程、『関西文学』（関西文学の会発行）一冊、それに大量のプロレタリア系同人誌『煙』などが見られた。私も寺島、清水氏の詩やエッセイが載っている号を各々一冊求めることにした。このうち、入手した『解氷期』十四号（一九八一年六月）には、近代文学研究者、玉井敬之氏の「『断崖のある風景』の印象」も載っている。玉井氏のユニークな書評は見逃せない。この人のエッセイは実に読ませるものなので、かねてから私は注目しているのだ（武庫川女子大の教授を長く務め、漱石研究が専門のようだが、エッセイ集『高畑之家』（桜楓社）や『憂鬱なる季節』（翰林書房）も出している。いずれも『遅刻』に発表された文章が多く収録されている）。

　これらの雑誌をチェックしていたら、雑誌と雑誌の間にホッチキスで十二枚ほどに綴じられたコピーが挟まれていた。何げなく取り出して見てみると、タイトルに「女人哀切　森上多郎」とある。「あっ、これは本稿で、その清水正一論を紹介した森上氏ではないか！」とすぐに思い当った。森上氏も『解氷期』同人だから、御本人か、これらの雑誌を放出した同誌の他のメンバーが面白いとコピーしておいたものだろう。森上氏の作品はまだ殆ど読んでないので、いいものを見つけた、と喜んで一緒にレジにもっていった（これは池崎書店の御主人が無料にして下さった）。

　私は早速、帰りの京阪電車の車中でこのコピーを読み始め、たちまち引き込まれ、帰宅するまでにあらかた読了した。これは私小説というより、ノンフィクション作品と言えようか。せっかくなので、ごく簡略に紹介しておこう（コピーにメモがないので、出典は不明だが、おそらく『解氷期』に載ったものだろう。前述の『遅刻』第十冊、特集「森上多郎の文学」にも再録。私が見逃していたようだ）。

　森上氏が長い労働組合の専従職を辞め、「財団法人・阪急学園・池田文庫」へ出向して一年後、文庫長の梅田健一氏の阪急電鉄での同期入社だった細原健六氏より依頼されていた、池田の五月山にある大広寺の、細原家先祖代々の墓の側《そば》の石塔に刻まれた文章の拓本を十月の肌寒い日、同スタッフの女性二人がしんどいめをしてとってくる。その十字二八行程の漢文を森上氏が解読する破目になり、辞典と首っ引きで、二晩も夜中の二時頃までかかって不充分ながら読み下し文にした。そうして分ってきたのは、その中の文字「施福多」があの有名な日本の明治開化期に活躍したシーボルトであり、この碑はそのシーボルトの次男で外交官を歴任したハインリヒと二十歳の折結婚した池田在の細原妙華が、オーストリアで病気で早く亡くなった夫の冥福を祈って建立したものであった。実はハインリヒが職務命令で故国に帰る際、旅館をやっていた妙華の両親が反対したため、やむなく夫を見送ったが、ハインリヒはその後ウィーンで再婚している。しかし森上氏が参照した翻訳書『シーボルト父子伝』には、細原はな（妙華）との結婚には一言もふれられていない。はなは夫の死を知り、泣き暮したが、やがて尼僧となり、孤節をかたく守ってきたという。森上氏は最後の方でこう記している。

「この碑文からハインリヒ・フォン・シーボルトは私の夫だ、という自己主張がつよくにじみでている。無視されつづけてきた女の反撥と哀切さが無明の闇の底から私たちに訴えかけている」と。

単に結論を整理して提示するのではなく、碑の文章をいろいろ苦心して調べ探索する過程が順々に正直に描かれていて、とても発見的な魅力的文章である。森上氏の作品ももっと探求したいものだ。

（二〇一八年八月十三日）

後日、私は富士正晴記念館の中尾務氏から贈っていただいた（感謝！）『ＶＩＫＩＮＧ』八百十六号（二〇一八年十二月）に中尾氏が書かれた「〈はかのゆかぬ〉久坂葉子本出版」——富士正晴がかかわった数冊の久坂本出版の舞台裏を実証的に詳しくたどった二段組三四頁にわたる力作で、実に興味深い——中の記述で初めて知ったのだが、前述の堀田珠子さんは若い頃、『ＶＩＫＩＮＧ』から別れて小島輝正らが創刊した同人誌『くろおぺす』に参加して、小説も書いていた人という。どおりで、文章が巧みなはずである。

戦後神戸の詩同人誌『航海表』の航跡を読む

――和田英子『半どん』連載から

私は二〇一七年五月に刊行した『編集者の生きた空間』の中に、「戦後神戸の詩誌『航海表』の編集者とその同人たち」を収めている。『航海表』は戦後の神戸で、藤本義一が竹中郁を指導者として始めた詩の同人誌で、一九四七年九月に創刊され、一九五六年末頃？（未確認）、五十一号で終刊している。これは、『航海表』の元同人で、後に中村隆、伊勢田史郎らが創刊した『輪』の主要同人となったすぐれた詩人、海尻巌の回想記や『航海表』の編集・発行人だった藤本義一自身の回想エッセイなどに基づいて、藤本氏の生涯と仕事をできる限り紹介したものである。藤本氏は後にサントリー宣伝部に入って活躍し、洋酒関係の本を多数出している。合わせて、主な同人たちの簡単なプロフィールや藤本、海尻氏とその詩の恩師、竹中郁との生涯にわたる暖かい人間関係もエピソードを交えて紹介している。

ただ、残念ながら、その誌面（内容）の詳細や同人誌の航跡については、昔、一冊だけ手に入れた貴重な三十一号（一九五二年三月）を簡単に紹介したのみに留まっている。というのは、『航海表』は神戸市立中央図書館（大倉山にある）に問合せても所蔵されておらず（明石の兵庫県立図書館も同様）、日本近代文学館や松蔭女子大学図書館などに部分的に所蔵されているだけの稀少な同人誌なので、今のところ、怠けていて実物を見る機会がない状態なのだ。もっとも、その五十号は前述の本の出版後、街の草さんで偶然見つけ、私家版で昨年出した『古本こぼれ話』中の一文に、そのあらましを紹介した。

ところが、先日、私の私家版、五〇頁程の小冊子を苦心して活字化し造って下さった若き古本の猛者、清水裕也君と元町で会った折、最近、大阪のある古本屋で『航海表』三冊を思いがけず格安で手に入れた、と一寸見せてもらったのだ。そのうちの一冊は私も所蔵している三十一号だが、あと二冊は確かその前後の号で、いずれも保存状態のよいものだった。表紙絵は二冊とも私の知らない画家のもの。私はびっくりし、正直、羨望の念を禁じえなかったものだ。目次をざっと見ると、海尻巌の詩が巻頭に載っている号もあった。

それから一週間位たった七月下旬の日曜日、私はヒマに任せ（もっとも、年中ヒマなのですが……）又々、尼崎の「街の草」さんを訪れた。

早速、例によって店先の本の山々にまず視線をやると、すぐに神戸の文化総合誌『半どん』が十数冊積まれているのが目に止った。『半どん』は兵庫文芸史の資料の宝庫ともいえる雑誌で、私もいろいろ執筆に利用させてもらっている。早速、順々に各号の目次を見てゆく。と、百四十七号（二〇〇六年十二月）の巻末エッセイに、詩人、和田英子さんの「詩誌『航海表』のこと1」が出てきたのである。どうも連載ものらしい。私はドキドキしながら、その連載が載っている号を急いでかき集めた。結局、百四十七号から百五十三号（二〇〇九年六月）まで連載されているのが見つかった。ただ、『航海表』についての文章は六回までで、最後の百五十三号のエッセイは「喫茶リリックの思い出」となっている。これは、和田さんの『航海表』同人時代に一年ほど新開地の三角公園前にあった喫茶店

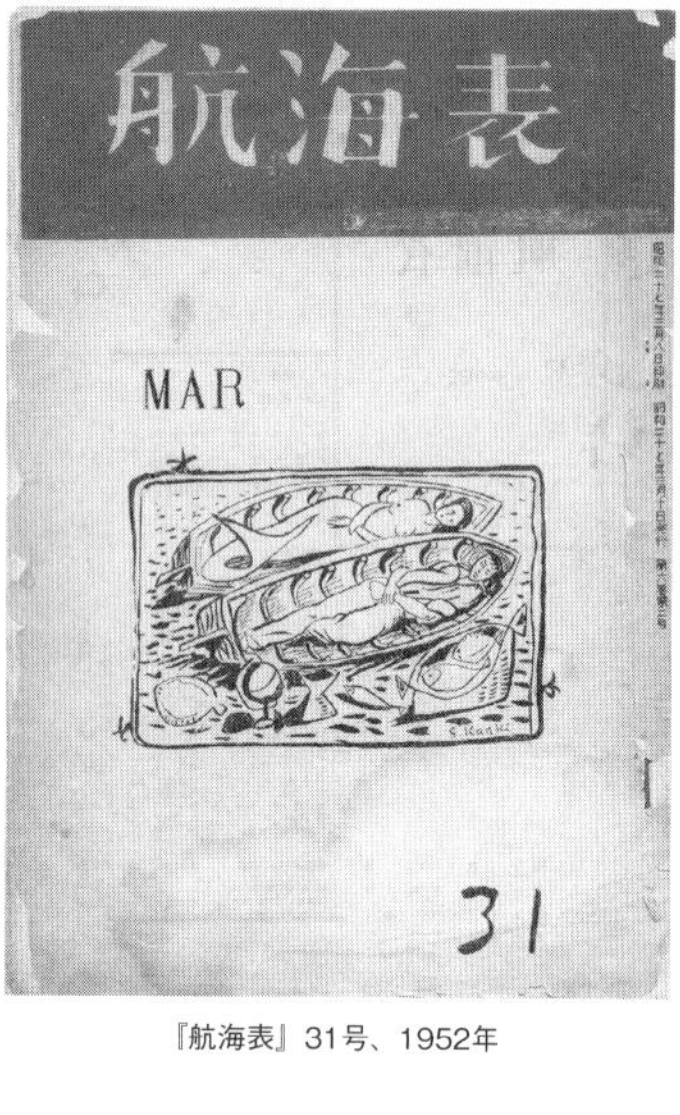

『航海表』31号、1952年

の二階へ、中西勝氏指導の画の会に通った思い出を綴ったもの。一冊三百円とのことなので安いのだが、七冊だとけっこうな値段になるが、これは私にとって逸することができない資料なので、有難くいただくことにした。和田さんは『行きかう詩人たちの系譜』や『朱の入った付箋』（以上、編集工房ノア）で、神戸の詩人たちや発掘した詩同人誌のことをいろいろ回想して書いていて、資料的にも重要なエッセイ集であり、私も『編集者の生きた空間』で藤本義一氏の生涯と仕事について執筆する際、少し使わせてもらった。しかし、この連載は初見で、和田さんの著作に収録されていないと思う。

　私は早速、帰宅の車中や帰ってからも急いで読みつぎ、二日程で読み終えた。

　和田さんは御自身が若い頃、『航海表』の後半期の同人としてかかわったので、その記録をどうしても残しておきたかったのだろう。記録者に徹して、御自身の感想はごくわずかにとどめ、その誌面に表れた詩作品や重要なエッセイ、批評文などを出来るだけ多く、そのまま引用、紹介している。ただ、頁数の制約もあって、詩の引用はすべて、／で改行を示す棒組みなので、詩を鑑賞し味わいたい読者には少々読みづらい。これは、私などもつねに悩むところで、本来、詩はその詩人の、改行を含めた創作なので、頁数さえ充分あれば、原文通りに引用したいところである。私は前述の本では、註内の詩の引用は仕方なく棒組みにしている。原文通りに改行すれば、頁数がどんどんふえていってしまうからである。

　ここでは、すべて和田さんの連載からの再引用になってしまうが、私の本では書けなかったことや新しい情報を最少限紹介しておきたい。

　まず、和田さんがこの連載を始めたいきさつだが、阪急王子公園駅近くの、昔の原田の森にあった関西学院大の正門あたりに神戸文学館がオープンすることになり、初期からの同人で当時埼玉に住んでいた、故森弥生さんが所蔵していた『航海表』のバックナンバーをご主人から文学館へ送ってもらったという。これを和田さんがコピーしてゆくうちに、兵庫の戦後文化の様相をよく伝える『航海表』の内容を記録する気になったのだという（『航海表』が館に寄贈されたのかどうかは、いまひとつ、あいまいな表現になっている）。

さて、連載一回では、まず藤本氏が三十二号（一九五二年）に書いた「回想の『航海表』」を再録している。これは、『航海表』出航までのいきさつやその後の航跡を簡潔に描いたものである。簡単に言えば、戦後すぐ、パルモア学院夜間部に通っていた藤本氏、各務豊和、伊勢田史郎らでつくった四六頁の詩誌『ゆりかご』の連中と、豊崎聡平が戦争末まで六年間、二十号まで出していた『香炉』の人たち、さらに「神戸自由詩研究会」の人々が合体して、竹中郁に命名してもらった『航海表通信』が一九四七年九月に創刊された。この孔版八頁のパンフレットが四号からようやく『航海表』として定着したという。この頃の例会は、毎月、午前を映画鑑賞、午後に「竹中郁氏を囲む集い」として開かれ、愉しいものであった。トーアロードのお菓子屋、高砂屋などが会場であった。また、他の有名詩人を招いて、三宮のプランタンやフルーツ・パーラーで詩話会も行なっている。一九四九年十月には、紳士服のテーラー、柴田洋服店の一族の柴田勇輝氏の寄付により、『航海表』百枚のポスターを一ヵ月間、神戸市電の広告に掲示した。それは一枚一枚違った詩をポスターの枠内に書き入れたもので、市民たちの目に異彩を放ったという。

ところで、私は前述の本で、唯一私が所蔵する三十一号の表紙画を描いた画家、神吉《かんき》定氏については不明、と書いておいたが、そのへんの事情も藤本氏が「画壇の声援」の項で書いている。二科会の宮川富佐子さんから氏が当時勤めていた役所の月報用にいただいていたカットを『航海表』の二十号で表紙に使ったところ、思わぬ評判を得たことなどが機縁になって「神戸にある洋画団体のひとつ『ばべる美術協会』の人たちが毎号表紙を書いて下さって今日に至っている」と。これは無報酬の行為だった由で「ご厚意にむくいることもせず、はずかしい思いである」と述懐している。

まあ、無名の画家たちにとっては自分の作品の発表舞台にもなったのだから、むしろ喜んで作品を提供したのかもしれない。私も神吉氏についての註で、神吉氏が『バベルの会』に属していたことだけは書いておいたのだが、そういういきさつだったことは初めて知った。神戸でも有名な画家の表紙画が使われるようになったのは、それ以後の号からであろう。

なお、書誌的なことだが、『航海表』は七号で活版二四頁の立派なものを出したが——この内容については前述の本で紹介した——、再び八号からは孔版に戻った。活版になったのは四十号から五十号である（確認してないが、おそらく四十号あたりから判型もＢ５判からＡ５判になったのではないか）。

次いで、和田さんは、私も三十一号に載っていてよく出来ているなと注目し、富士正晴の『ＶＩＫＩＮＧ』など二項目だけ引用した藤本氏執筆の「兵庫県の詩壇地図」四十一項目をすべて再録している。和田さんは「戦後の詩誌年表から抜けた当時発行されている詩誌・詩人が詳しく書き込まれていて貴重である。網干等の郡部、西宮等東部の詩人の動向も従来は欠落していた地域である」と書いている。今、再読してみると、それらは網干の由谷卓によって出された『噴火』や同じく山岸広次の『ＡＬＰＨＡ』、西宮の吉田修による『ＥＬＡＮ』のことであろう（全文を知りたい方は『半どん』百四十七号を神戸の図書館で参照して下さい）。

連載の２から６までは、『航海表』発足から年代順に、６の一九五二、三年（三十八号位）までたどり、各々の号の主要詩作品やエッセイを再録している。この連載がそれ以後も続いたのかは、今のところ未確認である。百五十三号（二〇〇九年十二月）の「喫茶リリックの思い出」が二頁の短いエッセイなので、あるいはこの号で、和田さんの体調不良のために連載は中断されたのかもしれない。というのは、和田さんはその三年後に八十六歳で亡くなっているからである（即ち、最後の執筆のお仕事だったのかもしれない）。

さて、連載の２で、『航海表通信』三号に載った藤本氏の詩が紹介されている。私の本では三十一号に載っていた氏の「ある詩集」を引用しておいたが、これも貴重なので、ここに再引用させていただこう。

風の悪戯《いたずら》

ビルディングの抉《えぐ》り貫かれた二階から
駈け出した三輌連結
おとを投げつけて
わたしの上をひとつ飛び
遠のいて
だん〴〵細まってゆく響
胸にたばさんでゐたハンカチはチョコレート色の
車体《ボディ》にさらはれて行った
汗を拭こうとしたら
どこかでなびいてゐる　白麻《リンネル》の信号旗
おや　もうついそこまで
わたしを迎へに来たロマンスカー
「3」の心臓ぶらさげて

最後の「3」は『航海表』（三号）のことを暗示しているのだろうか。

次に、あっと思ったのは私の本の中で、戦中は豊崎聡平の『香炉』同人で、戦後、NHKの大阪放送劇団（JOBK）に入り、声優として活躍していた楠義孝氏がその人生の師としても暖かくつきあってくれた先輩詩人、海尻巌氏への、泣かせる追悼文を紹介したのだが、『航海表通信』三号に載ったその楠氏の珍しい詩が引用されていたことだ。以下に少し長いが全篇を示そう。

声優

「声はすれども姿は見えず」
それは全くわれらのために
こよなく皮肉でございます
かく申すそれがしは
ラヂオスター（声優）でござります
口とマイクが商売道具
声は出まかせ口まかせ
聞くはお客の耳まかせ

されどお客の顔もなく
とんと拍手もきこえませぬ
ガラン洞のスタヂオは
不入りつづきの小屋よりも
侘びしきものではありますが
声の操作で変幻自在
浮世離れて別世界
配給難もどこ吹く風
このひとときの三昧境は
空きっ腹でも太い声
しぶい顔でも甘い声
恋の思案も気ままにて
ほんにこよなき商売と
羨み給うな皆の衆
仙人ならばいざ知らず
それがしとても人間なれば
雲やカスミは喰えませぬ
忘れ給うな皆の衆
「声はすれども姿は見えぬ」
姿なき役者にも
月夜のあるということを

声優という仕事のオモテとウラ、そのホンネを、軽妙にしゃれたセリフ回しで告白した面白い作品である。

さらに、私は前述の本で、『香炉』の編集人、豊崎聡平が一九四四年（昭和十九年）に発表した印象深い詩、「珈琲店〝ゆり〟Ａ・Ｆ・ＵＲＹÛ」のみを友人だった海尻巌の回想記から引用しておいたが、『航海表』七号にも、一篇、豊崎氏が寄稿しているのだ。これも貴重なので、再引用させていただこう。

灯

ひとすじ、とおい航路であった。
この、
航跡の果の、
小さな港町と、
港町の灯りを、わたしは

いまも信じていた。
とぼしい灯りの
旅の一夜に、
蠟涙のように
くずれてゆく
わたしのおもいを
あのひとは知っていた。
兄と、妹のように、
わたしたちの
短い旅の終りよ。
さようなら、
わたしは、
燃ゆる瞳を信じていた。
ひとすじ、
とおい航跡であった。
この航跡の果に、
わたしは、
いまも、
一つの灯りを、
ともし続けていた。

連載の4では、一九五〇年の二十号から伊勢田史郎の詩が登場し、三十七号まで（?）載った同氏の詩を順次引用している。私の本では、どういうわけか、うっかり『航海表』同人としての伊勢田氏には触れていなかった。収録した別のエッセイで『輪』の中心的同人としての氏については紹介しているのだが。ただ氏の詩集は多数出ていて、それらに含まれていると思うので、ここでは省略しておく。

一九五二年、『航海表』三十二号が出た年の暮れ、和田さんは「新聞の小さな記事で『航海表』の会を知り、私はひとりで出かけていった」と書いている。それ以後、終刊まで和田さんも多くの作品を同誌に発表していると思うが、連載で引用しているのは三十八号の「雨の日に」のみである。

詩作品は、大江昭三、弥富栄恒、玉本格、森弥生、中村緑代子（当時、中学教師）、丸本明子、内田豊清、各務豊和他多数の人のが引用されているが、中でも森弥生さんの詩が一番多い。これは長年のお二人の友情と追悼の意によるものだろうか（頁数がふえるのと私の好みもあってこれらも大幅に省略した）。

なお、和田さんが書いた藤本氏の略歴には「後にベ平連運動に参加」ともあった。これも私は初めて知った経歴上の事実である。だとすると、小田実氏や鶴見俊輔氏らとも交流があったことになる。二十二号に載った伊勢田氏のエッセイでも、「僕は彼を評するに《秩序と正義の人物》としており、K君（筆者註・各務豊和）は《真面目で正直すぎる青年》と評している」と藤本氏の人物評を述べており、それがどうやら生涯変らなかったようである。

さらに、藤本氏が三十号に書いたエッセイによれば、氏が二年間、大阪の尾崎書房へ通勤した折、有名な『きりん』の他に『こども太陽』という雑誌も出していた、という。この時期には、藤村雅光・青一兄弟発行の『詩文化』――この雑誌にかかわった小野十三郎、藤村青一、大西鵜之介については、私の『関西古本探検』で書いたことがある――や志賀英夫編集・発行の『柵』の集いにも出かけたり、大阪の詩のリーダー、小野十三郎氏や港野喜代子さんを目撃したエピソードも語っている（小野氏をパチンコ屋で見かけ、それを純粋な港野さんが悲しんだという）。これらも知らなかった事実である。

以上、全く和田さんの精力的なお仕事に全面的に乗っかった紹介に終始したが、私もいつか機会を得て、『航海表』の原物全体をざっとでも見てみたいものである。　（二〇一七年七月三十日）

※　※　※

なお、私は『編集者の生きた空間』に収めた『航海表』の編集人、藤本義一氏やその同人たちについて書いたエッセイの中で、一時、同人であったすぐれた大阪の詩人、今井茂雄氏の貴重な詩集『夜の生誕』（私家版）――本には『夜の誕生』と記したが、これは原本自体の表紙が誤植されてそうなっていたためで、正しくは生誕、であった。ここでおわびして訂正しておきたい――を一寸紹介しておいた。

後日、二〇一八年二月下旬、「街の草」さんで手に入れた有名な詩雑誌『蜘蛛』第二号（一九六二年七月）には、戦後の神戸詩史についての貴重な資料となる記事が多く載っている。その一つが「詩誌創刊の頃」を各々の主宰者が書いている回想エッセイで、例えば『火の鳥』創刊の頃を小林武雄、『ＭＥＮＵ』を広田善緒、『錆』を内田豊清各氏が寄稿している。藤本氏も再び「『航海表』発刊の頃」と題して書いている。読んでみると、殆どがすでに紹介した情報であったが、初めて知ったこともある。それは指導して下さった竹中郁さんが「佐賀の弥富栄恒、三重の上井正三、大阪の今井茂雄（傍点筆者）などに参加を勧めてくれた」と書いていた箇所である。交友の広い竹中氏が今井氏の詩才を早くから評価していたからであろう。

なお、今井氏のこの詩集は、茨木市の富士正晴記念文学館に収蔵されていることを偶然、館の所蔵目録で知った。おそらく、富士氏とも交流があったからだろう。

最後の次の文章も初めて目にしたことである。「最後に書きとめておきたいのは木地悟郎のことだ。彼は小児マヒで幼ないときから体が自由にならず「足」の詩ばかりを毎月数篇ずつ書き送ってきた。彼の作品が一冊にまとめられたなら、きっと人の心をうつだろう」と。これは実現されたのだろうか、まだ調べていない。

なお、後日、私は「街の草」さんで、『上井正三詩集』（私家版、昭和四十五年）を見つけた（杉山平一氏旧蔵本）。竹中郁が温かい序文を寄せており、自分が出版を勧めたという。三重県上野市在住で『航海表』同人だった上井氏が、身近な自然を繊細な感受性で捉えた珠玉の作品集である。竹中氏によれば、上井氏は控えめな、つつましい人柄の人で、どうやらこの詩集しか出していないようだ。

（二〇一八年二月二十九日）

神戸の俳句同人誌『白燕』（代表、橋閒石）を見つける

――坂本巽の生涯と仕事

二〇一六年の一月中旬、三宮センター街すぐ南横にあるファッションビル、「バル」の六階フロアで、トンカ書店と口笛文庫の合同古本展の二回目が開かれたので、出かけてみた。私は行けなかったが、その前年にあった一回目が好評で、いい本が沢山出ていたという話を身近によく聞いていたからだ。

　入口近くの口笛文庫の棚に、旧い雑誌類が二、三山積まれていたので、順々にチェックしてみると、（もうよく思い出せないが）短歌雑誌や婦人雑誌が主だったが、その中に『大毎美術』も二冊程混じっていた。この雑誌はあまり一般に知られていないようだが、一九二三年（大正十二年）に大阪の大毎美術社から創刊されていて、活躍する錚々たる日本画家が毎号、自分の画をめぐる体験や他の画家のことなどを随筆に書いていて、美術史の研究者や日本画ファンには欠かせない、格好の雑誌だろう。そのとき手に入れた号がどれか、もはや分らないが、手元にたまたまあるのは、一九三〇年（昭和五年）、第九巻四号で、第九十四号

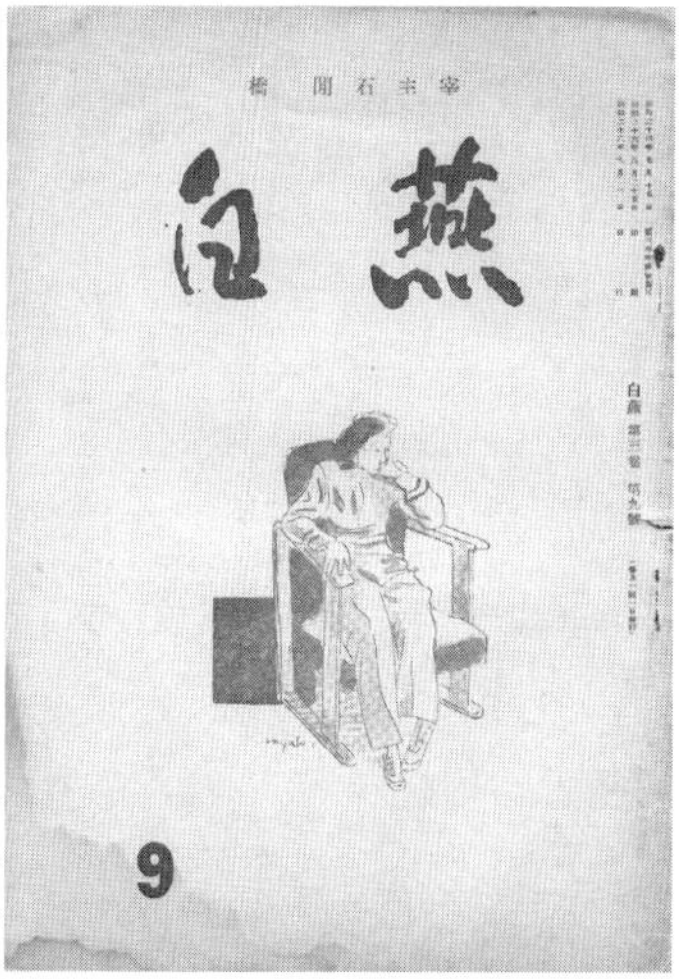

『白燕』第３巻９号、1951年

『大毎美術』第9巻4号、1930年

となっている。この号にも菊池契月や私の好きな池田遙邨の随筆「東海道の回想」、北野恒富の「清方氏の芸術」などが載っていたので、買い求めたのだと思う。一九三五年（昭和十年）刊の号も私は二冊入手しているが、今後も探求したい雑誌である。

そのとき、ふと見つけたのがたった一冊だけだが、薄い二六頁の俳句雑誌、橋閒石主宰の『白燕』第三巻九号（一九五一年九月）である。表紙画は奥村隼人という画家の、支那服を着た婦人が椅子に座っている図（この画家については不詳）。題字の墨筆と相まって、何となく風格の漂う表紙だと思った。表紙はともかくとして、私が『白燕』を見て、アッとかすかに憶い出したのは、これが現在、和歌山県立近代美術館長として活躍し、美術史家としても広い視野をもってユニークな執筆活動をしている熊田司氏の父君、坂本巽氏（ペンネーム。本名、三上忠雄）が初期から参加し、一九五七年あたりからずっと同人と交替でその編集実務に当っていた同人雑誌だということである。大分回り道になるが、今までのいきさつを説明しておこう。

私は二〇一一年に出した『ぼくの古本探検記』の中で、一篇、「陶芸作家　河合卯之助が若き日に係わった文藝同人誌を見つける！」を三七頁にわたって書いている。これは私がたまたま京都の山崎書店で見つけた『黙鐘』という二冊の大正の同人雑誌をもとに、素人なりにいろいろ調べて、河合氏始め、同人たちのことを紹介したものである。河合氏は若い頃、この雑誌で小説も発表しているのだ。

その折、同人の一人、詩人で歌人の寺川信氏の、以前手に入れた大阪刊の『現代名家百人歌集』（大正四年）の木版口絵も紹介し、その表記されてない画家名を、画風などから推理して、京都で生れた有名な国画創作協会の会員、森谷利喜雄（南人子）ではないかと書いておいたのである（南人子は前述の『黙鐘』の裏表紙や扉にも絵を寄せている）。

　その頃、熊田氏も林哲夫氏が編集して出した『書影でたどる関西の出版１００』（創元社）の執筆メンバーの一人として、「伊羅保　河合卯之助図案集」を書いており、国画創作協会についても関心が深い方だったので、私は思いきってお便りし、私のその仮説を専門家の目から検証してもらった。その結果は、どうも森谷南人子の作品ではないと思う、というお返事で、少々残念に思った。一度お会いして面識も得たせいか、氏はそれ以来、御自身で発行されている、素晴らしい個人誌『えむえむ』を五号以降――それまでの号は私が心斎橋の中尾書店で偶然見つけて持っていた――毎号、贈って下さっている。現在、二〇一五年二月刊の九号まで出ている。これは御自身が所蔵している美術作品を毎号カラーで満載して、特集形式（例えば「銅版画と散文詩」「木口木版」など）で解説し批評している楽しい雑誌である。氏は若い日、小さな詩集も出しており、実に読ませる文章を書く人だ。

　これに断続的に連載しているのが自伝的エッセイ「一九四九年・神戸」で、ここで必然的に父親のことも遺された関係雑誌、写真などを紹介しながら、三回程かなり詳しく語っている。実証的で、情理かねそなえた好文章である。これに基づいて、ごく簡単に坂本巽氏の文学的略歴を紹介しておこう。

　氏は一九一九年（大正八年）青森県弘前市に生まれる。学歴は不明だが、「兵役を終えて除隊になった昭和十八年から昭和二十年にかけて、父は郷里弘前や東北各地の群小詩誌に参加し、旺盛に詩作品を発表していた」。その中でも目立つのは弘前の藤田重幸氏が謄写版で発行していた『うたげ（宴）』という同人誌で、これは一九四五年末までに月二回、六輯出し、戦後も復刊四輯が出ている。この藤田氏とは、後に『緑の笛豆本』を主宰した蘭繁之氏の本名である。

また、熊田氏から有難くいただいた父君、坂本氏のりっぱな四〇四頁もの随筆集『日常茶飯』（一九八〇年、白燕発行所）所収の一文によれば、その前に一九四三年（昭和十八年）末、詩誌『草原』（同人二十数名）の創刊にも参加したが、料亭で発行記念の集いをもっていたところを特高に踏み込まれ、何とか難を逃れたものの、その後仲間も召集されたので、ついに二号は出せなかったという。このあたり同時代に、私が『編集者の生きた空間』の中で海尻巌氏のエッセイから紹介したように、関西でも、戦争中の言論弾圧に抗して若い、無名の詩人たちが『星辰』や『草苑』といったガリ版刷りの詩誌を必死に守り、出していたことを連想させる。発覚を恐れ発行所住所や編集発行人表示のある奥付は一切表記しなかったと海尻氏は記している。

その頃、坂本氏は太宰ばりの小説もいろいろ書いていたそうだ。氏は晩年まで、書きためた詩や小説を一冊にまとめて出版したいという望みをもっていたという。

一九四四年（昭和十九年）秋に実業家の叔父を頼って神戸に移住する。結婚して、二軒目は長田の水笠通りに住み、一九四八年頃まで自宅で古本屋兼貸本屋「麦書房」を熊田氏が生まれる直前まで営んでいた。その後、川崎重工業の社員となる。戦後、職場でもいろいろ出ていた社内誌『くすのき』などにも投稿していたが、一九四六年十二月、それまでまるきり関心のなかった職場句会に誘われしぶしぶ参加したところ、そこで講師として招かれていた神戸商科大学の英文学教授で俳人の橋閒石に出会って感化を受け、俳句への道を歩み始めることになる。閒石は、チャールズ・ラムなどの英国のエッセイ文学が専門のすぐれた学者でもあった。句集に『雪』『風景』『和栲』（蛇笏賞）など多数ある。

閒石は初め、飯田蛇笏主宰の『雲母』神戸支社発行の『水門』の共同主宰者だったが、そこを離れ、一九四九年五月、『白燕』（月刊）を創刊した。むろん、坂本氏も師について参加する。

ここでようやく元に戻るが、私がたった一冊、手に入れたのは初期のこの雑誌だったのだ。『白燕』は一年後の一九五〇年五月号から、閒石主宰から閒石を代表とする同人雑誌に移行し、一九九二年の閒石の死後も続いたが、二〇〇九年、四百二十五号をもってついに終刊している。

　熊田氏は同人制に移るまでの多彩な画家の装丁による『白燕』の表紙図版も七冊掲げていて、江田誠郎、小松益喜、川西英、辻愛造、河野通紀、貝原六一などの名が見える。ただ、私の入手した号は図版にはないので、何か拾いものをした感がある（一寸した自慢になるなぁ）。同人雑誌になってからはずっと文字だけのシンプルな表紙に終始したという。

　熊田氏は初期の『白燕』同人たちが父、坂本氏の自宅の二階で鍋を囲んで時々酒盛りしていたのを幼い頃の光景として覚えているそうだ。子供と閒石を交えた写真も掲載している。

　入手した『白燕』の中身にも一寸ふれておこう。まず閒石が「朱明抄」と題し、十一句を掲げている。その中から四句のみ、私なりにいいなあと思う句を挙げておこう。

炎天や青き葉裏の青き蟲
朝の石冷えて真夏の薔薇崩る
虹の下歩々に汀の子蟹散る
草白し炎え疲れたる落日に

　あとは句誌らしく、閒石選の句や同人の句などが続くが、注目されるのは坂本氏の二段組み四頁にわたる随筆「印象」が載っていることだ。

　坂本氏は初めに、井伏鱒二の『風貌・姿勢』の滋味ある文章にならって、自分もこれから人物評を書いてみたいと言い、下手な鉄砲も何発も打っているうちに的を貫くことができるかも知れない、と謙虚に意気込みを語っている。

　最初は、「白燕」同人の梶原蘭木氏で、その人柄の誠実さと酒好きな一面を描いている。二人目は神戸の小説家、各務三郎氏で、「どんの会」——神戸の文化総合誌『半どん』の集まりの前身だろうか？——での、正式の司会者、竹中郁氏が到着するまで司会を務めた氏の、円満でものやわらか、風格と情感をもたらす紳士ぶりを伝えている。前述の『日常茶飯』には、『白燕』連載の三番目の人物として、画家の小松益喜氏――旧居留地や異人館の風景画で名高い――について書いており、種々の集まりでの画伯の博識ぶり、その機関銃のように間断なくまくし立てる様を活写している。それが天性の稚気と天真らんまんさに満ちているので、周りの人々は不快でなく、むしろ愛すべきこととして受け取っていたという。

　画家の作品は、展覧会や図録で見れても、その人柄や素顔は評伝にでも書かれなければ、一般には分らないので、貴重である。この人物印象記の連載は自身では今ひとつと思ったのか、三人で終っている。もっと沢山、神戸の文学者や画家の人物評を読みたかったと思わないでもない。

　さて、私はこうして坂本巽氏の名前を脳にインプットしたせいか、その後、たしか神戸、サンチカの古書展で勉強堂のコーナーで、氏の第一句集『甲羅』（発行・橋閒石、発行所・白燕発行所、一九六〇年）を見つけて入手している。函に背文字も入っていないので、どうして氏の句集と分ったのか、今見ると不思議ではある（函の表《おもて》も、タイトルだけで著者名はない）。背文字が分らない本は念のため手に取ってチェックするという私のクセが幸いしたのかもしれない。

　この『甲羅』出版については、やはり、『日常茶飯』に覚え書を書いている。函の背については、白抜きで入れるつもりだったが、変な格好の字がゲラで出てきたので止めたといい、心残りだと書いている。

　作品配列は完全な逆編年にしたのだが、多くの人から非常識と指摘されたという。ただ、これについては、私がかつて紹介した池田市の俳人、小寺正二氏も採用しているし、詩人でも清水正一氏などもそうしているので、私などあまり違和感はない。巻末に（ここに入れるのは珍しいが）坂本氏が和服姿で吸いさしのタバコを手にして机を前にくつろぐ、柔和な表情の一頁大の写真が付いている。

　これについても、同人、坂本ひろし君の「写真を入れるのは読者に対するサービスだ」という主張に従ったのだが、日曜に朝寝をしていたところを坂本君に急襲され、五枚ばかり撮られた。出来上ったどの写真もピンボケなどで失敗だと言われたが、撮り直すのももう沢山だったので、そのうちのましな一枚を選んで使ったという。初めて句集をつくった際のいろいろな苦労が偲ばれる文章である。

閒石氏の跋文では、坂本氏の聡明さを指摘し「生れつき底から善良なのである」と書いており、周囲からはあまいといわれるが、それも「澄んで明るく、しかも温かい天与の麗質である」とまでその人柄の魅力を伝えている。

最後に、俳句には全くの素人だが、本書から、一読して分りやすく、いいなと思った句をアトランダムに挙げておこう。

海から河から波が媚び睡い石たち
蟬となるため殻脱ぎ墓地の賑はひ
昇降機口開け胃が重い地階
薄暗き食卓雨中のハーモニカ
ぬらりと潮満ち夜の造船所
鳥影が横切り瓦どもに秋
昇降機梅雨の奈落に届きたり
雪残る母郷を旅人のごとく去る
豊作や鼻の奥までこそばゆし
冬ぬくし入歯はづして笑ひだす
夜桜や時になまめき猫ねむる
蜻蛉の眼廻り海港晴れわたる

氏はその後、句集『低唱』『階段』『嘶』『呟』『行住坐臥』の五冊を五年おき位に出している。

『日常茶飯』は会社勤めの定年後、今まで雑誌などに書いてきた雑文をまとめたものだが、その大半は『白燕』に載ったものという。同人たちのプロフィールや俳句評にはとくに力が入っている。私などには、巻末の『白燕』の編集後記を集めた「白燕雑記」が古本や書店での話も出てきて、面白かった。本書の中身ももっと詳しく紹介できればよいのだが、もはや余力がない。というより、まだ通読できていない。

今回は『白燕』という俳句同人雑誌とそれを長きにわたって編集した坂本巽氏をわずかに紹介するに留まった。

（二〇一六年一月三十日）

追記1

前述の、私が手に入れた『白燕』の表紙画を描いた画家、奥村隼人については、不明と書いた。その折、少しでも情報が得られないものかと、いろいろな神戸ゆかりの画家の美術展図録に当ってみたが——例えば、最も収録画家数の多い『ひょうごゆかりの洋画家一〇〇人展』図録を見てみても、他の表紙画の画家は皆出てくるのに、どうしたわけか奥村氏は全く出てこない。それで殆どあきらめかけていた。ところが、以前、原稿の資料に使ったことがある『半どん』七十七号（一九七九年四月）を何げなく見返していたら、五十三年度の「半どん文化賞」受賞者のうちの美術賞受賞者として、奥村氏が挙げられているではないか！　ちなみに、同年の文化功労賞を宮崎修二朗氏が受けられている。各々の受賞者の、人と作品を長年交流のある人が語る頁があり、奥村氏については、大垣泰治郎氏（新協美術協会委員）が書いている。受賞者略歴には「明治四十二年、神戸市に生れる。二紀会同人、神戸市洋画会会員」とだけ記されている。大垣氏はまず「戦前戦後を通じてリアルを追求してきた奥村君の作品は裸婦像の連続である」と紹介している。そして終戦直後、元町一丁目の焼跡で、奥村氏をマネージャーに、若い絵描きと詩人たち（傍点、筆者）が集まって、装飾宣伝美術を請負う「フェニックス工房」をつくった。この仲間には大垣氏を始め、松岡寛一や津高和一もいたという。詩人にはどんな人たちがいたのだろう。書いてないが、知りたいものだ。大垣氏は「奥村君は真実を裸婦にもとめ、自己を表現するには裸婦（人間）を描くこと以外にはない、と信じているものと思われる」と一文を結んでいる。奥村氏の裸婦像を一度見てみたいが、残念ながらこの号には載っていない。『半どん』のバックナンバーを調べれば、表紙か口絵に使われた号があるかもしれない。今後の探求課題としておこう。

（二〇一七年九月十日）

追記２

主題とは少し逸れるが、坂本氏の関連情報として報告しておこう。二〇一六年三月末の神戸、サンボーホールの古本展に二回目におそく出かけた際、「オールドブックス・ダ・ヴィンチ」（版画や絵ハガキなど中心のネット販売店）のコーナーで、箱の中に豆本がいろいろ入っていたので、少しとり出して見ていたら、中に『蘭繁之句集』（緑の笛豆本、第十三期第五十集、一九七二年）があった。どういうわけか、この人の名は前述の原稿に書いたことを憶えていたのである。装幀が凝っていて、表紙は木製、用紙も和紙のせいか、意外に手にもつと軽い。トビラ裏を見ると、タイトルの「焼判デザイン　さとう　よねじろう／桐板製作　三浦成一郎」となっている。

あとがきによれば、「私の句は、俳句以前のものであるかもしれませんが」と謙遜して書いており、戦後書きとめておいた数百句の中から「私の好きなものだけを、年代に関係なく、春夏秋冬にまとめました」とある。

ざっと読んでみると、素人の私共にもその情景が目に浮ぶようによく分る、平易な句が多いが、やはりりっぱな玄人の句だと思う。ここでは、所々、季節ごとのトビラに一句ずつ中央にゴチックで掲げられたものを引用させていただこう。

『蘭繁之句集』、1972年

初詣悠然と人にもまれけり
春雨に傘傾けて湯女一人
こもりたる硫黄の匂い梅雨の宿
氷雨降る不眠に一時二時を打つ
浅虫の海ふくらみて冬の月
驟雨一過蕎麦やですごす夢二の忌
肺患の妻寝そべりて紅をさし

私が注目したのは、あとがきにある次の一節である。「私は戦前のものを集めたかったのですが、あることから焼捨てられたようで、書きとめておいた原稿がなく、まことに残念でたまりません」と。以下は私の全くの推測にすぎないのだが、前述のように、蘭氏も戦時中、坂本氏も参加した同人誌『うたげ』を弘前で発行していたから、官憲に疑いをもたれ、関係書類を一切押収されて、あげく焼き捨てられたのではないか（または戻ってこなかったか）。空襲などで焼尽したのなら、そうはっきり書くはずである。そのときのトラウマが「あることで」というあいまいな表現を氏にとらせたのではないかと疑う。戦争中の暗い言論弾圧の姿がこんな所にも影を落としているのである。

（二〇一八年四月二日）

戦後神戸の書物雑誌『書彩』二冊を見つける！

――神戸古本屋史の一齣

昨年秋、京橋、ツイン21ビルの古本展にあまり期待せずに出かけた。広い会場をゆっくり見て回ったが、大した収穫はなかった。ところが、池崎書店のコーナーで、箱に雑然と入った紙物や雑誌類を漁っていたら、中に珍しいものが見つかった。セロハンの袋に二冊入った『書彩』（一九四九年七月、創刊号と同十月、二号）で、「おっ、これは！」と胸が高鳴った。値札には、〝神戸の古本屋さん必読！〟なるメモも付けら

『書彩』創刊号、1949年

『書彩』２号、1949年

れている。その場ですぐほしかったのだが、さすがに珍しいので一寸高めの新刊単行本二冊分位の値段で、あいにく持合せがない。幸い、池崎さんは旧知の店主さんで、丁度会場に居合せたので、無理を言って送金可能な月末に後送してもらうようお願いしたら、快く応じて下さり、有難く思った。

ここで私と『書彩』との今までのかかわりを簡単に述べておこう。随分昔のことだが、たぶん神戸の古本展で、私は初めて『書彩』四号（一九五二年十二月）を一冊見つけて手に入れた。それを今は亡き神戸元町の海文堂で開かれた「神戸の古本力」と題するトークイベント（林哲夫、筆者、北村知之）で一寸取り上げたところ、早速、林さんが関心をもって下さり、みずのわ出版でそのトークをもとに単行本化される折、解説を加えて下さった。その後、林さんは同氏編集の『書影でたどる関西の出版１００』（創元社、二〇一〇年）でも一項目とって氏所蔵の『書彩』四冊（四、七、八、九号）のカラー書影とともに解説されている（四号は私が提供したのかもしれない）。私もその後、『古書往来』の中で、『書彩』やその編集人、岸百艸について少しだけふれている。くり返しになるが、再度紹介しておこう。

岸百艸は俳人で、句集『朱泥』を私家版で出しているが、戦前は小説を書き時代劇映画の原作者でもあった。戦後、一九四七年に元町通り一丁目、南京町東入口近くの露地に古本屋「百艸書屋」を開店し、詩歌集や歴史書、限定本などを扱った。店は神戸の文化人の溜り場でもあった。『歴史と神戸』に初期同人としても参加し、元町の風俗史などを執筆している。一九七七年に亡くなった。

その岸氏が中心になって、一九四九年七月に神戸の古本屋七店（沢田、葵《あおい》、小池、松村、門、鉢木各店）が編集同人に参加して発行し始めた愛書家、古本ファン向けの随筆雑誌が『書彩』なのである（むろん、巻末に販売目録も付けている）。何号まで出たかは今のところ不明だが、九号（一九五五年五月）までは林さんの一文で確認できる（「街の草」加納さんの話では、十三号位まで出たのでは、という）。初期の号は同人など古本屋店主の執筆が多いが、最初から外部の愛書家たちにも広く寄稿を呼びかけており、林さんの文章によれば、竹中郁、落合重信（歴史家）、亜騎保（詩人）、足立巻一、宮崎修二朗氏らが書いているという。私の記憶では、他に、兵庫県現加西市出身の民俗学者、赤松啓介氏――〝夜這い〟の研究で有名――も寄稿していたと思う。

いわゆるガリ版印刷だが、レイアウトやカットなども凝っていて味がある誌面になっている。

実は岸氏と交流が深かった『書彩』のもう一人の中心人物、葵《あおい》書房店主の中村智丸氏のことも私は『古書往来』で紹介しているのだ。

今は亡い三宮センター街東入口近くにあった神戸の代表的老舗古書店、後藤書店の閉店セール中にたまたま見つけたのが、中村氏のおしゃれな生写真入り（口絵頁）、アート紙の新書判の私刊本『私のコスモポリタン日記』（一九八七年、限定三五〇部）であった。

本書によると、中村氏は一九二二年（大正十一年）生れ。戦前は毎日新聞の記者をしており、戦後二十二年、三宮（生田区三宮町二－一）で古本屋、葵書房を開店し、主に美術書、文学書を扱った。一九五二、五三年頃まで店をやっていたようだ。その後はレコード店を経て、外国の民芸品輸入販売の店を経営している。幅広い芸術の趣味をもち、とくに写真は玄人はだしで、写真入りの私刊本の本造りを長年楽しんだという。私刊本は少なくとも五冊出しており、高峰秀子さんとのエピソードを印した『秀子のピッコロモンド』（限定五五〇部）はとくに評判になったらしい。私はその後文庫判の『１９７９・秋』（一九七九年、三五〇部）と『スカンジナヴィア　ホテル　一九八〇』（一九八〇年）という可愛らしい小型の枡形本も幸運にも見つけている。

中村氏の店には、あの夭折した久坂葉子や川西英、津高和一、竹中郁、寿岳文章氏などがよく訪れたことが本書に書かれている（これは百艸書屋のお客とも大分重なっている）。

今回、『古書往来』に書いた中村氏の本からの引用文を改めて見て、私はアッと思うことがあった。それは「名作『象牙海岸』の詩人竹中郁さんも良く顔を見せてくれ、彼のお嬢さんがファミリアで創造的な仕事の手伝いをしていた。（中略）花森安治がスカート姿でわが店に現われ、私はビックリし（後略）」という箇所である。前者はこの三月末までＮＨＫの朝ドラで毎朝、楽しみに見ていた『べっぴんさん』の舞台となった神戸の子供服の会社「ファミリア」で、竹中氏の娘さんが働いていたとは、全く知らなかった。後者も、その前回の朝ドラ『とと姉ちゃん』が「暮しの手帖社」を舞台にした、その社長、大橋鎮子さんと編集長を務めた花森安治氏がモデルの中心になったドラマであり、その影響もあって花森安治関係の本も集中して数冊出た。その中の一冊『「暮しの手帖」と花森安治の素顔』（論創社）で編集部にいた二人の人の回想談を読むと、花森氏がスカートをはいていたというのはおそらく伝説的なエピソードで、自分たちは実際に見たことがない、と語られていたのが印象に残っている。しかし、中村氏は実際に目撃したと証言している。これは私の推測にすぎないが、神戸は昔からファッションの前衛都市だから、花森氏が郷里の神戸（現在の新幹線、新神戸駅辺りに実家があった）に帰省した折は心も解放され、そんな思い切った服装も時にはしたのではなかろうか。正確にはスコットランドの兵士が着けるキルトだった由（林哲夫氏の御教示による）。

さて、せっかく入手した貴重な雑誌なので、その中身も簡単に紹介しておこう。二冊とも一八頁の雑誌。まず、創刊号では岸百艸が「創刊片語」を一頁述べ、次にペンネームだろう、蘆呉須生（ロゴス書店主[註1]と思う）名で「〝西洋書誌学〟書の思ひ出」が二頁載っている。最近、店で東京滞在中のロサンジェルスの古本屋主人に買われた、戦前は神戸で活動した出版社、ぐろりあ・そさえて[註2]の社主、伊藤長蔵氏の立派な旧蔵書である数冊の西洋書誌学の本をとりあげて紹介している。さすが、戦前、三宮にあって、りっぱな目録を出し全国にその名をとどろかせた洋書専門の古書店主の筆だけあって洋書への知識が豊富だ。次に、中村吐蕪氏（智丸氏）の、アランやヒルティの「幸福論」を引きつつ語る幸福についてのエッセイが来る。その頁裏には画家、小松益喜氏の「旧元町一丁目の角のおもいで」と題する鉛筆画のスケッチが。前述の葵書房主、中村氏の回想エッセイによると、店にある美術書を求めて中西勝氏ら多くの神戸の画家が来店し、楽しくおしゃべりした、とあり、その画家たちの一人に小松氏も挙げられているから、中村氏がスケッチ画を依頼したのだろう。日頃のつながりが物を言ったわけだ。

次に、広重堂（同人か？　不明だが、ペンネームから推してひょっとすると、現在の梅田、古書の街にある「リーチアート」の創業者で、当時は元町駅北で「彩文堂」を開いていた広岡利一氏かもしれない。百艸氏は戦前から広岡氏の知遇を享けていた、と書いている。）による「古本屋風土記（其二）」が続く。これは、大正末頃からの神戸の古本屋の人物群像を、その人柄を中心に紹介する連載のようだ（二号では休載）。最初に、福岡梅次氏が取上げられている。福岡氏は「東京、大阪等の同業者から『神戸の荒神様』で愛称された程無邪気な無鉄砲さをもって居」り、知識は大してなくても外国書など、どんな本の仕入れにも驚かなかった。酒好きの世話好きで、後に成功したいろんな古本屋の名前が氏の息がかかった人々として挙げられている。振り手としても、大阪の松本氏と並んで大へん珍重されていたという。ただ、店の名前や場所など明記されていないので、私は昔、探求して苦労の末、手に入れた兵庫県古書組合（略記）の歴史を記録した貴重な大冊（B5判、四三〇頁）『六十年史』（一九七五年、非売品、限定二二〇部）をここぞとばかり繙いてみた。なかなか探すのに骨を折ったが、最初に出てきたのは、一九一三年（大正二年）、湊川神社参道沿いにあった松浦書店で開かれた大市会に参加した一人として、福岡氏も挙げられている。そして、大正末から昭和中期にかけて、現在の王子公園辺りにあった関西学院大や神戸高商を控える上筒井に古本屋街が発展、栄えたが、――ここにあった白雲堂、博行堂など二、三の古本屋については足立巻一氏が『親友記』の中で描いている――『六十年史』中の大正十四年の貴重な古本屋地図の中に、神戸高商を下った市電通り南側に、昭和三年（一九二八年）、〈福岡梅次店〉とあったのである！　さらに「昭和十年・姫路古書組合設立」の項目中に、組合員の一人として、〝福岡（元神戸・相生市）〟と出てきた。元は神戸の西灘に店があり、その後相生市に移ったことがこれで分った。その後は大分記述が飛んで、戦後昭和二十一年、兵庫古書組合が再編成され、赤穂支部長として福岡氏の名があげられている。昭和二十三年の組合員名簿を見ると、住所は「揖保郡揖西村土師大陣原九〇四」となっているが、店名は出ていない。これで見ると、晩年は店がなかったのかもしれない（店がなくても、古本展や催しにだけ参加する業者は現在でもいる）。

さて、両号にわたって、この雑誌の目玉になったのは、後藤和平氏の「古物明細帖（その一、二）」であろう。百艸氏も、二号の編輯後記で、その労を多としている。

この後藤氏は、私共も学生時代から時々訪れていた三宮センター街東入口近くにあった後藤書店の先代の店主で創業者の方である。

私も営業時は、和平氏の御子息の店主の方に頼んで私の新刊本のパンフを店に貼ってもらったり、店に陳列されていて私の本に載せたい寿岳文章氏の貴重な大冊『ヰルヤムブレイク書誌』（ぐろりあ・そさえて刊）の書影を撮影させていただいたりと、いろいろお世話になったので、間接的にご縁のある人なのだ。現在も時たま、跡地のビルの三階で、長年蒐集された夢二の版画展や珍しい『版芸術』の版画雑誌展などをやっている。先日届いた案内ハガキには、川西英のサーカス版画展を催す、とあった。

さて、和平氏はこう書き出している。「吾々の商売と古物明細帖とは、切っても切れない悪縁そのものである。私が茲に云はうとするところのものは、この古物明細帖を通して見た、明治文化も末期に近い頃の、港都古書籍営業者間の推移興亡の跡を、想ひ出すがままに、（中略）そこはかとなく書き綴った、謂はば、覚え書とでもいふべきものである」と。

そして神戸では日露戦役直後に、古本屋が本格的に出現し、まず湊川神社境内で露店が開かれ、船員向けの洋書などがよく売れたという。ちなみに『六十年史』中の、明治四十年頃の湊川神社境内の古本屋地図を見ると、何と九店もあった！　その後は北長狭通や西門筋、鎮台筋へと古本屋街が形成されていった。

和平氏十四、五歳の頃、湊川神社境内に水族館とそこに併設された活動館があり、人気を博した。その活動写真を見たくてたまらず、入場料を捻出するため、ふと目についた境内の古本買入の看板に誘われ、それまで二、三年貯えていた『少年世界』を初めて売ったのが古本屋との交渉の最初であった。それ以来、父の蔵書を一冊ずつ持ち出しては古本屋に売りに行った。

氏は明治四十一年高等小学校を卒業して、元居留地に勤める（『六十年史』にある和平氏談によると、ドイツ領事館である）かたわら、パルモア英学院にも通っていたが、月給五円では英語の新刊参考書もろくろく買えないので、二、三、五銭の均一本を漁るようになった。幸い、住いの近く、北長狭通六丁目に当時神戸で一流の古本屋、久保昌栄館があったという。当時、北長狭通の山手、花隈は芝居小屋や寄席、料亭が立ち並ぶ花柳街で、きれいどころが通り、清元、長唄が日常的に聞こえてくるような風情ある盛り場であった。

明治四十三年父が死んで、月給七円ではどうにもならず、勤めもいやになり（『六十年史』によると、ドイツ人とけんかして辞めたという）、古本屋開業を決意し、久保昌栄館主人に相談に行った。その頃、河合書店で月一回、市があり、十人位が集まっていた。そこへお供して、第一回は六円程で仕入れたという。大正初め、神戸では珍しい大市会が開かれ、英語の本の表題が多少分る氏は相当重宝がられた。氏は明治四十三年、トーアロードの上の踏切を左折した鉄道側で開店した。そこでは場所柄、洋書や英語の参考書などがよく売れた。しかし、家賃が十八円もするので引き合わず、七円ですむ北長狭通に移転した（当時、この通りは古本屋街であった）。

「この店は、ささやかながら間口一間奥行二間に二畳程の室もあり、他の店が座売りであったのを廃し、現代風カウンターを取りつけた当時では新式の店であった」と。その後、大阪の淡路町の古本の卸屋、長谷川文々堂へ行くうちに大阪の大御所、高尾彦四郎氏

（高尾書店主、目録で全国的に知られる）と知り合ったり、大阪の鳥居書店二階であった市にも出かけている。勧められてそれまで嫌だった「よせや」廻りもするようになった。『六十年史』によれば、店には中央神学校の賀川豊彦が時々来たという。

　私が読めたのは二号までで、この連載が何号まで続いたのかは確認していない。一方、岸百艸氏が『書彩』七、八号にわたって、戦後すぐの神戸の古本屋群像を生彩ある筆致で描いており、これは幸い前述の『神戸の古本力』に再録されているので、読むことができる（但し、現在は絶版）。ここでも、百艸氏は戦後の後藤書店の驚異的な躍進ぶりをほめ讃えている。和平氏は老いもなんのその、神戸全域を歩き回って電柱や破れ塀に「古本高価買入」の宣伝ビラを貼って回ったという。

　私は以前、『古書往来』の中で、後藤書店の閉店の際、元店主やお客だった愛書家への聞き書、寄稿などをまとめて後藤書店の歴史を伝える本が出来ないものかという希望を述べておいたのだが、残念ながら実現していない。ただ今回、図らずも、創業者、和平氏の歩みをわずかながらも略述できたのを喜んでいる。

　なお、二号には中村吐蕪の随筆「憎まれ漫談」の他、同人五人による「書物よもやま話」と題する座談会が大部分を占めている。そこでは、書物展望社本を中心に、相模書房、白水社、江川、野田書房などの限定本の装幀を中心に各自の好みを自由に語り合っている。出席者の鉢木信夫氏は、（元町美術の店）となっているので、前述の広重堂はこの人の可能性もあるが、どうなのだろうか。

追記1

　本稿で少し紹介した「古本屋風土記」の筆者を確認するため、現在、紀伊國屋書店梅田店に隣接したすぐ北の通りに旧阪急古書の街の店の大半が移り、しゃれた和風造りの店を各々構えているうちの一店、「リーチアート」の三代目店主の方に原稿を渡し、現在、体調を崩して療養中の二代目店主で以前時々お話を伺った広岡倭氏に読んでもらえたら、とお願いしておいた。

しばらくしてお店に寄ったところ、あれは利一氏の筆ではなく、広重堂というペンネームを使ったこともないとの御返事をいただいた。父君、利一氏の追悼集も大分以前に造ったことのある倭氏の言だから、まちがいないだろう。私の早とちりであった。してみると、私が原稿の最後にふれた同人の鉢木信夫氏が書いたのかもしれない。

そこで、再び前述の『六十年史』を見てみると、昭和五年（一九三〇年）の項で、その年の七月一日、兵庫古書組合（略記）が成立した、とあり（組合員約百名）、その幹事の一人に鉢木氏の名前が出てきた。

これによって鉢木氏も相当古い神戸の古本屋人脈をもっている人だと判明した。やはり鉢木氏が筆者である可能性が高い。

なお、ついでながら、一九三一年（昭和六年）八月には、神戸から神戸陳書会の書物同人誌『陳書』第一輯が発行されている。忍頂寺務（民謡研究）や池長孟氏なども会員であった。これについては、私も企画者として参加して本造りにかかわった『モダニズム出版社の光芒――プラトン社の一九二〇年代』（小野高裕他著、淡交社、二〇〇〇年）の中で、共著者の明尾圭造氏が「書誌学サロン」の項目で創刊号の書影入りで少し紹介している。『陳書』は一九四四年（昭和十九年）六月発行の十五輯まで出たという。私は残念ながら現物をまだ見たことがない。明尾氏によれば、会員諸氏の珍本、稀書の紹介の他、古書店との上手なつきあい方や掘り出し物の話なども豊富に出てくるというから、ぜひいつか現物にめぐりあいたいものだ。

（二〇一七年七月十五日）

『陳書』第15輯

その後、雑然と紙類が積まれた、書きものの机代りにもしている食卓（お恥ずかしい……）を久しぶりに片づけていたら、紙の山の中から今年、若き書友、清水裕也君からいただいた貴重なコピー、故間島一雄書店主、間島保夫氏が書いた「「神戸陳書会」と『陳書』のことども」（同書店他の合同古書目録『陳書』創刊号）が出てきた（清水君に感謝！）。これによると、神戸陳書会の発起人や創立会員は、明治三十八年にできた神戸の郷土史研究会が母胎の「神戸史談会」の幹事の人たちが多かった。会員の氏名とその著作や業績が簡潔に紹介されているが、民俗学関係の人が多いようである。私には全く知らない人が殆どだが、その中で漱石と書簡で交流があった前川清二の文庫判『今昔談』（私家版、一九三〇年、発売所、ぐろりあ・そさえて！）は昔、三宮の後藤書店で見つけて手に入れたことがある。また、神戸で有名な西村旅館を経営し、文化サロンへちま倶楽部を主宰、小冊子『金曜』を発行した西村貫一氏（氏の『日本のゴルフ史』は名著とのこと）、『歴史と神戸』誌を発行した歴史や地名研究家の落合重信氏は私も少しは著作を知っている人だ。『陳書』全号の総目次も載っており、貴重な記録になっている。間島氏には、こういう神戸の出版史、古書店史についての研究エッセイをもっと書き残してほしかったと思う。それだけに五十四歳での早逝が惜しまれる。なお、書いていて憶い出したが、間島氏については、「街の草」の加納成治氏が編集の中心になって、『間島保夫追悼文集』が二〇〇四年に非売品で刊行されている。交流のあった古本屋店主や研究者、それに林哲夫氏や出久根達郎氏など総勢四十四人が心のこもった追悼文を寄せている。このうち加納氏の一文は、間島氏の人柄も含めて正直に書いた心にしみるエッセイである。

出久根氏は、漱石の書簡についての講義をＮＨＫで行う際、その宛て名の一人である前述の前川清治氏の経歴が不明だったところ、間島氏についての新聞記事を見て問合せ、その後前述の『陳書』でのプロフィールや、より詳しい経歴を間島氏に教えてもらい、陰徳の士と称して感謝のことばを捧げている。出久根氏の文章によると、「前川清二は明治五年の生まれ、慶応義塾に学び、神戸に住んで、大正汽船という船会社、他二、三の会社を経営する実業家となった。晩年は郷土史の研究家となり、『今昔談』『東西談』他の著作がある。昭和十八年に七十二歳で亡くなった」とある。なお、間島氏は二〇〇四年に亡くなられた（私は後日、ツイン21の古本展で、池崎書店のコーナーで、氏の私家版三六頁の小冊子『震災日録』（平成九年）を見つけた。被災三年後、ようやく目録発行にこぎつけるまでの苦闘の日々を簡潔に綴った貴重な記録である）。

　また、加納氏は『半どん』百四十二号（二〇〇四年六月）にも、「間島さんの手」と題して二頁の追悼文を寄せている。やはり、心を打たれる文章である。その中にとくに印象深い一節があるので、引用させていただこう。

　「古本屋という仕事は、一冊の本を眼で見ると同時に、手で見る。たとえその内容を読むことが少なくとも、手で触れ、その重みを量り、用紙の手触りを確かめ、記憶する。頭が覚えると同時に、手が記憶する、そういったものだと思う」と。これはすべての古本屋さんが共感することばではなかろうか。

　間島氏は沢山の文章は残さなかったが、彼の最大の表現は三十六号で終った「間島一雄古書目録」であったろう、とも語っている。これも目録を出している多くの古本屋さんに共通する見方だと思う。

（二〇一七年十一月二十日）

追記2

　十月初旬、天満宮で開かれた秋の恒例の古本祭り初日に出かけ、昼前に最寄り駅の南森町に到着。門前に向かう商店街を歩いていたら、向うから来る古本仲間、清水裕也君と書店に勤める古本者、西村氏の二人組にばったり出会った。お二人は早くから会場に来て本を漁り、これから早くも同日開催の四天王寺の方へも行くとのこと、さすがに若い人は体力と熱意が違うなあ、と感心する（私はこの会場だけで精一杯だ）。今回も清水君に教えられ、厚生書店に古い雑誌が沢山出ているというので、早速のぞいてみた。見てみると、童話雑誌などは多くあったが、文芸誌はわずかしかない。ただ、『歴史と神戸』がかなり沢山あったので、ざっとチェックする。すると、今まで未見の初期の号やタイプ印刷の別巻号が若干出てきた。後者も私は見たことがなかった（この別巻は六巻まで出たようだ）。表紙にある目次を見ると、落合重信を中心に本稿でも一寸紹介した岸百艸や後藤和平も書いているではないか、私は喜んでその三冊を手に抱えた（第二巻別冊一、一九六二年七月、第三巻別冊一、一九六四年一月、同別冊三、一九六四年十月）。本冊の第三巻三号も、目次に「神戸の印刷工素描…戸田広介」があったので求めた。前述の岸百艸氏は初期の『歴史と神戸』の同人として編集に協力したことは知っていたが、氏の追悼号は別にして、今まで本冊を探しても殆どその執筆号が見当らなかったのだが、実は別冊の方でかなり沢山執筆していたのがこれで初めて分った。入手した号では、「南京街の半世紀」「湊川神社繁昌記」「続・新開地盛衰記」（共同執筆の文責）を載せている。「湊川〜」では境内の店の詳しい地図も出ていて貴重だ。

後藤和平氏の方は第二巻別冊一で「古物明細帳」、第三巻別冊一で「明治おもいで草」を載せている。実はこれらは前述の『書彩』に載っていた後藤氏の随筆からの転載であった（後者は未確認だが、おそらくそうだろう）。『書彩』はすでに終刊し、同人誌だったから、より広い読者に読まれる『歴史と神戸』に転載したのだろう。後藤氏は、三巻別冊から、同人にも加わっている。私は帰宅して早速、未読だった「明治おもいで草」（二段組三頁）を読んでみた。氏は「明治も終りに近いころのはなしである」と書き出している。そして、この一文で現在の元町から三宮あたりの風物、とくに店や建物の景観を生彩ある筆致で描いている。ここから私が注目した箇所を二つ引用しておこう。まず、国画会の中心的画家で、北長狭通りにあった（？）村上華岳の自宅について。

「（前略）あの特意な画風で永遠に生きつづけてゆくであろう村上華岳の、むかしさながらの武者窓である、黒っぽい家は今も二番の踏切の坂を少し登った東側にあるのも懐しい景観の一つだ」と。さすがに後藤氏の村上画伯観は的確である。

次は、堀辰雄が来神の折、竹中郁と連れだって、神戸の古本屋や古道具屋をひやかし、その後、海岸通りの薬屋のショーウィンドで陳列されているイギリス・フランスの洋書の一冊、海豚《いるか》叢書の『プルウスト』を求めた話を短篇「旅の絵」で描いているが、この薬屋は元居留地にあったトンプソン商会であることが分っている（中山岩太が写真――本書一九四頁左上の図録表紙にある建物――で、小松益喜もその建物の絵画を遺している）。しかし、私はその館の主人のことは何ひとつ知らなかった。少し長いが貴重なので引用しておこう。

「（前略）ブックマニアとして一家の風をもっていたタムソン薬局を忘れることは出来ない。大の親日家であったタムソン氏には、ジャパンものやオリエントものの稀覯本の蒐集が遺されていたが、後年その一切は挙て、グロリヤソサイティの伊藤長蔵氏に譲られたと聞いているが、その後どうなったことだろう。今次、大東亜戦争に突入すると同時に垂水の外人収容所の人となったタムソン氏は、誰一人看とりの人もなく、老衰の果、寂しくこの地で永眠されたと聞く。この西方の文化人に対して、今更ながら哀悼の意を表したい」と。

そういう人だったのか！　また、私は神戸出身の出版社、ぐろりあ・そさえてについても既刊本で二度書いているので、この文章は大へん興味深いものであった。

（二〇一八年十月六日）

『小松益喜　英三番街』1939-40年
（『レトロモダン　神戸』図録より）

註

（1）三宮二丁目の生田筋にあったロゴス書店については、私の『関西古本探検』（右文書院）中の「戦前の神戸の古本屋群像」でわずかながら紹介した。そこで、目録にあったロゴス書店の貴重な外観写真も掲載している。ロゴス書店の斜め向いには朝倉書店があった。ここも戦前、目録で全国に知られた店であった。手元に、以前手に入れた朝倉書店の目録『愛書家』があるので、図版に掲げておこう。

（2）「ぐろりあ・そさえて」についても『関西古本探検』で二篇、社主・伊藤長蔵と編集部の面々を詳しく紹介した。

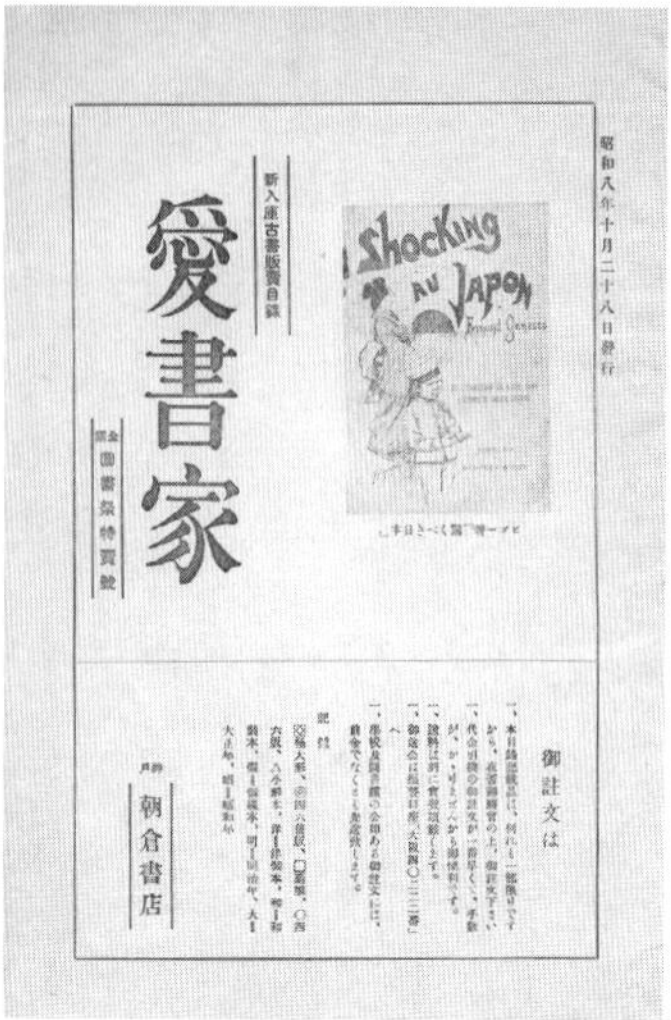

『愛書家』1933年

柘野健次『古本雑記——岡山の古書店』を読む

——藤原均、久保田厚生、黒田馬造のことなど——

二〇一七年年十一月、岡山のシンフォニーホールで開催の合同目録が送られてきた。その松林堂書店の欄に、柘野健次『古本雑記——岡山の古書店』(二〇〇七年、非売品)が目に付いたので注文した。古本ファンに人気がありそうなタイトルだから注文多数かもしれない、と心配したが、幸い当ったとみえて私の元に送られてきた。A5判、並製、一五〇頁の本で、三原さなえさんによる、古本屋の棚を水彩(?)で描いたカバー装画で飾った装幀である。

柘野健次『古本雑記』

　おっ、と注目したのは出久根達郎氏が二頁、「理想の客人」と題して序文を寄せていることである。出久根氏は「世間にはたくさんの古書収集記が出ているけれど、柘野さんのこれは、初めて古本を買った少年のように、ういういしい」などと大へん好意的に書いている。

　本書の著者は一九四〇年(昭和十五年)、倉敷市児島に生れ、岡山大学を卒業後、中央大学法学部(通信課程)三年に編入学。岡山県庁に勤めて定年退職し、出版当時は、岡山市町村職員研修センターの講師を勤めている。その間、三十年余り、主に岡山周辺で古本漁りを続けてきた方である。

本書は折にふれ訪れた岡山の多くの古本屋の印象、交流のあった店主たちの面影、収穫した古本などについて、テーマごとに比較的短いエッセイを沢山収めたものである。達意の簡潔な文章で、とても読みやすい。また、所々に、読んだ本から名言を引用していて、それがとてもいい効果を挙げている。本書を読むと、今はもうなくなった古本屋もかなり登場するようだ。実際、柘野氏が掲げた表でも、岡山の古書組合員は一九五九年の百四十四名から、二〇〇四年には三十六名に激減している。現在懐かしい古本屋の店頭、店内写真も多く掲載している。

蒐集分野も仕事に役立てるビジネス書から、趣味の古美術書、文学書、伝記などまで幅広い。毎回、古本展では両手に袋一杯の本を買って帰り、時には五千円から万単位の本も各店で買っているから、出久根氏の言うごとく、古本屋にとっては、「理想の客人」であったろう（家計をにぎる奥さまの苦労がしのばれる！）。私が驚いたのは、岡山表町にあった「南天荘書店」（店主、大萩登氏）（神戸、ＪＲ六甲道駅前にあった、今はもうない南天荘書店は、この店主の姉上がやっていたそうである）の項で、この店は県庁から歩いて十分ほどの距離にあった。氏は次のように書いている。「十二時を知らせるチャイムが鳴るや、県庁を飛び出し南天荘に向かった。二十分ほど集中して本を漁り、何冊かを買うと、紙袋に入れ、トンボ帰りで引き返し、空いた食堂で定食をかきこみ、職場に戻った。これを毎日のように繰り返した」と。まさに古本漁りの鬼ではないか（やさしそうな鬼だが）。

氏は本書の巻頭に「紙魚曼陀羅」と題して書いている。これは岡山の古本蒐集家の大先輩、黒田馬造氏の出した同名の本について述べたもの。氏は本書を読んでその文章に魅了され、これに刺激されて自分も岡山の古書店めぐりについて書いてみようと思い立ったのだという。

実は私も昔、たしか神戸の古本展あたりで黒田氏の本を見つけ、面白く読んだ憶えがあるのだ（今はとっくに手放してしまって、持っていないが）。詳細はもう全く憶えていないが、柘野氏も書いているように、たしかに古本屋をめぐるいい話やよからぬ話が書き込まれ、とくに後者は毒のある容赦ない筆致で綴られていたように思う。それだけにインパクトも強かった。これに対して、本書は殆どが、古本屋店主との「いい話」が書かれている。各々の店主の横顔も、いい面が多く描かれている。お人柄の表われではなかろうか（巻末の顔写真を見ても、それが伝わってくる）。

「掘出し」の話も一寸紹介しておこう。氏は十年前、ある古美術家の個展をみるため、尾道を訪れた。その後、街はずれの昔訪れたことのある古書店に向かう途中で、新しくできたばかりの古書店を見つける。入ってひとあたり丹念に見たが、これというものはなかった。「出がけにふとレジの背の棚に眼を走らせると、古ぼけた箱の本が一冊ある。／慎重に手にとってみると、私が二十年来欲しいと思いこがれ、古書目録を目を皿のようにしてさがし求めていた本ではないか。『無茶法師著　泥佛堂日録』（筆者注・川喜田半泥子著）である。少し手がふるえたように思う。値段をみると一〇〇〇円。」氏はそれで他の本五冊を急いで引き抜き、その本も合わせて、そそくさとお金を払って店を出たという。これを他の親しい店主に話すと、その本は今なら二十五万はするというから、すごい掘出しだ。まさに大切に架蔵する家宝となったことだろう。

「倉敷市立美術館」の項も私にはとくに興味深かった。というのは、この美術館から三十メートルばかりの所にある「古書　夢や」さんが登場したからだ。店主の藤原均氏とは私もわずかながら交流がある。フリー編集者になってから初めて大阪の燃焼社から出してもらったのが、全国の文才ある古本屋店主たちのエッセイを集めてテーマごとのアンソロジーにまとめた四冊本だった。全国の沢山の店主たちと交渉したので、なかなか苦労したのを憶えている。その折、私は『彷書月刊』だかに書かれた藤原氏のエッセイを読み、文才がある人だと見当をつけ、執筆をお願いしたのだ。氏は快く応じて下さり、『古本屋の自画像』『古本屋の

「古書　夢や」店頭

本棚』に「レンブラントの闇」「階段《きざはし》」など各々二篇ずつ、事実に基づく面白い掌篇小説を寄せて下さった。その関係で、岡山の古本展の目録もそれ以来届くようになった。柘野氏も書いているが、藤原氏は若い頃、文学志望の青年で、東京で勤務していたらしい。気さくで親切な人である。近年は京都の夏の下鴨神社や勧業会館での古本祭りにもよく参加していたので、時々はその会場で立ち話をしたことがある。息子さんが四年間、立命館大学で学んでいたので、古本祭りの間は息子さんの下宿に泊っていたとも伺った。私は昔一度だけ、所用で岡山に出かけた際、たまたま岡山駅近くのシンフォニーホールで開かれていた古本展をのぞいたことがあるが、「夢や」さんはまだ訪れたことがない。しかし、文中に店頭写真も添えられているので、ほう、こういうお店なのかと興味津々で眺めた。柘野氏は藤原氏に勧められ、木山捷平の本十四冊を八万五千円（限定署名本を含む）で買ったと書いている。藤原氏は木山氏と同じ笠岡市の出身であり、柘野氏の妻も同郷なので、ゆかりが深い本と感じたものらしい。氏も藤原氏のエッセイを何かで読んだのか、「文をよくする。しみじみとした文の書ける人とみた」と述べている。

「夢や」さんの目録では、地元の細かい紙物も丁寧に扱っているという印象を受ける。その意味では、今は亡き田村治芳氏の「なないろ文庫ふしぎ堂」の目録に一寸似たところもある。私は数年前、『古書往来』に少し紹介したことがある近鉄の旅のPR誌『真珠』（著名人のエッセイ満載）が目録に大量に出ていた折、その一部を注文して送ってもらったのを憶えている。

さらに、「久保田さんのこと」も注目して読んだ。この、古書店主だった久保田厚生さんは関西や岡山の古本者たちの間で、未だに懐かしく語られる人らしい。例えば、私がフリー編集者として企画して白水社に橋渡しして出した林哲夫氏のエッセイ集『古本屋を怒らせる方法』（二〇〇七年）の中にも、「五車堂さんの笑顔」なる一文が載っているし、最近、苦労して三密堂書店から手に入れた、評判の高いという百萬遍知恩寺の秋の古本まつりの目録『青空』（京都古書研究会四十周年記念特別誌）に収録されている、興味深い二十七名の人のエッセイ群の一つに川島昭夫氏が「K氏のこと」と題して、やはり久保田氏との交友の思い出を書いている。これらからつなぎ合せ、まず久保田氏の略歴を紹介しておこう。

久保田氏は一九四〇年、満州で生まれ、新潟県で育った。京都外大を卒業後、京都の臨川書店に入社し、古書部で修業して東京支店長も勤めている。そういえば、神戸で全国的に活躍する詩人、季村敏夫氏も若き日、一時、京都の臨川書店に勤めていて久保田氏の下で働いていたという。東京時代には反町茂雄氏主催の「文車《ふぐるま》の会」に参加して本格的に古典籍についても勉強し、若手のホープと見なされていたそうだ。

林さんの一文によれば、久保田氏が京都で初めて反町氏の講演会を企画し、これが若手店主への刺激となって、京都古書研究会が生まれ、それが現在恒例となっている京都古本まつり開催へとつながっていったという。

林さんは若い日の京都在住時代、百万遍の「青空古本まつり」を手伝っていた折（ポスターの制作だろうか?）、久保田氏と知り合ったと書いている。

久保田氏はその後、独立して、一九八六年、神戸、三宮のサンパルにオープンした「古書のまち」（当初は八店あったが、今は一店もない）に「五車堂」を構えた。同年に神戸の長田区に移った林氏はよく五車堂に足を運んで、長居しては久保田氏と話し込んだという。

いつのぞいても大抵店番をして小説など読んでいるので、肝心の仕入れの方は大丈夫なのかと心配もしたらしい。私も当時、神戸へ出かけた折、時々はこの五車堂ものぞいたはずなのだが、人みしりの私は久保田さんと話した記憶はなく、今となってはとても残念だ。

神戸時代、久保田氏は西区の学園都市のマンションに住んでいたので、当時すぐ近くの大学（おそらく神戸芸術工科大学だろう）に勤めていた前述の川島氏は、二部の夜間の学生に教えた後、京都の住いに戻らず研究室に泊り、時々久保田氏宅に伺って夜中まで尽きぬ本のはなしにふけったそうである。しかし、五車堂は経営不振だったのか、しばらくして店を閉じ、その後、倉敷の万歩書店が岡山に出す店の店長となる。柘野氏は、記述から数えると、一九九八、九九年頃、倉敷店で初めて久保田氏と出会った。そのときの印象を「髪こそ少し白いものが混っていたが、年輪を刻んだ顔は知的で美しく、とても穏やかな人とみた」と印している。その折、土門拳の大版の『古寺巡礼』を求めたそうだ。その後、久保田氏は平井店に転任している。柘野氏が岡山本店に出かけ、時にいい本で値段をつけてない本を見つけた折、レジの人はすぐ平井店の久保田氏に電話して尋ねると、たちどころに値段を指示した答えが返ってきた。「久保田さんの頭脳には、あらゆる書籍データが蓄積されていたのだろう」と感嘆している。氏に残された、久保田さんの値付けした本の筆跡は美しく、気品に満ちている、とも。「私はこの久保田さんの文字に接するたびに、久保田さんを想いおこすだろう」と書いている（万歩書店は以前から、その店内の広さや本の豊富さなど、うわさには聞いているが、まだ訪れたことはない。ぜひ一度出かけたいものだ）。

久保田氏は二〇〇二年七月、六十二歳で亡くなった。葬儀は芦屋川の教会で行われたというから、クリスチャンの方だったのだろう。よき人は早く亡くなる傾向がある、というのは私の経験からしても哀しい現実のようである。

最後に告白もしておこう。実は、柘野氏のお名前にはどうも見覚えがあるな、とうすうすは感じながら本書を読み進んでいたのだが、「古書の値段」の項を読んでいて、「あっ」と思い当った。そこには、氏が妻とともに笠岡に義父の墓参りに出かけた際、福山市の「万仲書店」に立ち寄り、十数冊（！）求めた中に及川英雄の随筆集『俗談義』があり、読んで魅了されたことが書かれてあったのだ。神戸の文芸界のリーダーだった故及川氏については私も本で何度か書いている（『編集者の生きた空間』では、その略歴や人柄、他の文学者とのエピソードなどを紹介した）。以前、私は、柘野氏から、この及川氏の本のことで問合せのお手紙をいただいたことを、その瞬間、はっきり憶い出した。お返事し、ひょっとしたら及川氏のその本も譲ってもらったのではないか（その点の記憶がどうもあいまいである。もはや私の記憶力も末期的なのかもしれない……）。ともかく、一時的であれ、ご縁があった人なのだ。今も御健在で、古書漁りを続けておられるなら、うれしいことである。

　私は本書を読んで、各地方の、このような文才ある人が地元の古本屋めぐりの本を各々まとめてもっと出してくれたら、楽しいのにな、と思ったものである。

（二〇一七年十二月十日）

追記

　前述した黒田馬造氏の本はとっくに手離してしまったため、刊行年や奥付にあったであろう略歴も紹介することができない。ただ、最近、どこの古本屋だったか失念したが、『季刊「銀花」』第三十三号（文化出版局、一九七八年三月）に黒田氏のエッセイ「本と人生」が二段五頁にわたって載っているのを見つけたので、喜んで求めた。編集人である今井田勲氏が黒田氏の文才を認めたのだろう、岡山の自宅までわざわざ出かけ、氏が蒐集した貴重な数々の明治本の書影を撮影して八頁にわたってカラー写真も掲載している（取材当時、七十歳に近かった由）。

　黒田氏の達意の文章によれば、氏は明治に農家で生れ、小学校を終えて進学したかったが、母に断固として反対され、やむなく断念。以後、農業に従事する。その代り、自力で書物を読み漁り、大知識人になろうと決意する。初めて町の書店で、当時大人の日当であった二円で買ったのが赤い布表紙の『紅葉傑作集』であった。その後、懐の都合で古本屋をのぞくようになり、母の目から隠して様々な文学本を買うようになった。『農業世界』に小文を、『地上楽園』に詩を投稿し、選者から好評を得たという。二十二歳のとき、黒田右馬三名で春陽堂から小説『田園都市』を出版、それを機に上京を計画したが、母に泣きつかれ許されなかったので、無念ながらまたも断念した。二十八歳で結婚し、孫も三人出来たので、母も安心して、もう邪魔はしないと言い残した。昭和十五年、三十二歳の折、詩集『花茨』をアオイ書房を発行所として、自費出版で二〇〇部出している。恩地孝四郎の『書窓』や村野四郎の『体操詩集』など出したいい出版社なので、満足したという。以上の出版歴は全く私が知らなかったことだ。

　戦後、岡山駅前の闇市に様々な店がひしめき、店先に、田舎の土蔵の中で眠っていたような本も大量に積まれていた。その中に、『色懺悔』『風流仏』を含む「新著百種本」揃いが出ているのを見つけ、ドキドキしながら買った。家に持って帰る「途中一度自転車を下りて、夢ではないかと、包みの中を確かめたほどである」と、その感激ぶりを綴っている。最後に「再び小説の筆を執りはじめた」と結んでいるが、それは完成し、出版されたのだろうか。本エッセイは、毒のない、好文章である。

　それにしても、今はこの『銀花』のような、古書の美しい装幀本を種々特集する雑誌がなくなってしまい、さびしいことである。

※　※　※

　前述した『季刊銀花』三十三号には、目玉になる特集「石版画詩人　織田一磨の世界」も載っており、最近一読したので、一寸紹介しておこう。京都生れの作家、秦恒平氏が二段組み一九頁にわたって「織田一磨の芸術」を詳細に論じており、織田氏の作品の素晴らしいカラー写真も一六頁ある。私はかつて担当した橋爪節也編『モダン道頓堀探検』（創元社）の口絵図版などで何となく織田氏の石版画のことは知っていたものの、氏の略伝や作品評価などはこの文章で初めて読んだ。秦氏は、生前と少しも変っていず、作品もすべて収蔵されている遺された織田氏の自宅のアトリエに何度も通い、全作品を見終えた上で執筆したというだけあって、本格的力作評論である。

この一文によれば、織田氏は生前に三百四十六点に及ぶ全作品の克明な『自画石版目録』をつくっている。その中でも氏三十五歳の折り、大正五年（一九一六年）に初めて作った「東京風景」二十枚——永井荷風の名序文付き——や「大阪風景」二十枚は詩情あふれる名高い名作である。私は時々、古書目録でその一部は目にし、魅了されて、一枚だけでも手に入れられたらと恋い願うものの、とてつもなく高い値段が付いているから、夢のまた夢となっている。都会の夜の風景や雪景色などは織田氏ならではの絶品であろう。ただ、カラー図版を見ると、私が今まで見たことがない花（『ぼたん』など）の画、二十三点や、芸妓の立ち姿を描いた「水亭夜曲」三点もあり、これらも各々魅力的である。氏はまた昆虫や植物採集に熱中し、古本屋巡りも大好きだったという。そういえば、アトリエの作品写真の後ろの本棚には、タイトルこそ見えないが、いかにも珍しそうな古本が沢山並んでいるのが写っている。これにも私は親しみを覚える。

氏は明治十五年（一八八二年）に生まれ、前半生は松江などで漂泊生活を送っているが、明治四十二年（一九〇九年）以来、名高い「パンの会」に入り、石井柏亭らの美術同人雑誌『方寸』の同人となっている。昭和五年に漂泊生活を終え、結婚し、武蔵野吉祥寺にアトリエを設けた。昭和三十一年（一九五六年）七十三歳で亡くなっている。

友人たちの著作の装幀もいろいろ手がけ、内田百閒の『船の夢』『菊の雨』などはよく知られている。

氏の石版画を手に入れるのはむろんムリだが、せめて織田一磨展の図録がもしあれば、探求したいものである。

（二〇一七年二月一日）

付記

二〇一八年七月上旬に西日本を襲った未曾有の大豪雨で、岡山地方は甚大な被害を蒙った。そんな中、彼地の古本屋さんの被害状況も、今のところ不明ながら心配である。とくに倉敷には「夢や」さんや私が一度ぜひ訪ねてみたい古本者に人気のある蟲文庫さんもある。心からお見舞い申し上げる。

その後「夢や」さんと、蟲文庫さんと交流のある林哲夫氏にお便りした際に伺ったところ、両店とも大した被害はなかった由で、一安心した。

エディション・カイエの編集者、故阪本周三余聞

——詩同人誌『ペルレス』を中心に

私は一度でも書いて紹介した人物の関連文献には、いつまでも気になる性質《たち》らしい。一昨年五月に出した『編集者の生きた空間』の中で、一篇三〇頁程とって、故阪本周三氏の生涯と仕事について不充分ながら紹介した。阪本氏は神戸で、小出版社、エディション・カイエを夫妻で起ち上げ、京都時代に親友だった黒瀬勝巳の遺稿詩集『白の記憶』（一九八六年）を皮切りに、詩集、ノンフィクションなどを十数冊刊行した。私は一度だけ、元町の仕事場に御夫妻を訪ねたことがある。その七年後、東京、西荻窪に移ってからも、水や川についての文化総合誌『フロント』の編集長を務めながら、出版活動を続けた人だ。惜しいことに、氏は二〇〇一年、四十八歳で突然病死してしまった。氏はすぐれた詩人でもあり、生前に唯一冊、二十代の終りに『朝の手紙』（蒼土舎、一九八一年）を出している。氏が敬愛する菅原克己氏が跋文を寄せ、装幀も菅原氏が担当している。私は長い間、その詩集を探求していたが、一向にめぐり会えなかった。あきらめかけていたある日、それが大阪、難波の山羊ブックスの均一コーナーに忽然と姿を現したのだ。私にとっては奇跡とも言えるうれしい体験であり、一文の最後の方でその顛末をありのまま書いている（私の前述の本を読んで下さった身近な方々にはここの箇所が一番面白かったようだ。そういえば、その後もこの詩集は卓越した蒐集家で書友のM氏が入手した以外は、全く姿を現わさない。氏と交流のあった人たちも、大切に愛蔵していて手離さないからだろう）。

その阪本氏が神戸でエディション・カイエを営んで

いた三十代の頃、主に播磨の詩人たち（大西隆志、田村周平、本庄ひろし、尾崎美紀ら）と出していたのが、詩同人誌『ペルレス』である。私は以前、街の草さんで一冊だけ（四号）幸運にも手に入れ、未だに大切に持っている。毎号、表紙の井上雅史の白黒写真と意匠構成がすばらしい。本文紙も少々厚い、独特の風合いのある上質紙を使っている。この『ペルレス』もずっと気になっている雑誌だったが、その後は古本屋や古本展でも一度もお目にかかったことはなかったのである。

　ところが、今年八月初旬、神戸、サンチカホールで開かれた古本展で、初日、あいもかわらず午後おそく到着し、一わたり、本を漁ったが、目ぼしいものは見当らなかった。収穫なしかとあきらめかけたが、念のためにともう一度、一回りして、さつき書房のコーナーにさしかかり、紙ものや雑誌が乱雑に入っている箱の中をチェックしていたら、この『ペルレス』二冊（二号、三号）がひょっこり出てきたのだ。それも一冊五百円で！　感激したのは言うまでもない。神戸の古本展でしか出てこない雑誌だろう。他の号もないか、とあわてて探してみたが、それだけであり、私は急いでレジに持っていった。今回の、一番うれしい収穫であった。

　ところが、である。その数日後、阪神沿線の甲子園にあるみどり文庫に出かけ、女性店主さんと本談義を交しているとき、共通の若い古本仲間である清水裕也君（通称、ゆずぽん君）――私の冊子『古本こぼれ話』も彼の努力で出来上った――のサンチカでの収穫を知りたくなり、彼女の携帯で氏のツイッターを見せてもらった。すると画面に、彼は初日と次の日も早くから出かけ、その二日目の収穫の一つとして、私が未見の『ペルレス』二冊（五号と六号）の書影をあげていたのである。私は「あっ」と驚き、正直、「こりゃ、やられた！　うらやましい！」と思った。まだ三十代なのに、その蒐集力のすごさにはいつもかぶとを脱ぐばかりだ。それだけでなく、収穫本をよく読んでいるのにも感心してしまう。どうやら、初日の私の探し方が不充分で、箱かその周辺にまだ二冊、残っていたものらしい。
　私はどうしてもその現物が見たくなり、京都、下鴨神社の古本祭りも終った八月下旬、清水君に連絡してその旨お願いし、元町で会うことになった。氏は快く見せて下さった。その折『ペルレス』とともに、下鴨でも氏が入手した貴重な大阪の同人誌『解氷期』（寺島珠雄や清水正一が参加して執筆）三冊も持参したのを見せてもらうことができた。そして、表紙の書影や五号の阪本氏の詩とエッセイもコピーしてもらった（清水君に感謝！）。

『ペルレス』２号

　今回、私が入手した三号（一九八九年四月）を見ると、同人には前述の詩人の他に、衣笠潔子と黒岩隆（東京在）、それにゲストとして著名な清水昶も加わっている。衣笠さんのことは一寸本でふれたが、黒岩氏については不勉強で、今のところ不詳である[註]（他の同人については前書で簡単に紹介した）。責任編集者は一貫して、田村周平と大西隆志であり、編集室も赤穂市加里屋の煉瓦屋内にあった。発行所は、四号までは元町、栄町通一丁目の福岡ビル、エディション・カイエだったが、五号からは煉瓦屋内に変っている。これは四号から五号が出される間に、阪本氏が神戸から東京へ移住したためと思われる。その過渡期の心境を唱った詩が五号に載っている。短いのを一篇だけ引用しておこう。

落日

走る窓から落日を見ている
ストン、と

十分ほどのあいだに陽は山の端に消えてしまう
そのあいだにウイスキーを二杯、
山菜の佃煮と海の幸（かまぼこ）を少し
スーパー・エキスプレスの車輪は
もう四、五〇キロも鉄の道を動いているカンジョウだが
そんなことは
落ちてゆく日の知ったことじゃない
ショウシンの（恥ずかしいけれども）私に
自然がつけた
小さなケリだった

『ペルレス』は事情は不明ながら、七号で終刊している。私が現物を見られたのはこれで五冊となり、創刊号と終刊号のみ未見である。よほどのチャンスがあれば、またどこかで出逢えるかも、と願うのみだ。

　さて、もう一つだけ書いておこう。私は前述の本で、いろんな文献情報から確認し、阪本氏ともう一人の詩人、長谷川雪子さんが大阪の文芸出版社、編集工房ノアの創業のごく初期、一年間程、同じ机で編集の仕事に従事していたことを記しておいた。長谷川さんもすてきな詩集『伝言』をノアさんから出している。雪子さんは、その詩集のあとがきによれば、中原中也と深くかかわった長谷川泰子さんゆかりの人らしい（詳細は不明）。

　今年の夏、私は猛暑の中、ペースメーカー入れかえ手術後の体をおして思い切って下鴨神社の古本祭りに初日に出かけた。残念ながら収穫は少なかったが、これも清水君に教えられ、池崎書店の棚で、寺島珠雄の初期エッセイ集『アナキズムのうちそとで』（編集工房ノア、一九八三年）を見つけ、買って帰った（別稿でもその辺りを報告している）。本文はあらかた、面白く読みおえていたのだが、あとがきはしばらく読みのがしていた。つい先日、おくればせにその短いあとがきを読み、最後の結びの文章に私は釘付けになった。ここに引用させていただこう。

「はじめ澗沢純平君の提議に応じたときはずいぶん雑然多量な原稿だったのを、すっきりしたかたちに整

えてくれたのは長谷川雪子さん、また助言をきかせてくれた阪本周三君、つまり編集工房ノアによって『わが詩人考』（筆者注・本書の副題）は生まれた。深謝。」と。

ここに、確かに若い頃お二人が編集工房ノアで共に働いていた証しが具体的に記されていて、私はうれしくなった。

（二〇一八年八月二十三日）

追記

以下は余談として書いておこう。

私は前述の本の阪本氏に関する一文の中で、エディション・カイエから出された本のことも数冊紹介し、その一冊、尾崎与里子さんの詩集『風汲』、そして編集工房ノア刊の『夢虫』にも（註）でわずかにふれている。最近、どこの古本屋でかは忘れたが、その尾崎さんの六冊目の詩集『どこからか』（埼玉、書肆夢ゝ、二〇一七年）を見つけ、喜んで求めた。久しぶりの詩集を通しての彼女との再会である。本書は「あとがき」によれば、「思いのほか長く付き添うことになった母の病気と死の前後が中心に」なった作品集である。死という、人間にとって窮極のテーマを扱っているので、重くせつない内容だが、彼女はそれと正面から向きあって最後までしっかり見届けている。後半では湖北の大自然の中での一コの生命の喪失といった広い視点から、母の死を受け容れようとしているかに思える。

ここでは一篇だけ、そんな主旨が感じられる見事な詩を引用させていただこう。

逝く

ヒカリゴケ　コラ・パボニア　テロシステス・フ
ラウィンカス

人が永遠に去っていこうとするとき
森では地衣類や蘚類が
いっせいにざわめき立つという
樹皮からも石からも
すべての手段をつかって立ち昇ろうとし

地面はかすかな地鳴りに包まれる
死の気圧が何を引き連れていくのか
微小な彼らが
いのちの何を引き戻そうとするのか

ヒカリゴケ　コラ・パボニア　テロシステス・フ
ラウィンカス

不意に強くなる私たちの悲しみ
遺されたささやかな物
折りたたまれた手紙や変色した写真
擦り切れた靴の片方
古い旋律
去っていく人の残影や日々のゆらぎを
億年を生きる森は
その地表全体でやさしく呼応し
逝く人を見送ろうとする

この詩集を読んだ印象がまだはっきり残っている八月上旬、私は探していた大阪刊の定評あるエッセイの冊子『ぽかん』（真治彩編集）の新刊七号をようやく西梅田のジュンク堂で見つけ、手に入れることができた。

　本号もおなじみの山田稔先生の自伝的エッセイを始め、岩阪恵子さんの、夫・清岡卓行氏の晩年の一駒を感慨深く語った「最後の授業」、フリー編集者で映画評論家でもある高橋俊夫氏の「文学者の映画エッセイをめぐって」など、読ませる充実したエッセイが十一篇並んでいて、いつものことながら移動中や帰宅してからも夢中で読み、二日程で読み終えた。

　その中の一篇に、澤村潤一郎氏の「湖魚の道が交わるところ」もあった。その冒頭に早くも尾崎さんの詩集『城の町』（草原詩社、二〇〇四年）から作品の一節が引用されていたのだ。澤村氏は巻末の「執筆者紹介」によると、一九七八年、滋賀の長浜市に生れ、小学生の頃（？）、彦根市のニュータウンに移り住んだという。まず、そこで遊んだ「ライオン公園」や近くの本屋の二階の学習塾で、国語の先生の青年が、授業の終りによく話してくれた「本の話」のとりこになったことなどを懐かしく回想している。

氏はエッセイの後半で、長浜で古本屋「ラリルレロ書店」を営みながら詩を書いていた故武田豊の生涯を追っていると言い、その武田氏をおっちゃんと呼んで親しみ、詩の先生としていた尾崎さんに話を伺いにお会いしたという。そして又も、尾崎さんが武田氏のことを書いた詩と散文を二つ引用している（前者は詩集『秋遊』砂子屋書房、で、後者がエッセイ集『湖水風に吹かれて』サンライズ出版、二〇〇四年）。この武田氏は、私も昔、実に味わい深く読んだことがあるが、天野忠が『わが感傷的アンソロジイ』で取り上げて詳しく紹介している詩人なので、詩の好きな、とくに関西の読者には割と知られている人かもしれない（とはいっても、かなりマイナーな詩人にはちがいないが）。

実は尾崎さんも長浜生れで、ラリルレロ書店のすぐ近くで育った人だという。そして長浜から、澤村氏も移り住んだ彦根市のニュータウンへ移ったが、そこは澤村氏の住所から数分しか離れていない所だった。澤村氏は高校を卒業後、上京し、現在、点字図書館に勤めている人という。当時はもちろん尾崎さんを知らなかったが、不思議な御縁があったのだ、と述懐している。

私はこのエッセイを読み、急に引用された尾崎さんの『湖水風に吹かれて』を読みたくなった。たまたま年に一回数日前に届いた版元のサンライズ出版の図書目録を格好のタイミングと早速のぞいてみたが、全く出てこない。おそらく自費出版の本だからだろう。困った私は、またも奥の手を使い、尾崎さんに直接お便りしてみることにした。今まで書いてきたようないきさつを簡単に報告し、最後にもしその本がまだ手元に余分があれば、買わせてもらいたい、などとお願いしたのだ。末尾に、阪本周三氏の想い出も何かございますか、と付け加えておいたのである。

しばらくして、待望のスマートレターが届き、その本が手紙を添えて入っていて、とてもうれしく、有難く思った（本は献呈の由で感謝！）。私は早速、お礼を書いて、『編集者の生きた空間』を参考までにお贈りした。三度のお便りによれば、尾崎さんは若い頃、京都の詩人たちと交流があり、その中で黒瀬勝巳と知り合い――黒瀬氏が尾崎さんの『夢虫』を読んで評価し、氏が始めた個人詩誌『紙芝居』に寄稿を依頼したのがきっかけの由――黒瀬氏から阪本氏を紹介されたという。黒瀬、阪本両氏の詩集は、何度かの引っ越しの際の蔵書整理にもかかわらず、今もすべて愛蔵しているという。お便りからの無断転用をお許し願いたいが、尾崎さんは「黒瀬さんも阪本さんも素敵な夢とセンスを持ちながら、現実の諸々に砕けてしまった忘れ難い存在で、長く心に残りますね」と書いている。これはお二人の印象をズバリと見事に言い当てていて、心に染み入る言葉だと思う。彼女は阪本氏が編集していた『フロント』も一冊、「宮沢賢治」の特集号を持っているそうだ。どんな内容なのか、私もいつか見てみたいものである。

　最近、やはり阪本氏のことをきっかけにして、少し交流させていただいている、神戸の詩人で児童文学者、尾崎美紀さんとも、同じエディション・カイエで出版した著者同士として、本を出す度に寄贈しあう間柄だと伺った。遅まきながら私も含め、故阪本氏が導いて下さった人間関係の妙であろう。

　私は珍しく、本書が届くやいなや、あちこち拾い読み始め、その魅力的な文章にたちまち引き込まれてしまった。主に地元の情報誌や同人誌（『ｙｕｈ・ｉ』）に書かれたものだが、京都新聞や『詩学』『詩と思想』に発表したものも含まれている。全体を四部に分け、「彦根からの便り」「近江湖北」「山姥ハウス」「母の病気」の総題の元に、様々なテーマのエッセイが並んでいる。

　総じて、詩人らしいこまやかな感性で文章が彩られ、お人柄のせいか何より巧まざるユーモアがあちこちに感じられ、とても面白い。それとともに、湖北の四季折々の自然の描写も鮮やかで、楽しく読める。彼女は家業の美容院を引継ぎ、長年、結婚式の花嫁のスタイリストも務めてきた。「誰も使えない」の一文は、その仕事を辞めた際、後に残った、化粧に使った夥しい小道具の山を前にして、途方に暮れている様を綴ったものだ。その後子供も独立し、彼女は「山姥ハウス」

と名づけた仕事場を設け、そこで様々な催しやフランス語教室、自由で気のおけない句会、「楽羅《ラクダ》句会」なども主催している。主宰していた同人誌『結《ゆひ》』終刊三十号も送っていただいたが、五名の女性詩人とともに、一九八三年に創刊し、二〇一六年、三十号で終るまで三十三年続けている。最終号は「さようなら」というテーマで八名の女性同人が各々詩を発表している。

「母の病気」のところでは、認知症が徐々に進行する母の、家での介護から特養老人ホームに入所する前後まで、その戸惑いや不安、母への想いを包み隠さずありのままに語っていて、身につまされる。実は私も妻の亡き後、息子をキーパースンに義母の介護や特養老人ホームへの日曜ごとの見舞い、病院での看取りまで八年程まがりなりに苦労してきた身なのである。前述の彼女の詩集『どこからか』はその最終決算とも受けとれる。

本書には、前述の武田豊氏や師と仰いだ大野新氏、それに天野忠氏の美しい奥さまのことも書かれていて、興味津々で読んだ。また近江詩人会の中心人物たち、上丹生に住む古武士のような風貌のサムライたちとの交流が本書でも一文で語られているが、その一人、山本紀康氏が一九七五年に出した詩集『上丹生』は広い範囲の読者に好評だったという。実はこの詩集、私も以前、街の草さんで手に入れていたので、おどろいた。というのは、奥付を見ると、この詩集も双林プリントの印刷で、大野新が編集制作した限定三〇〇部の私家版だった。大野氏が「生きかたの表現」という跋文を寄せているので、いい詩集だろうと見当をつけたのだ。たしかに自然の中の自分の生き方を唱った静謐な、味わい深い作品集であると思う。こういった近江や京都の詩人たちとの交流も今後、もっといろいろ書いていただけたら、と私は願っている。

本書を読んだ私は、尾崎さんは詩人として六冊の素敵な詩集を出しているが、――今回、第一詩集『はなぎつね』（一九七八年）があの文童社の印刷所、双林プリントから出ていることも知った。――エッセイストとしても並々ならぬ力量をもった人だと思った。私がもし著名な出版社の編集者なら、早くに書下しのエッセイを依頼して（例えば「私の出逢った詩人たち」といったテーマで）、全国の読者にアピールする本をつくったのに、などと思う。編集者は私も含めてだが、このような隠れた才能をもった書き手をもっと発掘したいものである。

（二〇一八年九月六日）

※　※　※

以上を書き終えて一週間ほど後に、久々に阪急北千里線、関西大学前駅近くにあるブック・オフに出かけた。近頃はまっている千早茜さんの小説の文庫本が何かないかと探しに行ったのである。残念ながら、すでに持っている文庫本『森の家』が一冊あるだけだった。

ついでに、いつものようにわずかしかない詩歌集のコーナーをのぞき、点検していたら、その中に田窪与思子詩集『水中花』（ふらんす堂、二〇一六年）があった。念のためにと奥付をみると、その著書に、『メリーゴーラウンド』（エディション・カイエ）と『みんな、「わたし」。』（ふらんす堂）とあるではないか！　忘れていたが、私は「あっ」と想い出した。この田窪さんもエディション・カイエから前者の小説集を出しており、私も前述の本の一文でわずかながら触れたことを。彼女はその後、息長く、詩も書いていたのだ。私は喜んで求め、すぐ隣りにあるガストに入ってお茶を飲みながら、一気に詩集を通読した（九〇頁の本なので）。

詩の内容の紹介はもはや省略するが、全体に平易な、軽快なテンポで書かれていて、ユーモラスなところもある。略歴によれば、田窪さんは神戸に生れ育ち、上智大学卒業後、日本外国特派員協会、ユーロクリア（ブリュッセル）などに勤務したという。仕事の関係か、詩にも出てくるように、主にパリやブリュッセルで暮し、ヨーロッパ各地や中国各地にも数多く旅している。詩には外国と日本での共時性《シンクロニシティ》的出来事も回想されている。

夫君を早く亡くし、いつからか日本に帰国し、現在は東京に住んでいるが、長い外国暮しのせいか、日本にはどこか異和感を抱いているようだ。それでも詩を書くことによってそれを乗りこえ、再生への道を歩まれたことが伺われる。

それにしても、短い間に、阪本氏と縁のある詩人お二人に本を通して続けて出逢えるとは、不思議なことである。

（二〇一八年九月十六日）

脱稿後、尾崎与里子さんからのお便りに黒岩隆氏に関する資料も同封していただいた。それによると、黒岩氏は精神科医で、一九七二年以来、『歴程』同人、最新詩集『青蚊帳』（思潮社、二〇一七年）で歴程賞、さらに二〇一八年、大阪市主催の第十三回三好達治賞も受賞している。思えば、『ペルレス』にはすぐれた詩人たちが若き日に結集していたものである。

ちなみに、私が今回少し紹介した尾崎さんの『どこからか』も、本年度三好達治賞の最終候補に残っている。以倉紘平氏はその選評の中で、「尾崎与里子詩集は〈みずうみ〉への思念が結晶した作品である。旅立つ母、雪や霧、乳白色の湖面。湖は幻想を育てる。ひとが羊や兎や狐になることに何の違和もない。湖北という土地が生んだ忘れがたい詩集である」と詩的な表現、的確なことばで評価している。

（二〇一八年十月六日）

註

本稿を書き終えた後、たまたまジュンク堂に出かけ、詩集コーナーに一冊、黒岩氏の最新詩集『青蚊帳』を見つけた。その奥付によれば、氏は一九四五年生まれで、今までに詩集『水遊び』『海猫』『海の領分』など、八冊出していることが分った。いずれ手に入れて、じっくり読んでみたいものである。

中・高時代の母校、六甲学院の校内誌『六甲』を見つける！

——わが「センチメンタル・リーディング」体験

私が中・高時代六年間通った六甲学院は、六甲山系の灘区伯母野山中腹にある、カトリック系の男子校である（イエズス会経営）。神戸市街が校舎から広く見渡せる景色のよい場所にある。日支事変の翌年、一九三七年（昭和十二年）十一月に設立され、一九四三年（昭和十八年）、大東亜戦争が始まった翌年、第一回卒業生八十八名を送り出したという。創立時からの校長、武宮隼人氏の教育方針がカトリック精神に基づく身心の修養、鍛錬に重きを置くもので、とくに剣道から学ぶ〈型〉からまず入って〈こころ〉に及ぶ、という訓育方針が見られた。武宮氏は名前にふさわしく、古武士のような風格のある、威厳のある人であった。例えば、上半身裸でトイレ掃除をしたり、同じ格好で二時限目と三時限目の間の休み時間に厳寒でも隊列を組んで校庭をランニングしたり、ベルの鳴っている間、直立不動でじっと立っていたりというのが六甲の名物行事であった。私は元々、軍人あがりの父に幼い頃から、厳しいしつけで育てられたせいか、どうも内向的な性格に育ったようだ。その延長で、学校生活でも、あまりうちとけた友達づきあいがなく、休み時間もひとりぽつんと校庭の片隅に佇んでいるという有様。意気地なしだから、学校の教育方針や規則には従順に従うものの、心の底では何か反抗心を抱き、校長や聖書を読む時間に神父の先生方がそれとなく唱導するキリスト教にも深い思索を経ることなく反撥し、六甲教会にも行かず、信者にもむろんならなかった。むしろ、簡単に入信し洗礼を受ける級友の気持が分らなかった。部活動には二、三参加したが、いずれも積極的に深くかかわった憶えがない。それに正直いって、男子だけの学校生活は全く味気ないものである。私には、高校二年生の頃、登校の道の途中でよくすれちがう私学の美人女子高生にほのかなあこがれを抱いた思い出がある（何と純情だったことだろう！）。一度だけ勇気を出して手紙を手渡したかすかな覚えもあるが、その顚末は言わずもがな、であった。

文化祭の目玉の演物《だしもの》、演劇も登場人物が男性ばかりの戯曲を探さねばならず、演出の先生は毎年苦労したようだ。高校時代のある年は、ヒロインの女性役を我らの同級生が女装で熱演し、なかなか魅力的だったので、やんやの喝采を浴びていたのを憶い出す（宝塚の逆バージョンであろう）。

学習院のような、中央にボタンをつけた紺の制服を着て、ふろしきに教科書類一式と上に弁当を置いて包み、それを片腕に抱えもち（その重たかったこと！）、灘区大石の海近くにあった自宅から大石川に沿って、高校二年まで毎日テクテクと一時間近く歩いて通った（風呂敷はさすがに私共の卒業後三、四年以内にカバンに変っている）。最後の学校までの坂道はかなりの急坂でしんどかったものだ。毎年冬に一回、湊川の方から登って六甲山を縦走し、学校まで帰ってくるという全六十キロの強歩大会もあった。

母におむすびを竹の皮に包んでもらい、その風呂敷を胸から肩回りに巻いて、途中、歩きながら食べたものである。そんなこんなで楽しかった思い出はあまりない。唯一の楽しみは、期末考査の後に、大講堂で催される映画鑑賞会であった。

このときに観た吉永小百合さんの鮮烈なデビュー作、映画『キューポラのある街』やジュリー・アンドリュースの「サウンドオブミュージック」は今も印象に残っている。

以上が前置きである。二〇一八年四月末に始まった四天王寺での春の古本祭りには珍しく昼前に到着した。早速、入口近くの百円均一コーナーにはりついて本を漁ったが、これといったものは見つからなかった。昼食の折に伺った開場前から来ていた書友の話では、開場するやどっと均一コーナーに人が群がり、争奪戦が展開されたそうだから、残り物もないのは当然である。

　それで、そこはあっさりあきらめ、近くの五輪書さんの四百〜五百円コーナーに移動した。見てゆくと、古そうな薄い、汚れた雑誌の背が十冊あまり目に止った。どんな雑誌かと、あまり期待もせず、その一冊を取り出して見て、あっと驚いた。『六甲』というタイトルの、我が母校から出ていた校内雑誌だったからである。「えっ、こんな雑誌が出ていたのか！」というのが最初の印象だった。他にも六、七冊あったと思う。目次を二、三冊のぞいてみると、私が授業を受けた先生方も、とくに二十、二十五周年記念特集号に数人、書いているではないか（近年、ボケつつあるとはいえ、先生方の名前はさすがに覚えているものだ）。これは懐かしいし、私の人生史上において縁があるものだから、買い占めておこうかと思った。そこで、値段を見ると、意外なことに四百円〜五百円も付いている。全国的に知られた雑誌でもなく、戦前のものでもなく、著名な文学者が寄稿しているわけでもないのに、この値段とは。私の感覚では、ふつう百円均一コーナーに並んでもおかしくない雑誌である。それで私は買い占めは断念し、慎重に四冊を選び、レジに向かった（ただ、やはり未練があって、二回目に出かけた際、十三号の二十五周年記念号（一九六三年）も五百円で結局買い求めたのだが……）。

　この雑誌は私のために、じっと待っていてくれたのかもしれない、おそらく卒業生あるいは先生の誰かが蔵書整理か、亡くなるか、引っ越しなどの事情があって処分したものだろう、古本祭りはやっぱり何が出て

『六甲』第5号、1958年

くるか分ったものではないなぁ、などと思いつつ、午後本漁りも一段落して、境内中の平たい大石に座って休んでいたところ、携帯電話が鳴った。出ると、未知の資料や情報を時々提供して下さる書友、松岡高氏からで、氏の話でなお一層驚かされることとなった。氏は朝早くから来て、五輪書のコーナーものぞき、私が見た『六甲』を取り出し、その中に、何と、私が短いエッセイを載せている十一号（一九六三年）を見つけ、買っておいたと言われるのだ。

　私は一瞬、「ほ、ほんとか?!」と耳を疑った。というのは、この『六甲』も私は在校中に、手に取った記憶がないし、ましてや、そこに執筆したという覚えが今ひとつないからである（ボケも極まれり、とはこのことだ）。

　ただ、『六甲』は出版文化研究部が編集、発行している、と伺って、その後いろいろと老化した頭をめぐらしていると、どうやらその当時（高校二年）、しばらくだが、その部に入っていたという記憶がおぼろげながら浮び上ってきたのである。その前後に、かけもちで少人数のグリークラブにも入り、こちらの方は文化祭で、当時アメリカの人気フォークソンググループ、ブラザース・フォーの歌を四人で歌った記憶ははっきりあるのだが。歌の巧拙はともかく、舞台でまがりながらもスポットが当てられたのだから、当然だろう。一方、出版文化研究部でどんな活動をしたのかは全く記憶から抜けおちている。それでも、ちゃんと載っているのだから、何とか書いて提出したのだろう。実際、巻末の編集部のスタッフをあげている中に、高三の三人、高二の四人の中に私の名前もあがっている。

　松岡氏はその部分をコピーして送って下さると言うので、楽しみに待っていたところ、後に届いたのはその雑誌の現物であった。「私が持っているより、あなたが持っている方がふさわしいから」とのこと。大いに喜び、心から感謝したのは言うまでもない。

　早速、私のエッセイの所を見てみると、「郷土の文学紹介」なるタイトルで、（高二　高橋輝次）とある、二段二頁のものであった。読み返したところ、まず竹中郁の詩「海霧」を冒頭に引用し、次に上田敏の神戸港の描写、木下杢太郎の神戸の印象記、さらに正岡子規の須磨にちなむ散文を次々と引用して各々に若干の解説を加え、最後に他にも神戸にゆかりの深い谷崎や田宮虎彦、若杉慧などの名前を列挙して終っているものであった。現在の私には考えられない手落ちだが、各々の出典も書かず、参照文献もあげていない。おそらくは、その頃手元にあった宮崎修二朗氏の兵庫の文学読本的な本から、アトランダムに選んで作文したのではなかったろうか。地の文章も平板で何の面白味もないもので、がっかりした。もし高校生にしてはわりとましな文章だな、と自分でも思うなら、若き日の文筆の記念に、ここに再掲載してもいいなぁと思っていたのだが、これでは赤恥をかくだけなので、止めておこう。ただ、このテーマそのものは現在もずっと持続しているものなので、我ながらかなり早くから関心をもっていたものだ、と思う。

せっかく大枚はたいて(?)手に入れた雑誌なので、ざっと通覧して印象に残ったところを少し紹介しておこう。

まず、『六甲』を編集していた出版文化研究部について。実は、私は『六甲』の他に、出版文化研究部発行の『敏馬《みぬめ》』三号(一九六四年四月)も同時に一冊手に入れている。これは初め、『六甲』の前身誌かと思っていたのだが、そうではなく、部の規則を紹介した文によると、この部は一九五八年に発足し、編集部門として校誌『六甲』、そして部誌の『敏馬』、さらに同人雑誌『母樹林』(これは未見)も編集しているという。研究部門としては、郷土・史跡研究、読書会、写真などもある。『六甲』はいつ創刊されたのかは不明だが、私が入手したのは五、六、八、十一号、十三号であり、もっとも早い五号が一九五八年発行になっている。ということは校内誌『六甲』はそれまで他で編集していて休刊していたものを、発足したばかりの出版文化研究部が五号から引継いで編集するようになったらしい(いつまで続いたのかも不明)。

奥付によると、編集顧問、及び発行者は私の手に入れた十一号(一九六三年)までは学院の第一回卒業生で剣道四段、国語担当の内橋市朗先生となっている。

残念ながら私はこの先生の授業は受けていない。当初は我々が授業を受けた美術教師の上沼俊次先生、国語担当の野田寛先生も顧問をしておられたようだ。上沼氏は独自の絵画についての教育方針をもっていた先生だが、表紙絵だけでなく、詩やエッセイ、短歌も何度か寄稿している。美術の時間だけは自由に気楽に学校の周辺で自然を写生したものである。

二十五周年記念特集（十三号、一九六三年）には内橋氏の司会で校長や阪上秀太郎先生（社会、日本史担当、山岳部顧問で、海外遠征登山隊にも参加、その方面の著作もある）、ヘルヴェク院長らが参加して学院創建以来の思い出を生々しく語っていて興味深い（五号にも同様の座談会がある）。

『敏馬』３号、1964年

例えば、武宮校長の話によると、イエズス会の方で、東京では上智大学を建てたが、関西でも会の働きのセンターをつくろうという計画があり、阪神間で土地を探し、初めは宝塚に近い売布《めふ》も候補地の一つだった。一九三八年（昭和十三年）四月にスタートしたが、その年の七月五日、阪神大風水害の被害を受け、五日間休校している。大きな石や土砂がどっと校舎内に流れ込んできたと言う。一九四四年（昭和十九年）、武宮校長にまで応召が及んだ。戦時中、軍部には常にいじめられたが、配属将校が武宮氏の軍隊時代の教官で、学校中から嫌われながらも、誠意をもって学校を助けてくれたと語っている。当時は中学校三組のうち、一組だけ英語の授業があり、あと二組は終戦までドイツ語をやっていたというのも初耳である。そういえば、我々の英語の先生も、おっかないドイツ人の教師であった。

今の制服も二年ほどは国防服だったのを武宮氏が選んだのだが、あれは海軍の服装がモデルで、いつも死に直面している気持で、死を乗り越えて生きてゆく人間が好きだったから、と語っている。外部の人々には、割にカッコいい制服だという評判を私たちも時々聞いたものだが、そういう主旨だったことは知らなかった。ただ、中、高生がそんな深い思索を受けいれるのはムリがあるのではないか（これも型から入り、精神に到るひとつの試みではあろうが）。

なお、一九四一年（昭和十六年）に四階建の堅牢な校舎が建てられたが、戦時中でなかなか県庁や警察から許可がおりず、戦時中の日本における最後の鉄筋コンクリート建築になったとも語っている。

さて、入手した号全体を見渡してみて、『六甲』でもっとも注目すべき読み物は、前述した内橋市朗先生の「日本読書史」という連載で、全六回で終っている。上代篇から始まり、中古篇、近世篇、近代篇、現代篇などとなっている（四回目からは編集部のインタビュー形式に）。これは各時代に生まれたベストセラーの文学作品（源氏物語や枕草子、奥の細道を始めとする……）や歌謡などの内容を解説するのではなく、それらが当時の貴族層、女性たち、武士、庶民たちにどのように受けいれられ、読まれていたのかを、その実態が伺われる文献を引用しつつ、平易に解説したものである。私の不勉強のせいか、そのような視点からの著作・研究は今まであまり知らない。もっとも、明治や近代の読書史については、読者論の視点から書かれた前田愛氏の『近代読者の成立』や永嶺重敏氏の『モダン都市の読書空間』などのユニークな著作があるのを憶い出したが。

例えば平安朝の高貴な女性たちの読書は「聴く」ことであり、几帳の影に立って女房の読む王朝物語をしんみりと聴き入った。十五世紀の中葉には源氏物語を巧みに読む「源氏比丘尼」と呼ばれた老尼がいて、それを職業としていたという。またこうした聴覚に訴えるだけでなく同時に、当時の『源氏物語絵巻』『紫式部日記絵巻』などさまざまな絵巻物を前に広げて、しげしげと想像力をたくましくさせて読んだらしい[註1]。

更級日記の作者、菅原孝標女《すがわらたかすえのむすめ》などは、おばに頼んで読みたかった待望の源氏五十余巻や伊勢物語などを櫃や袋一杯もらい、夜も昼も読みふけったときの天にも昇るような気持を書き記している。

近世編では、庶民（町人）が俳諧をたしなむには、寺子屋程度の学力では俳諧の教養としての古典を読めないため、彼らのために『源氏物語湖月抄』などの古典注釈書がいろいろ出されたという。また、貸本屋の発生についても書かれていて、私にはとくに興味深い。宝暦三年（一七五三）の文献にはすでにその存在が見え、主に赤本、黄表紙の類を背丈より高く背負い歩き、若干の貸賃料を取って庶民階級の間を貸し歩いたという。

さらに貸本屋の大店として江戸の長門屋、名古屋の大惣をあげ、とくに大惣はその蔵書数万巻に達していた。月極めで料金を徴収し、明治三十年代まで栄えていた。明治三十二年頃、全図書が売立てられた。市橋氏も大惣の蔵書印のある図書を（おそらく古書店で）手に入れた、と書いている。蔵書印には「大惣貸本」「大」など大小十数種あるという。このあたりは古典籍の研究者にはよく知られた事実だろうが、私は不勉強で知らず、面白く読んだ[註2]。近世を通じて最も多数の人々に読まれたのは東の十返舎一九『道中膝栗毛』、西の柳亭種彦『偽紫田舎源氏』が両横綱だとも。

ごく簡単に連載の一部分を紹介しただけだが、相当な日本古典への知識、研究の蓄積がなければ、これだけのものはまとめられない。私が昔、現役の編集者時代にもっと早くこの連載を読んでおれば、内橋先生に依頼して、この連載をもとに新書位の本を書いてもらったのに、と残念に思う。五輪書さんは、ひょっとしたら、この連載に目をつけて、少し高い値段をつけたのかもしれない。

なお、創立二十五周年記念号には、いつも折り目正しい姿勢での授業が印象に残っている数学の沖原司朗先生（第二回卒業生）や英語のスタール先生――担任をしてもらったこともあるやさしい人だった――、前述の阪上秀太郎先生などが寄稿している。とりわけ、英語の古庄卓先生のエッセイ「狩猟談義」は氏の趣味である狩猟のワクワクするような楽しみ、ライフルの細かい知識などを披露していて、意外でもあり面白い。この先生は生徒に英文をまず読ませるだけで、あとはずっと自分で和訳して聞かせるという、生徒にとっては楽な授業だった。

編集後記をみると、毎号、生徒の原稿集めには苦労したことが書かれているが、それでも本文を眺めると、中一から高二生まで、随筆や紀行文、わずかだが、短篇小説までにぎやかに載っている。座談会のテープ起しを原稿化するのもむずかしく、大へんな時間がかかる大仕事だと語っていて、これはプロの編集者でも共感する感想であろう。

以上が、かつて文芸評論家、高橋英夫氏が命名したわが「センチメンタル・リーディング」——その人が小、中、高、大学時代に教えを受けた先生方が出した本を見つけて読むこと——のささやかな体験記である。ここでは、校内誌もその中に勝手に含めている。

追記1

『六甲』十一号の広告頁をみると、いろんな店と並んで、当時、三宮の大丸前にあった日東館や国鉄（今はJR）六甲道駅前にあった南天荘書店が出ていて懐かしい。前者はわずかしか行かなかったが、南天荘書店は学校帰りによく立ち寄ったものだ。高三になると、大学受験準備ということもあって、阪神国道からバスに乗り、六甲道の方から迂回して学校の坂道前まで行ったものである。帰りはよくブラブラ歩いて、阪急六甲や国鉄六甲道あたりまで散策した。そのついでに店をのぞいた記憶がある。

実はこの原稿を書き終えた頃、甲子園にあるみどり文庫さんを訪ねた。女性店主さんと交す古本談義がいつも楽しい。今回、棚に前からあった故、植村達男氏の『神戸の本棚』（一九八六年）を手に取り、懐かしくなって再び求めた。というのは大分以前に入手して読んでもいたのだが、例によっていつのまにか手放してしまったからである。植村氏は神奈川県生れの方だが、大学は神戸大学経済学部出身で神戸にはなじみが深く、このエッセイ集では神戸ゆかりの作家や古本の話を多数収録している。本書には、「窓からの微風」と題する紀田順一郎氏の味のある序文もついている。卒業後、企業人として長く活躍されていたが、大分以前、私の本を読んで下さった御縁で文通が始まり、一度だけ神保町あたりでお会いしたこともある方だ。ある私の新刊が出た折、神戸大OB向けの広報のネットで紹介して下さったこともあり、有難かった。

　本書巻末のエッセイの初出一覧を見ると、南天荘書店で発行されていたPR誌『野のしおり』に発表されたものが圧倒的に多い（一九八五年五月の二十四号が最後の掲載になっている）。私は最近、花森書林（旧トンカ書店改め）で見つけた十七号（一九八一年八月）のみ、持っている。植村氏はおそらく大学生時代、よくこの書店に通い、店主の方と親しくなったのだろう。その関係で後年、執筆を依頼されたのではなかろうか。その植村氏も今は亡い。

　日東館にしろ南天荘にしろ、とっくの昔に閉店してしまい、（長年親しまれていた三宮の後藤書店、元町の海文堂も今はなく）神戸の読書人にとってはまことにさびしい限りである。

（二〇一八年五月二十五日）

追記2

　前記の原稿を仕上げながら、私は、「センチメンタル・リーディング」といえば、大学時代（大阪外大英語科）に一寸、級友たちのつくった同人誌に参加したことを憶い出した。実は昨年、大学時代の気が合った級友で、卒業後も時々手紙などで交流が続いている、九州は別府市在住の浦尾宏氏——卒業後、関西の企業でしばらく働いていたが、退社して郷里の私学の高校で長年英語を教え、定年。今はゆったりと老後を過している——から、大学の時、一緒にやっていた同人誌の二号は今も持っているが、一号はなぜかなくしてしまって手元にない。もし君が持っていたら、もう一度見たいので、一時貸してくれないか、という問合せをもらった。それで、急いで家中の雑書だらけの蔵書をあちこちと探してみたが、残念ながら見つからなかった。その後顧みると、私が二十六歳のとき結婚して神戸の実家から大阪へ移った際、大事な本数冊を除いて、多数の蔵書を本棚に収めたまま、実家に残していた。数年後、実家の思いきった整理の折、いつのまにか古本屋を呼んでそれらを全て処分してしまったのである。おそらく、その中にその同人誌も含まれていたと思われる。今から想えば私の失策だが、その頃はむろん、後に大して売れない本でもまがりなりに何とか出せる、しがない著作者のはしくれになるなどとは夢にも思ってなかったから、同人誌も貴重なわが印刷物と見なしていなかったのだと思う。

　私は氏の問合せのことを想い出したが、その同人誌のタイトルや私と浦尾氏以外の同人の名前も忘れてしまったので、今回早速氏に問合せてみた。すると、折返し、コピーが送られてきて、同人誌が『埴生』だったこと、目次と私が載せたエッセイ「夏の夜の断想」のコピーが同封されていた。そのお礼とともに、君の作品も読んでみたいとハガキを出したところ、今度はその現物を送ってくれたのである。貸してもらったのだと思っていたら、もう一冊、昔送った友人から戻してもらったのがあるとのことで、贈呈して下さり、大いに喜んだ（御好意に感謝！）。目次を見ると、私以外はペンネームで、もう一人の同人も同じ英語科の級友で、卒業後、やはり郷里の岐阜に戻り、教育畑を順調に歩んだ平野恒彦氏であった。

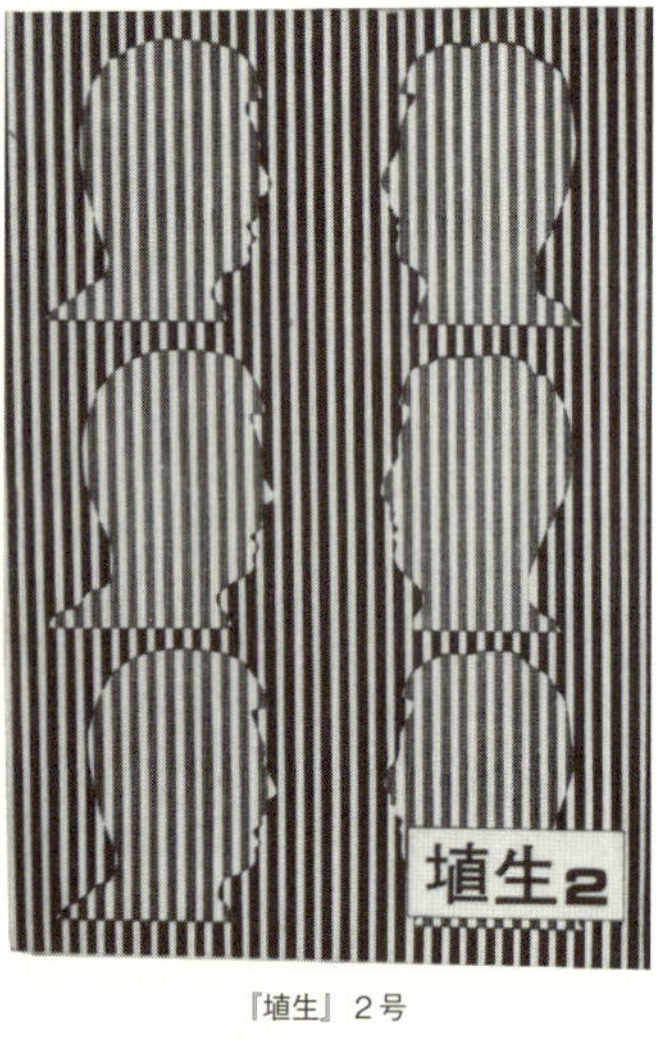

『埴生』２号

　全二八頁の薄いもので、編集後記も肝心の奥付表記もない（これは戦時中の官憲による弾圧を恐れた同人誌みたいだ。冗談だが）。素人らしい手落ちだが、その代り、各作品末に執筆時の日付が記されている。これを見ると、各自が一九六九年（昭和四十四年）から七〇年（昭和四十五年）に書かれた作品を収めている。

　早速、私のエッセイを読んでみたが、こちらは高校時代の作文よりはいくらかマシで、抽象的で拙い文章だが、それなりにまとまっている。その当時、たしかにこのようなことを考えていたことを憶い出す。それで、読者にはお恥ずかしい代物だが、短いものなので、わが文跡の記念としてここにそのまま再掲載させていただこう。

夏の夜の断想

　夜道を歩いていて、ふとこんなことを思う。

　暗い闇に包まれた空間が、わずかしか存在しなくなってしまった。以前なら、ぼくの住んでいるあたりは都会の中の片田舎ともいえるところで、夜はひっそりと静まりかえり、独り歩いていると何か得体の知れないものの気配さえ感じられたのである。後から追ってくる足音に探偵小説的な想像をかきたてられて、身構えてみたり、物陰に人の隠れている気配を感じて、ぞっとしたりしたことがよくあった。夜は想像したり、恐怖したりするところの一種異次元の世界であり得た。ところが最近は、夜も昼間の世界と質的にそれほど変らず、単なる昼間の延長にすぎなくなっている。遠くに見える高速道路を照らす黄色っぽい光が一晩中消えない。それは、闇の世界に突然侵入し、占領してしまった異様な人工世界である。高速道路を走らせることは、産業発展の見地からは必然の要請であろう。けれども、このような環境の変化がぼく自身の精神生活の変質を徐々にひきおこしたことも事実である。つまり、いつの間にか、夜は昼間の世界の延長にしかすぎぬと考えるようになり、明かるい白昼での生活がぼくにとっては第一義的生活なのだと思うようになってきたのである。いや正確にいえば、暗さや明かるさといった外的要素がぼくの生活にとって、殆んど意味をもたなくなってきたといえようか。このような傾向をぼくは自分にとって健康なことだとは思われない。

視点を変えれば、夜は生者が眠り、死者の甦る時間である。あるいは死者と生者との幻想上の交通が可能な時間である。死者を目に見えぬものと言いかえてもよいだろう。目に見えないものとの親しい対話を交す時間なのだ。ぼくにはそのような貴重な時間が極端にもてなくなってしまったように思われてならない。目に見えるものについてだけ考える習慣がついてしまった。

　昔の日本人は、現代の人々より夜の世界に生き生きと生きていたと思う。死者達との対話もまた忘れられることなく、日常生活の中で自然に行なわれた。お盆の行事は、死者の精霊を迎えてもてなし、海や河へささ舟を浮かべて、霊を送りかえす、なつかしい死者との対話なのである。

　農耕生活の季節の変り目に行なわれる様々な弔祝行事や祭でも、目に見えぬもの＝神々たちとのコミュニケーション、交歓があった。それらを現代の合理主義、科学的見方から迷信だ、ばかばかしいと笑うことはできない。

　彼らは日常生活の中に、そのような形式を組み入れることによって、ともすれば忘れがちな死者達や不可視のものとの対話を試みる機会をつくっていたのではないか。あるいは、昼間の労働に代表される単調な日常性を脱却するために、非合理で情念に満ちた祭や神事を対置して、精神のバランスを図ったのではないか。明治以後の近代化、都市化の波はこのような日本人の知恵をことごとく、おしつぶしてしまったのではなかろうか。ぼくが田舎や地方に残っている様々な民俗的な習俗や祭事に興味があるのも、私達が忘れてしまっているようなゆかしい心情や、死者達への敬けんさが彼らの中に脈打っていると思うからである。

　現代の日本社会、とくにジャーナリズムやマスコミの世界で、死者はおおむね疎外されている。事件が起こったとき、あるいは毎年八月の終戦記念日が近づくと、行事のように死者達が甦えるだけで、毎日の生活の中では若者達の生のエネルギーの氾濫がコマーシャルの主材料となっていて、死の影のかけらさえもうかがうことはできない。広告文化は、まさに目に見えるものだけを信じろと、ぼく達に強制するようだ。生者のごうまんさが満ち満ち、死者が沈黙をよぎなくされている社会は果して健康だろうか。〝死〟に慣れていない者は、初めて自分が死に直面する当事者になったとき、なすすべを知らないのではなかろうか。

　死者達のことを、あるいは目に見えないもののことを考えることは、結局は生を考えることになるのだろう。戦争体験に固執している人々、歴史の中に埋もれてしまった人々を掘り起そうとしている人々なども、現在のよりよい生き方こそを問うているのであろう。

　彼らは死んでいった人々の分まで生きようとしているのである。ぼくには残念ながらそのような視点―自分の生き方が目に見えぬものの視線に見守られているといった―を身につけてはいない。あるいは、まだ若すぎるせいもあるかもしれない。せめて、夜の闇の世界をもっと大切にし、目をこらしてお化けや怪物と親しみ、想像力の幅を広げていきたいと思っている。

（昭和四十五年八月）

　さて、お二人はといえば、浦尾氏は小篇小説二つ、散文一つ、平野氏も二篇、小篇を書いている。私には小説を書けるような文才は元々なく、エッセイでお茶を濁しているが、お二人は各々熱意をもって創作に取り組んだことが分かる。どういういきさつで同人誌をつくろうと思い立ったのか、浦尾氏に聞いてもよく覚えていないとの返事だったが、おそらくお二人が先に相談して決め、私にもどうかと誘ってくれたのだろう。

　浦尾氏の小篇「稜線コース」をまず読んでみた。ごく簡単にいうと、ある自動車メーカーで働いている〝私〟が休日、冬の山を独りで登りながら、日頃、同じ会社の女性との、どちらかといえば自分本位のつきあい方ににがい想いを馳せている、といった話であり、登山の歩みと女性への思いが映画のカットバックのように交互に描かれていて興味深い。自然描写とともにその感情の流れが的確に表現されていて、引き込まれる。私にはとてもこんな巧みな文章は書けないな、と感心した。山登りといえば、私が創元社の新入社員の頃、同期で入社した、元大学登山部部長だった営業部の加藤康雄氏（後に部長に）がリーダーとなって、社内の若い社員たちと社外から浦尾氏も参加して（私が誘ったのだろう）、大峰山に一泊で登山したことが懐かしく思い出される。浦尾氏はその後もずっと長野を始めあちこち高峰への本格的登山を楽しんでいるようだ。

　続けて平野氏の小篇、「夏の終りに」を読む。浦尾氏と申し合せたような自然描写が豊かな作品で、〝私〟は夏の一日、さびれた村の宿に一泊して、山の渓流に糸を垂れている。そうしながら、自分の経験してきた青春の人間関係の醜悪さに想いを到している。宿に帰り、女主人とその童女との一寸した心のふれあいを描いて小篇を終っている。これも引用はしないが、渓谷の自然描写がなかなか見事である。

　改めて読んでみて、お二人とも当時から私などよりずっと文才があるように思える。彼らの作品を引用する方が読者は楽しめたことだろう。『埴生』はどういう事情でか、二号で終ってしまった。お二人はその後、本業のかたわら、創作の文章も書いているのだろうか、いずれ聞いてみたいものである（一号は、平野氏にも問合せて探してもらったが、やはり見つからなかった）。

　以上、文学者でもない私が、つい懐かしくて私的回想に偏した一文を綴ってしまった。お許し願いたい。

（二〇一八年五月二十六日）

　なお、浦尾氏は一念発起され、この夏一杯かけて、自己の老いを見つめたエッセイ、英語教育の問題点を鋭く突いたエッセイ各三十枚（Ａ５判用紙で）、さらに高校卒業後、博多のファッション・ショップに就職してその持ちまえのファッション・センスと抜群の接客態度を認められ、支店のオープンや店の発展に活躍、貢献した、あるキャリア・ウーマンの半生を描いた百四十四枚（！）の小説を書き上げられた。これは彼の商社や学校での経験を巧みに投影した自分史でもあるという。私も読ませてもらったが、大へん読みごたえのある力作であり、感心させられた。

追記3

私はその後、『神戸の本棚』を改めて拾い読みしてみて、新たな発見があった。どうも昔、入手した折は、興味のある文学関係のタイトルのエッセイは読んだものの、すべてをじっくり読んだわけではなかったようだ。

植村氏の経歴にしても、奥付の略歴から、大学時代の四年間だけ神戸におられたように書いたが、本文を読んでゆくと、氏は父親の大阪転勤に伴って、一九五五年の夏、家族で神戸の御影の社宅へ移っている（中学二年か三年の頃）。私が九歳のときに当る。高校は神戸高校であった。大学も神戸大学だから、その通学途中の阪急六甲駅周辺は記憶に鮮明で、六甲駅山側にあった喫茶店「六甲ガーデン」のことも、前述の南天荘の『野のしおり』に載った則武亀三郎氏のエッセイに触発されて書いている（今はもうない）。ここは山崎豊子の『女の勲章』中にも、その一齣が描かれているという。また、六甲登山口から南に少し下った道の東側にあった喫茶店「エッフェル」やさらに南にあった「チョコレート」についても触れている。学生時代、よくそれらの店で憩ったのだろう（どちらも閉店）。

さらに六甲登山口から少し北へ上ったところにあった「六甲会館」に一九六三年、大学四年生のとき、その学生寮に一年間住んでいたという。ここで卒業論文を書いたそうだ。なお、初出一覧を見ると、氏はあの海文堂発行のユニークな雑誌『Blue Anchor』や『週刊神戸読書アラカルテ』にも寄稿している。どおりで、氏の本が海文堂の本棚にもずっと並んでいたはずだ。

私が「あっ」と驚いたのは、「二人のエスペランチストを偲んで」を読んだときである。氏は届けられた日本エスペラント学会の機関誌を読み、二人の方の相次ぐ死を知り、彼らを偲んでいる。氏は高校一年生の折、神戸の大丸の書籍売場で『エスペラント第一歩』（白水社）を買って以来、その言葉に興味をひかれ、ずっと勉強してきたらしい。一人は氏の知人、山崎隆夫氏の三和銀行での同僚であった先達の城戸崎益雄氏で、氏とは面識がなかった。

もう一人が、何と、私も六甲学院時代に英語の授業を受けたことのあるドイツ人、クノール神父だというのだ。氏が神戸高校のエスペラント研究会に参加していた折に、クノール氏にいろいろお世話になった。また、クノール氏は当時、六甲会館でもドイツ語を教えていて、その食堂で二、三回話もしたという。私はむろん、先生がエスペラント語の達人であったことなど、今まで知らなかった。

氏は「クノール神父は丸顔の温顔の人であった」と好意的に書いているが、私の印象とは一寸違うものがある（苦笑）。日常的に直接教えている生徒と外部の大学生（しかもエスペラントの同好の士）への接し方とは自ら異っていたのもムリはなかろう。もし私が、この一文をちゃんと読んでいたなら、氏と一度お会いした折、クノール神父の話題で盛り上がったにちがいない、と思うと、少々悔まれる。クノール神父は一九八二年、六十七歳で亡くなられた。植村氏も今は亡い。（合掌）

（二〇一八年五月二十九日）

追記4

六月十八日朝、いつものごとく食パン一切れだけの食事をしていたところ、突然大きな揺れに襲われ、怖い程であった。机の上からコーヒーカップが下にすべり落ち、テーブルの真近に積んであった本たちにもコーヒーが染まる被害が……。幸い、屋根瓦は一部壊れたものの（これは以前から）、建物全体にはさほど被害はなかった。しかし、あちこち床に積んであった本たちが大量になだれをうち、散乱してしまった。これらを片づけようと一寸手をつけると、連鎖的に横の本の山にもなだれを引き起こす始末。あちゃーとため息をつく。当分はその片づけに追われる日々である。

その中から不幸中の幸いか、たまたま姿を現したのが、鈴田克介『芸文往来』（六甲出版、一九九八年）の一冊である。以前、神戸のどこかの古本展で見つけて手に入れておいたものだ。実は鈴田先生も六甲学院の国語担当の先生だったが、私共はそれほど何年も授業は受けていない。しかし、私には今もよく覚えている先生との一シーンがある。

高校生になってからと思うが、その頃一寸はやっていた、名詞にやたら「する」をつける、例えば「青春する」、とか「文学する」、といった日本語の使い方に疑問をもち、思いついて朝日の「声」欄に投書したところ、思いがけなく掲載された。それを目ざとく見つけて読まれた先生がその翌日か、わざわざ職員室に私を呼び、いささかほめていただいたのである。まあ、

鈴田克介『芸文往来』

投書は高齢者や主婦のものが圧倒的に多く、中・高生のものは珍しかったからだろう。他の先生方やむろん級友たちには何も声をかけてもらわなかったので、うれしく、一寸誇らしく思ったのを憶えている。ただ、その記事も、切り抜いてノートか何かに貼っていたはずだが、探しても残念ながら見つからない。

背が高くて、メリハリのきいた明快な講義をする先生だったが、むろん、当時、先生の略歴など知る由もなかった。本書のカバーそでにある略歴によると、「一九三〇年、長崎生れ。旧制県立長崎中学校卒業。京都大学文学部卒業後、神戸の六甲学院高等学校で、国語の教諭を一九九五年まで勤める」とある。そうだったのか！

「あとがき」によれば、本書は退職して三年後、今まで書きためていた評論や解説文を一冊にまとめて出したものという。内容は四部に分かれ、Ⅰ　日本文化の古層、Ⅱ　能・狂言の解説、Ⅲ　黒澤と小津　Ⅳ　鷗外と透谷、から成っている。先生のあとがきによれば、Ⅰの「日本文化の古層について」では、現代風俗

（学生運動におけるハチマキと棒）、伝承（牛若丸伝説）、古典芸能（歌舞伎の小道具としての簑と笠）などの根底に潜む聖なるものの存在（日本のカミ）を探ってみた。これは、柳田、折口、岡正雄らの民俗学・文化人類学への関心、郡司正勝氏の独創的古典芸能研究に惹かれたことがきっかけになっているという。これらの文は仮説にすぎないので、読者は笑って読みとばして下さいと謙虚に語っている。私は素人なりに、独創的なところのある指摘が多いなあと面白く読んだ。

一般読者向きにより興味深いのは、Ⅲの「黒澤と小津」の映画論集であろう。とくに黒澤映画の「夢」や「隠し砦の三悪人」を取り上げ、そこに日本の能からの色濃い影響を読みとっているところが面白い。後者のタイトルはアメリカの敬愛するジョン・フォード監督の西部劇映画「三悪人」への献辞ではなかろうか、と書いている。先生は「七人の侍」はもう十回以上観ているそうである。そういえば、六甲学院の映画会で上映作品を毎回、苦労して選んだのが鈴木先生だそうだ（『六甲』誌による）。中一から高三生まで面白く観れる映画を探すのはさぞ骨が折れたことだろう。

まだまだ全体をじっくり読めていないのだが、授業だけでは全く分らなかった先生の多方面にわたる関心と学識、興味深い着眼点などがよく伝わってくる好著である。

編集・装幀は、版元の六甲出版に勤めている子息の鈴田聡氏が担当していて、内容にふさわしい本造りになっている。偶然ながら、私も『古書往来』を出しているので、タイトル上での因縁も感じられる。

これも「あとがき」によるが、退職後、病気がちの先生を励ますため、古い卒業生の有志が数ヵ月おきにビデオで「日本映画を観る会」を開いてくれ、そこで自由に感想をしゃべりあったという。私より上の世代のOBの方々のようだが、私共にはうらやましいような母校の師弟の交流である。私も近年はヒマのせいか、映画は大好きでよく観ているので、もし御健在なら、少しはその面で交流もできるのだが、などと思う。

ともあれ、ここに本来の意味での「センチメンタル・リーディング」の一冊を報告できたのは幸いである。

（二〇一八年七月二日）

追記5

本稿の手書きをやっと高橋みどりさんに頼んで活字化し、思いついてそれを甲南大学英文学教授で、名高い古書通でもある中島俊郎先生にお送りした。先生は阪急六甲に近い岡本にお住いの大学人なので、多少六甲学院にも御関心がおありかと思ったからである。すると、予想以上に興味をもって拙稿を読んで下さった上に、インターネットを駆使して、私の全く知らなかった新情報を五枚もプリントして送って下さったのである。いつもながらの御親切に、感謝に絶えない。

それによると、前述の武宮隼人校長とその家系について詳しく書かれている東北在住の歯科医（ＯＢの方か?）の方がおられる由。ここではごく簡単にその記事を要約して紹介させていただくに留めよう。

まず、隼人氏の父親については今のところ不明だが、祖父に当る武宮貞幹氏（通称、丹治氏）については文献によってよく知られている由。貞幹氏は幕末から明治にかけて、鳥取藩の砲術師範役として活躍した人物で、武宮家は代々の古い砲術の名家であった。

隼人氏の軍隊時代のエピソードは前述の座談会でも少し語られているが、私は省略して書いていない。ここでは軍人としての経歴もくわしく調べられている。武宮氏は一九〇二年（明治三十五年）、鳥取に生れ、おそらく若くして家族で（?）東京に移ったようだ。一九二一年（大正十年）、十九歳の折、一年志願兵として麻布第一連隊に入隊、一九二五年（大正十四年）に予備役少尉になる。（今から想えば、六甲名物のスパルタ的行事は、武宮氏の軍隊時代の肯定的体験の影響が多少あるのかもしれないという気もする）。その後、オランダの神学校、聖イグナチオ大学に留学する。その前に上智大学を卒業したようだが、くわしいことは分からない。ラッサール神父も若い頃聖イグナチオ大学で学んでいたが、日本から留学していたイエズス会士の一人に武宮氏もいたとの証言があるという。ただ、同神父は六甲学院の姉妹校、鹿児島のラ・サール高校を創立したラ・サールとは別人物である由（林哲夫氏の御教示による）。

　ともあれ、武宮校長には祖父の代からの深い歴史的背景があることをこれで知ることができた。私が武宮氏のことを古武士のような、と形容したのもむべなるかな、である。当時は近寄りがたい存在であった武宮氏の生涯を、こうしてやや客観的に捉えることができ、私には感慨深い体験であった。

　もう一つ、中島先生のお便りで驚いたのは、前述した植村達男氏と先生の友人が親友同士で、先生も植村氏から数回、お手紙をもらったことがあるそうだ。古書好き同士のある意味もっともなつながりとはいえ、世間は狭いものとの感をまたもや深くしたものである。

（二〇一八年七月三日）

※　※　※

　中島先生はまた、以前読まれた坪内逍遙の好エッセイ「貸本屋大惣（其一、其二）」を一八頁コピーして続けて次便で送って下さった（私は逍遙の作品もひとつも読んでいない不勉強者です）。大惣に関する貴重な資料である。私は早速興味津々で読み、実に面白かった。本来ならこれも詳しく紹介したいところだが、そうすると、またどんどん頁数がふえるので、ここでは知り得た、ごくポイントのみ紹介しておこう。（其一）は大惣の略史で、（其二）はその蔵書処分のいきさつを詳しく書いている。

　大惣主人は姓は江口氏と言い、代々大惣を名のり、現在は十代目。元は薬種商だったが、明和年間、四代目から貸本業を始めた。店は名古屋の長島町（今の島田町）にあった。顧客は主に学者や文人で、極めて薄利で営業した。蔵書は主に戯作類などの通俗物だが、相当に幅広く、写本物もあった。曲亭馬琴や十返舎一九も出入りしている。大惣は、顧客先に持参するのでなく、店に客が来訪して書棚や倉庫から望みの本を取り出して見せ、選ばせて貸したという（江戸時代は歩き回って貸したのかもしれないが）。

　一八九八年（明治三十一年）のこと、逍遙氏のもとにも蔵書処分の相談があり、早稲田大図書館へ一括でという申込みがあったが、当時は資力不足でできなかった。それで、知人の水谷不倒氏に相談するよう、紹介した。その後いろいろあって、結局、帝大、京大、上野の図書館などに分散して売り、残りは古書市にも流れた。それでもまだ一つの土蔵分の蔵書が残ったので、一九一二年（明治四十五年）前後まではまだ店もあった。その頃閉店したらしい。一九一七年（大正六年）、残りの蔵書全部が水谷不倒氏の手に入ったという。逍遙氏も廃業の際、大阪版の画入根本などを買ったという。逍遙氏は両親の実家や兄宅などが名古屋にあり、若い頃、帰省の度に大惣に寄ったらしい。実体験による証言だけに、廃業の時期などは市橋氏の記述より、正確だと思われる。大部分を省略したので、興味のある読者は逍遙の全集に当って、ぜひ読んでみて下さい（その面白さは保証します）。

（二〇一八年七月八日）

追記6

前述した貸本屋の話の続きで一気に戦後のことに飛んでしまうが、最近見つけた古本の一冊も紹介しておきたい。

秋がようやく深まってきた十一月初旬、神戸、三宮からの帰り、久々に春日野道に下車して商店街にある勉強堂さんに立ち寄った。今回の収穫は、牧野義雄『あさきゆめみし――わが青春の記・アメリカ時代』（暮しの手帖社、一九五六年）と高野肇『貸本屋、古本屋、高野書店』（出版人に聞く8、論創社、二〇一二年）である。

前者の牧野義雄は日本では知られざる画家で、一八六九年（明治二年）、愛知県に生れる。一八九三年（明治二十六年）、米国に渡航し、サンフランシスコの美術学校で学ぶ。一八九六年（明治二十九年）、英国、ロンドンに渡り、苦労をなめるが、一九〇七年（明治四十年）出版した『カラー・オブ・ロンドン』でロンドンの霧と女性を魅力的な水彩画に描き、一躍好評を博す。その後も『カラー・オブ・パリ』『カラー・オブ・ローマ』を出版、評判になり、イギリス社交界の名士となる。『日本人画工倫敦日記』『わが理想の英国女性たち』など英文で出版。その後、ニューヨーク、ボストン、またロンドンに戻るが、一九四二年、米英との開戦で最後の交換船にて日本に帰国。『滞英四十年今昔物語』、『英国人の今昔』を出版。一九五六年十月、八十六歳で北鎌倉のアパートにてひっそり亡くなった。

実はこの牧野氏については、英国文化史、出版史の権威、清水一嘉氏がつい最近出したエッセイ集『懐かしき古本屋たち』（名古屋、風媒社、二〇一八年）の中で、二篇、その生涯と仕事を詳しく紹介しており、私は珍しく新刊で買って興味深く読んだばかりだったのだ。それで、この画家の名前は脳に刻印されており、棚の中に本書を見出して「あっ」と驚いた。本書は一九五六年一月の出版なので、牧野氏は本書の出版十ヵ月後に亡くなっている。あの花森安治（暮しの手帖編集長）が出版の価値あり、と判断したのだろう。珍しい本であり、ロンドンの霧を描いた水彩の口絵も一枚付いている。これから読むのが楽しみだ。それにしても、私は別稿で渡仏した日本人画家のことをいろいろ紹介しているが、イギリスに渡って活躍した日本人画家は珍しいと思う。

後者も現物を見たのは初めてで、ラッキーだった。

小田光雄氏がインタビューしてまとめる論創社の「出版人に聞く」シリーズはすでに二十巻程出ていて、私も三、四冊は興味深く読んでいるが、部数が少ないせいか、関東はともかく、関西の新刊書店では殆ど常備されていない。本書は小田原市で長く古本屋を営んでいる高野氏が、かたわら近世以来の様々な出版史資料を収集、勉強してきた成果を語ったもの。二〇一一年に出した『高野書店古書目録』には十年近くかけて集めた資料二百八十点程が出品されたという（残念ながら、私は未見）。これは大好評で、珍しく一ヵ月半たっても注文が入ったそうだ。ここに書くのはごく一例だが、金港堂の開業広告や明治の書店のカラー引札やら、書店の写っている絵葉書（六十点）、巡回文庫の図書目録なども含まれていた由。

さらに、高野氏の父、堅治氏は、神戸、板宿の貸本屋、ろまん文庫（花森安治の実弟が経営）に範をとった、ネオ書房チェーンの東京進出の影響を受け、神奈川でも貸本屋ブームが起り、一九五六年に貸本屋を開業した。高野氏が小学六年生のときで、氏も店を手伝っていたという。一九五〇年から六〇年代にかけて全国で最盛期三万店位（東京で三千店程）が開業していたが、七〇年以降衰退してゆく。貸本は、主に時代小説、ユーモア小説、スリラー小説だったが、断然人気があったのはマンガだった。高野氏の店には後の小説家、夢枕獏氏もよくマンガを借りにきていたという。

　ただ、貸本屋向け出版社の歴史や実態は資料が少なく、研究もあまり進んでいないという。『全国貸本新聞』が不二出版から復刻されたが、これは画期的な出版で、その中に貸本出版社がある程度、要約、紹介されている。これらの中には、つげ義春の『生きていた幽霊』や『四つの犯罪』を出した若木書房、中村漫画で有名な中村書店、手塚治虫の初期マンガを出した大阪の東光堂、辰巳ヨシヒロ、さいとうたかを、佐藤まさあきなどがデビューした大阪の日の丸文庫なども挙げられている。実は、高野氏もふれているが、これら、大阪の貸本出版社については、「劇画」の名づけ親で「劇画」ブームのリーダー、大御所の辰巳ヨシヒロ氏が自伝的長篇マンガ『劇画漂流』（上下、二〇〇八年、青林工藝社）で、駆け出しの頃交渉のあった各社の建物や社主、編集長の風貌などを活写しており、私は以前、大阪南の居留守文庫で入手して興味津々で読んだことがある。大阪貸本出版史の貴重な資料としても読めるものだ。なお、詩人ドン・ザッキーこと都崎友雄が『新貸本開業の手引』（六〇頁）を出していたことは本書で初めて知った。見てみたいものだが、古書目録でも私は今まで一度も見たことがない。青木正美『ある「詩人古本屋」伝』（筑摩書房）に詳しく紹介されていることも、勉強不足で知らなかった。

　私の場合、小学校の後半に、近所にも一、二軒、貸本屋がしばらくあったことは覚えているが、本の好みが合わなかったのか、あまり出入りしなかった。それよりも中学時代、近所に古くからある新刊書店の奥の棚に返品し忘れた旧河出文庫などを見つけ、そこから古本の面白さに導かれていったように思う。

　また創元社在社時代に、神戸の阪神、御影駅前にあった、文房具店を兼ねた古本屋の棚の一番高いところに、金尾文淵堂刊、与謝野晶子訳の『新訳源氏物語』を見つけ、中澤弘光の見事な木版画が多数入っているのに驚嘆したことも、古本の魅力に本格的に開眼したきっかけになっている。

本書後半の高野氏の、一九六二年以来の郷土資料を専門とする古本屋としての軌跡も興味深いが、テーマからそれるので、ここでは省略しよう。

（二〇一八年十一月七日）

註

（1）この原稿を書いている途中に、京都へ出かけ、いつものように三条の京阪書房で『日本古書通信』最新号（二〇一八年五月号）を手に入れた（関西ではここでしか置いていないので、わざわざ買いに行かねばならないのだ）。早速、帰りの京阪の車中で読んでいたら、新連載の三昧堂（雅号？）によるコラム「古い話」が目に止った。これは読んでみると、「音読と黙読」についての話で、私も以前から興味があるテーマである。この中でコラム氏は国文学者、玉上琢弥氏の『源氏物語の読者——物語音読論』（一九五五年）を取り上げ、紹介して一節を引用もしている。語り手としての女房と読者としての姫君たちのことを述べたもので、まさに私が紹介した内橋先生の解説とかなり重なっている。この学術書の刊行年代から考えると、あるいは内橋先生もこの著作から学んだ可能性が充分ある。それにしても、不思議なタイミングでこの文献に出会ったものである。これもシンクロニシティと呼ぶべきであろうか。

（2）脱稿後、たまたま最近入手した昔の『彷書月刊』—特集、戦後五十年　わたしと古本屋—（一九九五年九月号）を読んでいたら、近世文学の権威、中野三敏先生が、「記念橋の飯島さん」を書いていた。先生の名古屋時代に文献蒐集でお世話になった飯島書店の主人について回想している。そのタイトルの下に、関連の文献図版として、古通豆本の一冊、朝倉治彦『貸本屋大惣』（一九七七年）が掲げられていた。私は、あ、そういえばこのタイトルの豆本が出ていたな、と憶い出した。残念ながら、未読である。今後、探求して読んでみようと思う。

渡仏日本人画家と前衛写真家たちの図録を読む

――田中保、高野三三男、小石清、中山岩太、安井仲治、そして「神戸画廊」のことども――

今年（二〇一七年）の京都、夏恒例の下鴨神社の古本祭りには、それまでのあまりの猛暑に参ってしまい、出かけるのを大分ためらったが、それでも初日、勇を振るって出かけることにした。会場に昼頃到着し、すぐ目についたのが入口すぐの左側の店、石川古本店に大量の美術展、個展の図録が並べられた均一コーナーである。美術館の学芸員か研究者、もしくは熱心な美術ファンが長年、蒐集し所蔵していたものをその方が亡くなったか、事情があって、一挙に放出したのだろうか。

　私は美術には全く素人でもっぱら作品を見るだけだが、好きになった画家のまだ持っていない図録や未知の画家でも中をパラパラとのぞいて気に入ったものが時々見つかるので、一通りザッとチェックすることにした。しばらく時間をかけたが、結局、今回見つけて収穫だと思ったのは次の二冊だった。

　『小石清と浪華《なにわ》写真倶楽部』（兵庫県立近代美術館、一九八八年）と『埼玉の画人　田中保をめぐって――パリ―ニューヨーク』（西武百貨店、一九八六年）である。

　前者については、日本の近代写真史について全く不勉強な私だが、フランスから帰国して芦屋に住んだ中山岩太や、戦時中の神戸の「流氓《るぼう》ユダヤ」の写真でも有名な安井仲治《なかじ》には何となく関心を抱き、薄い図録や本など少しは手に入れている。例えば『「光画」とその時代』[註1]展の図録（一九八九年、朝日新聞社）でも、中山氏や安井氏の写真が多く収録されている。また昨年だったか、古本展で『安井仲治　中山岩太　小石清』（大阪府民ギャラリー、一九七七年）という枡型の写真集も見つけた。各々一作品が一頁に収録された迫力ある写真集だ。いずれも、大ざっぱに言えば、モンタージュ手法を駆使した、シュールで前衛的な写真を撮った人たちで、現在から見ても斬新なイメージをもたらす作品が多い。小石清については、近年、復刻もされているが、一九三二年（昭和七年）に丸善から出版されたアルミ版の表紙の「初夏神経」（十枚連作）が当時の写真界に大きな衝撃を与えた。ただ、これは斬新すぎて多数売れ残ったという。今回見つけた図録には、

小石清「舞踏・インフレーション」1940年
（『小石清と浪華写真倶楽部』より）

『田中保展』図録、1981 年
表紙作品は「花と裸婦」1920-30年

その本の表紙から中身、奥付までが小さい図版だがすべて載っていて貴重である。

浪華写真倶楽部は大阪で一九〇四年（明治三十七年）に創立された長い歴史のあるアマチュア写真家グループで、安井仲治も一方で丹平写真倶楽部を創立しながら、ここでも指導的な活躍をしたし、福森白洋や花和銀吾などもいた。私にとっては見あきない、魅了される図録だが、なにぶんこの分野は勉強不足なので、これ以上は書き控えよう。

さて、もう一冊の田中保の図録については、これまでのささやかないきさつがある。

私が創元社を病気のために退社し、フリーの編集者になってから初めて、自費（いわゆる共同出版）で『古書と美術の森へ』（新風舎刊――この出版社も今は亡い！）を一九九四年に出したのだが、そこに収録した小エッセイ「美術展図録と私」の中で、私にとっての掘り出しものの図録の一冊として『田中保展』（毎日新聞社、一九八一年）もタイトルだけすでに挙げているのだ。これから推し測ると、延べ二年近くにわたった長い入院生活をようやく終え、おそらく自宅で療養中の二十数年前に、すでにどこかの古本展で入手したものらしい。その頃、今は亡き家内の運転で（感謝！）、時々関西のあちこちの観光ホテルや旅館のロビーでしばらくお茶を飲んで休憩する時間をもっていた。泊まらなくても、なかなかぜいたくなリラックス空間なのである。その一つ、たしか有馬の古泉閣の廊下の壁に、田中保の大きな絵が掲げられているのを見つけ、すでに図録を見て知っていた私は感激してしばらく見入ったのを今でも憶えている（私の記憶違いならお許しを。この絵は今でも壁にかかっているだろうか）。

この図録はさすがに三十七年も前のものゆえ、カラー図版は半分位だが、一見するや、前半の裸婦像群に魅了されてしまった。むろん、後半の人物像や広々とした海岸風景画も好ましいものだが。私にとって田中保氏は全く未知の画家だったが、たちまちこの画家のファンになったのである。その裸婦たちの艶やかでなめらかな体のライン、モデルの欧米女性のノーブルで愛らしい表情、やや大胆なポーズなど、正直にいって当時の私には目の保養にもなったことだろう。この図録はそれ以来、私の本棚の、画集や図録を並べたコーナーにずっと保存されている。ただ、その折は図録の解説も飛ばし読みしたぐらいで、アメリカやフランスで活躍したが、日本ではまだあまり知られていない画家、くらいの認識しかもてないままで、すましてしまった。今、見返してみると、当時、国際美術館館長であった本間正義氏の「田中保のこと」や美術評論家、林紀一郎氏の「田中保のルネッサンス」という興味深い解説文の他、詳しい年譜も付けられている（油絵図版七十四点と風景小デッサン三十二点）。その後、この画家の他の美術展の図録がないかと、古本展などでも気をつけて見ているが、同じ図録はごくたまに見かけるものの、違う図録は今まで見つけたことがなかった。そこへ今回の図録を二十数年ぶりに見つけたわけで、実にうれしかった。

この図録の方は、枡型だが前の図録より一回り小さく、頁数も半分位しかない。これは前の図録の五年後に、田中氏の出身地、埼玉県の西武百貨店所沢店のオープン記念に開催された企画展のときの図録なのだ。そして、解説を見ると、林紀一郎氏（新潟市美術館長）の「田中保とその周辺」は新稿だが、もうひとつの本間正義氏の「田中保のこと」は前述の図録から転載されたものだった。収録された作品はタイトルのごとく、初めに田中氏のものが九点（そのうち裸婦は三点のみ）、そのあとは、同時代にまずワシントン州のシアトルにわたり、その後ニューヨークで活躍した国吉康雄、清水登之、石垣栄太郎、野田英夫、さらにパリに渡ってから同じ頃サロン・ドートンヌに共に出品した藤田嗣治、小山敬三、ローランサン、また佐伯祐三や高野三三男、種々の影響を受けたルノアール、マチス、ボナール、パスキン、ピカソなどの作品も一、二点ずつ収められている。いわば、「田中保とその時代」ともいうべき展示であり、田中ファンである私にはやや物足りないものだった。

この二冊両方ともに解説を書いている林紀一郎氏にはどうも見覚えがあった。ふり返ってみると、私は『ぼくの古本探検記』中の一篇で、今は亡い三宮のロードス書房で偶然見つけた、渋谷にあるカレー屋主人、故大町紀氏が個人で出していたユニークな文芸雑誌『いんでいら』二冊を紹介した。大町氏は久保田万太郎を俳句の師とし、安岡章太郎などいろんな文学者と交流があり、自身も建築家、詩人、俳人と多彩な顔をもった才人で、本格的な画家でもあった。その大町氏が出した画集『大町紀作品集』を目録で入手し、これも最後に少しだけ紹介したのだが、その解説を書いているのがこの、大町氏と友人でもあった林氏だったのである。こうして見ると、林氏はどうやら、世にあまり知られていないユニークな画家を発掘し、光を当てることに力を注いでいる美術評論家らしい（後に、現在は静岡の池田20世紀美術館長となっている）。

二冊の図録の林氏や本間氏の文章、年譜などに基づいて、ごく簡単に田中保の生涯と仕事を紹介しておこう。

一八八六年（明治十九年）、埼玉県に九人兄妹の四男として生まれる。金融業を営む父の急逝で一家離散。浦和中学校を卒業後、十八歳のとき横浜港から単身で渡米し、シアトルに住む。農業、果物商など様々な職に就きつつ、シアトルの画塾で絵を学んだ。そこでたちまち頭角を現わし、シアトルの様々な画廊で個展を開く。本間氏によると、シアトルは「美術の上に、東洋的な色彩が強くあらわれた」土地らしい。一九一七年（大正六年）、シアトルのファイン・アーツ・ギャラリーでの個展の折、一部のモラリストや清教徒から風紀上の理由で数点の裸体画を撤去するよう勧告されるが、田中氏は敢然と抗議の声明文を二度、的確な英文で出した。このときの観覧者は五日間で五千人以上にも上ったといわれる。同年末、シアトルの詩人で美術批評家でもあるルイーズ・カンと結婚する。彼女は生涯、夫の芸術の最良の理解者となり、すぐれた田中保論も書いているという。私が驚いたのは、ルイーズさんによれば、田中氏の最も強力な才能は〝想像力〟で、裸婦の絵の大部分はモデルなしで描かれたということだ。

一九二〇年（大正九年）、三十四歳のとき十六年間のシアトル生活を終え、彼は妻とともに百点あまりの

田中保「裸婦　NUDE」1920-30年
（『田中保展』図録より）

油彩を船に積み込み、パリに渡る。本間氏によれば、戦前の在外画家で在外地が二ヵ所に及ぶ人は極めてまれなのだという。同年、サロン・ドートンヌに初出品。このとき藤田嗣治もあの独特の乳白色の肌の裸婦像を出品して評判を呼んでいる。以後、毎年のように各サロンに出品し、画廊でも度々個展を開いている。「裸婦のタナカ」と呼ばれ、フランスでの声価は高かった。しかし日本の画壇とは全く無縁で、一九三〇年（昭和五年）頃、第五回文展に送った作品も落選している。年譜で注目されるのは、同五年、四十四歳の項で、アメリカの詩人、批評家、エズラ・パウンドや小説家、ヘミングウェイらと親交をもつようになる、と出てくることだ。詳細は不明だが、このへんは映画化しても面白そうな興味津々のシーンである。どなたか、調査してこのような交友の実際を伝記に書いてくれないだろうか。

　ここで、前述の林氏が紹介している、パリ時代の田中保のエピソードも簡単に引いておこう。一九三〇年の仏新聞記事に載ったものだが、モンパルナスのカフェ・レストラン「ラ・クーポール」はキスリング、ヴラマンク、藤田らの画家、コクトー、サンドラールなど詩人たちの溜り場でにぎわい、パリ観光のアメリカ人もよくやってきた。そこで「眼玉の大きな、チョビ髭を生やした男が、仲間となにやら話していたかと思うと、テーブルのそばを通りすがる客たちのひとりひとりの表情をそっくり再現してみせるのだ」と。それが、どうも容貌といい、コミカルなパントマイムといい、チャーリー・チャップリンじゃないか、とお客たちにささやかれたという。たしかに二つの図録の巻頭に掲げられた田中氏の顔はチャップリンにどことなく似ている。こういう茶目ッ気もある人だったのだろう。

パリのモンパルナスで十年、田中氏はかなりの名物男となっていた。やがて第二次世界大戦勃発。しかし彼は日本には帰国せず、日本がハワイ真珠湾を奇襲攻撃した一九四一年（昭和十六年）の春、モンパルナスの片隅で妻に看取られ、五十四歳でひっそりと亡くなった。

田中氏はその後も日本で長く忘れられたままの画家だったが、一九七六年（昭和五十一年）、東京伊勢丹で初めて遺作三十四点が展示された。翌年、郷里の埼玉会館でも展覧会が開かれ、その後図録になった全国規模の催しも開かれるようになったのである。林氏が「田中保のルネッサンス」と名づけたゆえんである。ただ、図録の一九八六年の時点では、一九三〇年から彼の死に至るまでの晩年の歩みはなお不明とのこと。現在ではどの位研究者によって解明されているのか、ぜひ知りたいところである。

なお、今回見つけた図録に一点だけだが載っているのが高野三三男《みさお》の「母子」（一九三三年）である。実はこの高野氏も私の大好きな画家なのだ。巻末の略歴によれば、氏は一九〇〇（明治三十三年）、東京深川に生れる。府立一中から、商船学校に入学するも中退し、本郷洋画研究所に学ぶ。一九二四年（大正十三年）渡仏し、第二次世界大戦勃発のため、やむなく帰国するまで、十七年間パリに滞在して活躍し、フランスのコレクターにも愛された画家である。文学的志向が強く、ボードレールの『悪の華』などフランス文学に傾倒していたという。

実は私は本棚の図録類の中に、今ではどうやって手に入れたのかすっかり忘れてしまったが、『パリの日本人画家——一九二〇年代を中心に』（目黒区美術館、一九九四年）というＡ４判、わずか三二頁のステキな図録も大切に愛蔵している。その表紙を飾っているのが高野氏の作品で、フランス社交界でドレスを着た愛らしい若い夫人がうっとりとした表情でマンドリン（？）をかき鳴らしている姿（「仮装した薩摩夫人像」）であり、たちまち、魅了されてしまった。このモデルは、タイトルのように、高野氏と交流のあった薩摩治郎八夫人、千代さんであり、画家でもあった。実際に、社交界でも人気があったようだ。他に、氏独特の、狐目をした「少女」や「調髪」、「ヴァイオリンのある静物」など六点が収録されている。「少女」の、こちらを見つめる官能的なまなざしには何とも圧倒される。今見返してみると、この図録にも田中保の裸婦が二点入っており、しかも前述の二冊にはない作品であった。

高野三三男「仮装した薩摩夫人像」1928年
（「高野三三男」展図録より）

　略歴によれば、高野氏は在仏中、フジタに最も近い存在で、フジタを「おやじさん」と呼んだ仲だった。その象牙のような女性の肌の画面から、フジタの秘密とされていた技法を知っていたのではないか、とも書かれている。

　高野氏は戦後、小説家の北原武夫がしばらく結婚していた宇野千代とやっていたスタイル社から編集・発行していたファッション雑誌『スタイル』――戦前から出ている――の表紙絵を藤田嗣治から引き継いで毎号担当し、モダンで明るい欧米女性を描いている。女性雑誌の表紙だけに表情はもっと大衆向きの美人顔のそれに変えている。氏の表紙絵によって部数も大分伸びたのではなかろうか。手もちの一冊だけ、図版に掲げておこう。

　本の装幀も手がけていると思うが、私はまだ一冊しか見つけていない。一九五三年に岩波書店から出た童話絵本『スザンナのお人形・ビロードうさぎ』で、中にもカラーで描かれた西欧のかわいい女の子の絵やウサギの絵が沢山入っている楽しいものだ。

　挿絵の仕事としては、代表的なものに、戦後、和田芳恵が創刊した『日本小説』に連載された、坂口安吾「不連続殺人事件」に描いたものがある。

　この図録には同時代にフジタと交流のあった坂東敏雄や小柳正の作品も数点ずつ載っている。

　本冊を編集した、当時目黒区美術館主任学芸員の矢内みどりさんの解説によれば、坂東氏は徳島生れで、大阪で絵画を学び、一九二二年に神戸港から上山二郎

『スタイル』の一冊

坂東敏雄「猫」制作年不詳
(「パリの日本人画家」図録より)

とともに渡仏。上山氏としばらくパリで同居した（実は私、昔『知られざる画家　上山二郎とその周辺』（芦屋市立美術博物館）の図録を手に入れて、一ぺんに上山氏のファンになり、氏の絵を私の編集した『原稿を依頼する人・される人』のカバー装画に使わせてもらった位なのだ。上山氏は渡仏中の東郷青児とも親しくつきあい、一九二八年に帰国後は吉原治良に大きな影響を与えた。一九四五年、五十歳で早逝した）。

坂東氏は最初フジタと交友していたが、芸術観や生き方の相違から袂を分かっている。堅固、重厚、繊細さにあふれた独自の絵画世界をつくり上げた。収録されている小作品「猫」「犬」を見れば、迫力満点で、その実力の程がよく伝わってくる。フランス女性と結婚したが、階段から滑ったのがもとで、一九七七年にパリ郊外で死去している。小柳正も、札幌に生れ、岡田三郎助に師事。一九二〇年に渡仏し、フジタの画室に頻繁に出入りする。フジタの影響を強く受け、画風にも共通性が見られる。ただ、図録に載っている「仮装舞踏会」は独自のタッチでなかなか魅力的だ。

以上の二人も、日本では殆ど知られていない画家ではなかろうか。フジタには常に脚光が当てられているが（私は率直にいって、藤田ファンには申し訳ないが、氏の裸婦像やとくにデフォルメされた子供像は、あまり好きではない。本の装幀で種々描いたパリの街の水彩画の方が好ましい）、坂東、小柳氏はその陰に隠れてか、本格的な展覧会も開かれていないのではないか。とくに私は坂東氏の作品をもっと見てみたいものである。

追記1

本稿の画家のテーマとは直接、関係はないのだが、私にとって重要な情報をこの原稿を書く過程で見出したので、報告しておこう。

冒頭で、以前手に入れた『「光画」とその時代』図録にも一言触れたが、その解説文の一つ、中島徳博氏（当時、兵庫県立近代美術館学芸員）の「『光画』時代の中山岩太」を改めて読む機会があった。

私は好きな図録を入手したとき、むろん図版の方はすぐ目を通すものの、解説の方はざっと拾い読みする程度で精読しないことも多い。全くの言い訳になるが、解説は大抵小さい活字で横組みでぎっしり組まれているので、どうも読む気が起きないからである（いや、単に怠け者にすぎないのだが）。

この解説でも、中山岩太が東京美術学校の写真科を一九一八年（大正七年）卒業し、ニューヨーク（ラカン・スタジオを開く）とパリで九年間生活してきたこと、とくに一年三ヵ月過ごしたパリでは藤田嗣治やマン・レイ、未来派の画家たちとも親交があったことなど、初めて知った。実際、中山氏はフジタを撮った写真を遺している。中山氏は渡仏するまで、画家志望を捨てきれなかったが、パリで撮った「パイプとマッチ」を見せたところ、フジタからアドバイスされ、写真家になることを決めたという。また、マン・レイからは大きな感化を受けている。本稿で書いた田中保も一九二〇年、パリに渡っているのだから、ひょっとして中山岩太ともパリで出会っているかもしれないと想像すると、愉快ではないか。当時、パリ在住の日本人画家や芸術家たちは日本人館などによく集まって交流していたというから、その可能性はあるだろう。

中山氏は一九二七年（昭和二年）に帰国、関西に移り、一九二九年（昭和四年）以後芦屋、精道村の海辺に定住している。芦屋のスタジオとともに神戸「大丸」にも写真室を開設した。一九三〇年に第一回国際広告展に出品した「福助足袋」が一等賞を受け、一躍注目を浴びる（このとき、小石清も三等賞を受けている）。これは今見ても、日本の伝統と西欧のモダニズムを巧みに融合させたようなインパクトの強い作品だ。氏の「上海から来た女」（一九三二年）も大へん魅了されるが。このモデル女性は、ボリショイ舞踊団の一員だったという。また、中山が写した「神戸・トンプソン商会」は、堀辰雄が来神の際、そのショーウィンドで見つけた古い仏文学の洋書を入手した建物像である。これは私のもっている図録『レトロ・モダン　神戸』（兵庫県立美術館、二〇一〇年）の表紙にも使われている。この建物は小松益喜も描いている。同年、ハナヤ勘兵衛（桑田和雄）や紅谷吉之助らと共に「芦屋カメラクラブ」を結成する。このクラブの展覧会が第一回、

『レトロ・モダン　神戸』図録、2010年

中山岩太写真集『光のダンディズム』。
カバー作品は「上海から来た女」1932年

第二回とも神戸、栄町にある朝日新聞神戸支局の朝日公会堂で開かれている。これを積極的にバックアップしたのが当時、朝日新聞神戸支局長であった朝倉斯道氏である、と中島氏は書いている。

　実は、私は『ぼくの古本探検記』（大散歩通信社）の中で、著名な陶芸作家、河合卯之助の若い頃参加した文芸同人誌『黙鐘』を中心に三十七頁にわたって河合氏の仕事を探求しているのだが、その追記で、当時、同じ神戸支局の部下の記者だった葉健二氏の豆本、『私のあしあと』から河合氏や朝倉氏との交友を紹介しているのだ。さらに朝倉氏の大部の追悼集『朝倉さんを偲んで』もわずかながら紹介している。朝倉氏はとくに文化芸術方面の記事に力を入れ、兵庫県美術家連盟や全関西写真連盟を結成したのも氏の働きが大きかったという。氏は一九四四年（昭和十九年）に神戸新聞社長になっている。朝倉氏も、神戸の文化、芸術界を裏で支えたキーパースンの一人であろう。

　朝倉氏の芦屋カメラクラブへの肩入れと、私が以前書いたことがここでつながったので、うれしくなった。

さらに中島氏は、このクラブが神戸で開いた展覧会の場所として、朝日公会堂と並んで、毎日新聞社を退社したばかりの大塚銀次郎氏が一九三〇年、元町一丁目の鯉川筋に開いた「画廊」（店名）をあげている（一九四四年に大塚氏が戦争で召集されたため閉鎖）。この画廊には「小磯良平、林重義、田村孝之介といった画家たちの他に、今竹七郎や川西英、竹中郁といったデザイナー、版画家、文学者たちも出入りし、さながら神戸の芸術家サロンの様相を呈していた」とも。中山岩太もその一人であった。

　これも私が初めて知った情報である。私は『編集者の生きた空間』の中で、関西学院大文学部教授、大橋毅彦氏の紀要論文、「一九二〇年代の関西学院文学的環境の眺望」を要約して紹介した。そこで、大橋氏は一九一三、一四年頃からオープンした三宮神社境内にあった「カフェ・ガス」や西灘の喫茶店「銀」、元町の「エスペロ」などのカフェ、関学大近くの上筒井商店街にあった古本屋群も取り上げ、これらの舞台を、神戸の文学、演劇、美術のネットワークの実態を探る上で重要視している。私も今まで出した本の中で、戦後すぐの詩同人誌『火の鳥』創刊の場となった長田のロマン書房、詩同人誌『輪』の中心、中村隆氏の長田の金物屋、元町にあった岸百艸氏の古本屋「百艸書屋」、林五和夫氏がその私家本『白蘭のような女』で書いた三宮のジャンジャン市場の酒場の一軒など、文化サロンとしての場所をいろいろ紹介しているので、大橋先生の研究視点に大いに共感した。そこへ、この情報も新しく加えることができたわけである。ただ、これはすでに中島氏によってすでに一九八九年に書かれたものなので、明らかに私の勉強不足だったのだが。

※　※　※

　ついでながら、私は前述の本を刊行した後、この夏前に遅まきながら気にかかっていた大橋氏にお便りしたところ、先生はすでに私の本を読んで下さっており、まことにうれしく思った。その際、私がお願いした、今年四月に神戸文学館で二回にわたって開かれた関学大の先生の学部学生、大学院生たちによる小講演会の貴重な報告冊子も送って下さった。一回目は「一九二〇年代の神戸のカフェ文化」、二回目は「一九二〇年代の関西学院から発行された文芸同人誌群」がテーマで、計六人の女子学生による発表である。「カフェ文化」では、来神した堀辰雄と竹中郁とが出会った「藤屋喫茶店」や「ユーハイム」、今東光が小説『悪童』の中で描いている三宮の「パウリスタ」や「銀」、さらに「カフェ・ガス」についてもいろいろな資料に基づいて報告している。私には知らなかった情報も含まれている、興味津々の冊子であった。ユニークな講義をする先生にも恵まれているが、こういうテーマに関心をもち、探求する若い女性たちが出てきたことは神戸文芸史に興味をもつ私には喜ばしい限りである。

（二〇一七年十月一日）

もう一つつけ加えておこう。私が持っている『明治・大正神戸生まれの芸術家たち』展（神戸市立小磯記念美術館、二〇〇一年）の図録の解説文、辻智美さん（当時、同館学芸員）の「写真でたどる小磯良平と神戸の芸術家たち」はそれ自体、興味深いものだが、その中で前述した大塚銀次郎氏のことにも少し触れている。神戸出身の画家、林重義氏（三岸好太郎らの独立美術協会の創立に参加）も一九二八年から三〇年までヨーロッパに遊学し、帰国後、現在の東灘区住吉に住んで制作に励んだ。その林氏の画風を慕った画家たちが集まり、「月曜会」というグループが結成されたのだが、月曜会の集まりの写真を見ると、そこに大塚氏も参加している。林氏の第一回個展も、大塚氏の「画廊」で開かれた。辻さんによると、〝画廊〟という名称を日本で最初に使ったのは自分である、と大塚氏は語っているそうだ。東京の日動画廊より一、二年早く「画廊」を開いたという。「画廊」の外観写真も添えられており、これが店名でもあったのだと分った。神戸を郷里とする私にはうれしい事実である。ここで、佐伯祐三、梅原龍三郎、林武らの展覧会も催し、全国的にも有名になったという。さらに「〝画廊〟で開催された展覧会の記録や、画家たちの近況などを面白おかしく綴った『ユーモラス・ガロー』（第十九号より『ユーモラス・コーベ』と改称）を独自に発行しており、

林重義「トランプをするアルルカン」1929年

『林重義　没後五十年展』図録、1994年

そこからは当時の画家たちの活動状況も窺え、今では貴重な資料となっている」とも書いている。前述の中島氏もこの小冊子に言及している。そこに中山岩太が度々登場する、という。新聞記者出身だけに、面白い文章を書くのはお手のものだったろう。この小冊子を神戸の古本屋の片隅で一部だけでも見つけてみたいものである（はかない願望だが）。

※　※　※

ここまで書いてきて、私は前述のわずかに触れた林重義展の図録も以前入手したのがあるはずだと思い出し、本棚の下に積まれた図録類の中から『林重義　没後五〇年展』（神戸市立小磯記念美術館、一九九四年）を取り出してきた。

林重義氏も私の好きな画家で、とくに在仏中に描いたパリの裏街やピエロ、アルルカン、踊り子などを大胆なタッチで描いた作品には実に魅了される。辻智美さんの解説によれば、ルオーやドーミエの影響も受けているようだが、奥深く哀愁をおびた雰囲気をたたえた作品群は氏独自のものだ。この図録の巻頭にある山野英嗣氏（当時、兵庫県立美術館学芸員）の「林重義と都市・神戸」を読んでみると、山野氏も前述の小冊子『ユーモラス・コーベ』を取り上げていたのである（ちなみに、山野氏は〈モダン都市神戸・大阪と近代美術〉といったテーマで、他の図録などにも種々のユニークな解説文を書いており、私はそれらが一冊にまとまるのも期待している）。書誌的にもより詳しく記されており、月刊で一九三二年一月に創刊され、一九三七年三十二号で終刊したという（ただ、大橋毅彦氏の調査では、一九三四年以降は、次号刊行との間隔が徐々に長くなっている）。この小冊子で林重義氏を度々積極的に紹介し、数々の個展を大塚氏の「画廊」で開いている。ここで巻末の年譜を見てみると、大塚氏と前述した朝倉斯道氏は林氏と相当親交があったようで、度々個人的な旅行にも一緒に出かけている（むろん、画材を求める旅でもあったろう）。とくに、林氏は朝倉氏のことを「朝閑《あさかん》」と愛称で呼ぶほどの親友同士だった。

　巻末の写真資料の頁にも、三人共に写っている写真が二枚あった。一般的にいって図録にある画家たちの群像写真は、その交友関係や当時の雰囲気が直接生々しく伝わってきて興味深いものだ。写真を見ると、大塚氏は穏やかでふくよかな容貌をしており、さぞ画家たちに好かれた人物だったのだろうと察せられる。

　この写真頁には、私にとってうれしい発見もあった。その一枚のキャプションに「陶芸家、河合卯之助の工房にて記念撮影。後列左より朝倉斯道、林重義、川西英、二人おいて富田砕花、前列左より河合卯之助、大塚銀次郎。」とあったからだ。

　前述のように私は『ぼくの古本探検記』の中で、河合卯之助とその周辺の人々について書き、晩年、京都、向日町の河合邸は関西の芸術家の文化サロンの様相を呈していたとも記したのだが、まさにそれを如実に表わす写真なのだ。前述の葉健二氏も『私のあしあと』で、朝倉氏、林氏、川西英氏らと河合邸に伺ったことがある、と書いているので、キャプションの「二人おいて」の一人はおそらく葉氏のことと思われる。

　なお、年譜を見ていて、はてな？　と思ったのは、林重義氏の度々の神戸での個展がすべて「神戸画廊」

で開かれたと記されていることだ。この年譜は大塚銀次郎氏旧編のものをもとに作成、とあるので、誤りではない。とすれば、「画廊」という店の名称はある時期から大塚氏が「神戸画廊」に改称したのだろうか（そのへんは、今まであげてきた解説ではすべて「画廊」のままになっているが）。通称、「鯉川筋画廊」とも呼ばれていたようだ。この「画廊」のあった場所については今ひとつ分らない[註2]（場所については註に書いたが、竹中郁も『半どん』七十九号の朝倉斯道追悼号所収の一文でふれている）。

ちなみに、神戸の民衆詩人、林喜芳氏の『兵庫神戸のなんどいや』（冬鵲房、一九八七年）中の一篇に、林氏も神戸画廊を時々のぞいており、知り合いの神戸新聞通信社の本郷直彦氏からの聞き書きで、「画廊」をつくった前後の興味深い話を書いている。

いずれにせよ、今回、図録は隅々までじっくり見てゆくと、いろんな発見があるものだ、と改めて思わせてくれた体験であった。

（二〇一七年十月五日）

追記2

本稿を書き上げた十月初旬、恒例の秋の四天王寺の古本祭りに出かけた際、美術展図録の中に『薩摩治郎八と巴里の日本人画家たち』（徳島県立近代美術館で開催、一九九八年）を見つけ、のぞいてみた。薩摩氏は在仏中[註3]、留学生のための日本館を建てて日本政府に寄贈したり、フジタや高野氏始め、在仏の日本人画家と親しく交流、支援した実業家であることを前述の図録などから知っていたからである。

その図録の参考文献の中に、図録『高野三三男——アール・デコのパリ、モダン東京』が、前述の目黒区美術館から一九九七年に出ていたことを目にしたのである。それで私は早速、美術館に連絡したところ、幸運にもまだ在庫があり、代金後払い（振替用紙にて）で送ってくれると言う（大抵の美術館では書留での前払いでめんどうなので、良心的な所だ）。しかも割引して送料込みで千二百円に満たないというから、大へんお得である。早速届いた図録を見ると、予想以上にりっぱなもので、表紙はウラ・オモテが各々、「ヴァイオ

『高野三三男――アール・デコのパリ、モダン東京』図録

リンのある静物（コンポジション）」を部分的に拡大した魅惑的なもの。一四六頁あり、油彩画多数でデッサンもいろいろある。一寸驚いたのは巻頭の矢内みどりさん（当時、主任学芸員）の解説文の仏訳、英訳文も巻末に載っていることだ。国際的な評価を意識してのことだろう。矢内さんが、高野氏の性格が、生れ育った深川の〈深川情緒〉―きゃん（俠）―によるところが多い、と指摘しているのも興味深い。

　前述のように、数々の裸婦像には実に魅了されるが、しばしば描かれたという「アルルカンとコロンビーヌ」の様々な姿態も面白い。さらに一点、美女ばかりでなく、美女の仮面を手に持った奇怪な顔の女性像「人は真実を怖れる」にはギョッとさせられる。

　もう一つ、興味深いのは戦後（一九五三、一九五六年）、大女優の高峰秀子と京マチ子のドレスアップした姿を描いていることだ。その優雅で気品あふれる両女優の個性が鮮やかに描き込まれている。

　年譜を読んで、新たに分ったことに少しふれておこう。高野氏は一九二三年（大正十二年）、関東大震災のあと、岡田謙三、高崎剛、そして岡上りうと共に渡仏するが、一九三一年、その画家仲間、岡上さんと結婚している。彼女も在仏中、ベルギー王室に「花かご」という作品が買い上げられる程の画家であった（結婚後は絵筆を断った）。一九四〇年（昭和十五年）、パリ陥落の報を受け、フジタ夫妻とともに帰国している。一九四三年（昭和十八年）から、東京、大田区南馬込、いわゆる文士村に定住する。氏は文学志向の強い画家でもあったから、格好の土地だったのだろう。年譜にあるが、そこで宇野千代とも知り合い、その関係で戦後『スタイル』の表紙画を描くようになったと思われる。一九五四年から三年間、『主婦の友』の表紙画も描いている。これは『主婦の友社の八十年』中の「表紙八十年」の図版に出ているようだから、見てみたいものだ。写真アルバムには、アトリエで京マチ子を描いている写真があるし、一九五〇年代、自宅で氏がバイオリン、夫人がピアノをひいて合奏している写真もある。音楽でも息が合った夫妻だったのだ。高野氏は一九七九年に亡くなった。

関連画家の図版には岡上りうの四点や在仏中の蕗谷虹児、前述の小柳正や田中保の作品も各々一点ずつ収録されている。この図録もこれからずっと愛蔵することになるだろう。

なお、前述した『薩摩治郎八〜（略）』の図録（後に入手）を見れば、萩谷巌、南城一夫、佐々木精治郎など、一見して魅了される知られざる画家がまだまだフランスで活躍したことが分る。

とくに南城一夫氏についてはわずかにご縁がある。どこの古本屋で入手したのか、もはや全く忘れてしまったが、一九六六年、東京、銀座の兜屋画廊で開かれた個展の小さな図録を今も大切に所蔵している。二十四作品が収録されていて、魚や花々、兎、木馬、マリオネットなどを描いた静物画が多いが、どれも童話的で詩情に満ち、画面が歌い出すようで、実に魅了される。親友の岡鹿之助が「個展に寄せて」を書き、南城氏も巻末に「僕の歴史」を書いて、氏のこれまでの歩みを正直に語っている。そこで、自分は内向型の画家で、死ぬまで絵が描けない絵かきだ、と謙虚に語っている。略歴によると、南城氏は一九〇〇年、前橋市に生まれ、前橋中学卒業後上京し、本郷研究所で岡田三郎助に学ぶ。その後、東京美術学校でともに学んだ岡鹿之助と同じ船で渡仏。彼地でも岡氏とよく会っては絵制作について熱心に語り合っている。アンドレ・ロートに師事し、毎年のようにサロン・ドートンヌに出品した。十二年間パリで過ごし、一九三七年帰国。前橋市に住み、春陽会会員となって活躍した。一九八六年、八十五歳で亡くなっている。一九八一年、群馬県立近代美術館で回顧展が催されたというから、ぜひその図録も手に入れたいものだ。美術館に問合せたところ、在庫は一冊もないというから古本屋で探すしかないが、ほぼ絶望的だ。

　こういう一般には知られざる、素晴しい画家をマスコミももっとクローズアップしてほしいと心から思う。

　なお私は、後に（二〇一八年三月初旬）、緑地公園駅近くにある天牛書店に出かけた際、ふとのぞいた堀口星眠『田園随想』（本阿弥書店、一九八八年）の目次中に「幻の画家（南城一夫画伯の思い出）」を見出し、その一文だけを読みたいばかりに喜んで買って帰った（五百円だったし……）。堀口氏は全く知らなかった人だが、奥付によれば医師で歌人。水原秋桜子に師事し、「馬酔子賞」を受けている。句誌『橡』を主宰している。南城氏とは、前橋市の句友（?）の女性で南城氏の親戚に当る方から紹介されて南城氏が絵画制作から隠退した頃、知り合った。「橡」の十号から南城氏の作品を表紙に次々と使わせてもらったという。堀口氏は南城氏から前述の美術展の図録をいただき（うらやましい！）、その絵の一つひとつに魂をうばわれた、と書いている。氏は南城氏宅を初めて訪れたときの印象を次のように記している。

　「先生は澄んだ優しい目、若い張のある声で一度会ったら忘れられない風貌の人だった。含羞の面持ちの中に人を包むあたたかさがあった」と。南城氏ファンの私には、その人柄も伝わるうれしいエッセイである。

※　※　※

　私はその後、ふと、もしやと思いついて、三宮にあった今は亡きロードス書房店頭で見つけて手に入れた、えびな書店の目録百号記念号『書架』（二〇一二年）をのぞいてみた。すると、〈展覧会図録〉の項目中に、何と、南城一夫展図録が三冊も出ていたのである。一冊は私が前述した銀座、兜屋画廊での個展図録だったが、もう二冊は、銀座松坂屋（一九七七年）と前橋文学館（一九九三年）で開かれた展覧会の図録であった。この二冊の存在は知らなかった。私は、さすがはえびな書店！　と大喜びしたものの、すでに六年前に出た目録なので、とっくに売れたのでは？　と恐れた。しかし念のためにと思い、一番安い（千二百円）前橋文学館の図録をＦａｘで注文してみた、すると、予想に反してすぐに送られてきたのである。これを見てとても気に入り、続けてもう一冊、二千百円の方も注文したのは言うまでもない。大へん幸運に思ったが、一方で、六年もたつのに売れてなかったのは、南城氏がやはり一般の美術ファンにはあまり知られていない存在なのかな、と残念にも思った（一冊でも図録を手に取って見てもらえば、たちまちその魅力に捉えられると思うのだが……）。これらを簡単に紹介しておこう。

『南城一夫の世界』展図録、1993年
表紙作品は「描く人」1968年

　表紙画は、松坂屋のものは「釣り人」で、氷上に穴をあけてわかさぎ（？）を釣っている男を描いたもの、前橋文学館のは「描く人」で、ハンチングをかぶった画家（自己像だろう）が魚を描いている図。どちらにも魚が登場しており、魚はお気に入りのモチーフだったようだ。そういえば「森のなかの魚」も森に魚が浮遊している幻想的な作品だ。前者では、前述した南城氏の「僕の歴史」からの抜粋が再び掲載され、小川正隆氏が「南城絵画の魅惑」を寄せている。うれしいのは、七十六歳時の、穏やかで優しい表情の横顔写真が載っていることだ。それに白黒図版だが、二十四歳時に描かれたメガネをかけた「自画像」も本文頁にある。作品を通覧すると、兎や羊、馬といったやさしげな動物が好きだったらしく、よく画面に登場する。あとは魅惑する色彩で描いた花が多いが、老人やピエロもよくモチーフにしている。「画家とモデル」は南城作品には珍しく、エロス感漂う、ドキッとする作品である。

残念なのは、時代のせいで仕方ないが、カラー図版が前半分、残り半分は白黒図版であることだ。

その点、後者は一九九三年刊の図録なので、薄いものだが、オールカラーで、しかも前者で白黒だった作品やその後の新作も掲載されている。ここにも南城氏の「僕の歴史」が全文再掲されており、前・群馬県立美術館長の岡畏三郎氏（鹿之助氏の実弟）が「パリにおける南城さんと岡鹿之助の生活」をフランスから岡氏が家郷に送った手紙を引用しつつ、書いている。こう見てくると、「僕の歴史」は南城氏が唯一、自己を語った貴重な文章のようである。

私は二冊の図録を眺めてかなり満足したが、やはりオールカラーで代表作百二十七点が載っているという、群馬県立美術館の図録もぜひ手に入れたいものである（今のところ、見果てぬ夢だが）。

（二〇一八年四月二〇日）

思わず熱が入って、南城一夫のことに頁を割いてしまったが、前述の薩摩治郎八の図録には、私が未見の坂東敏雄の「ヴァイオリンを持つ婦人像」も載っており、実にうれしかった。

編集者の視点に立てば、二冊の図録の解説を書いている学芸員（当時）、矢内みどりさんに、高野三三男の評伝をぜひ一冊の本にまとめてほしいと願う。あるいはより視野を広げた「パリで活躍した日本人画家たち」というテーマも面白い。そうすれば、本稿で紹介した田中保や林重義、坂東敏雄らも登場するだろうから。中公新書などにぴったりのテーマではなかろうか。

また、「関西近代前衛写真史」、あるいは「『光画』の写真家たち」といったテーマでは、中島徳博氏[註4]にぜひ一冊書いてもらいたいと思う（これは後日、不可能だと分ったが）。

（二〇一七年十月二十日）

追記3

うれしいことに、また追記が書けることになった。

（追記2）を書いてから、久しぶりに「街の草」さんに出かけた。加納さんと雑談中にふと思いついて、前述の「神戸画廊」発行の『ユーモラス・コーベ』のことを尋ねてみた。すぐ加納さんはネットで検索して下さったが、私が誤って「ユーモア・コーベ」と言ったため、そのときは全くヒットしなかった。帰宅してから、再度、正確に伝えたところ、また調べて下さり、今度は一件のみだが、貴重な資料が見つかり、それをプリントして送って下さったのである（いつもながらの御親切に感謝！）。

小松益喜「朝の大塚画廊」1938年、西宮市大谷記念美術館蔵
（『レトロ・モダン　神戸』図録より）

届いたものを見ると、兵庫県立美術館で、二〇〇三年十一月末から翌年二月末まで、常設展示コーナーの一つとして「『画廊』をめぐる作家たち——「ユーモラス・コーベ」と画廊の青春」と題するテーマで小展示があり、それに伴い、同館学芸員の山崎均氏が館報の冊子に二頁にわたり、「『画廊』の誕生——大塚銀次郎と神戸のモダニズム」を書いていたのである。まさに私が求めていた情報だ！　これに拠って新たに分ったことを紹介しておこう。

まず、これは前述の図録解説でも書かれていたが、「画廊」なる名称は大塚氏の独創ではなく、当時親交のあった朝日新聞神戸支局長、朝倉斯道氏が英語の「ギャラリー」をもじって「画廊」と訳したのを採ったのだという。「神戸画廊」は大丸百貨店の近くの、赤レンガ造りの三階建てビルの一階にあった（戦後解体された）。この画廊の内部を北野の異人館や旧居留地を多く描いた神戸の名高い画家、小松益喜が「朝の大塚画廊」（一九三八年）のタイトルで描いている。

小松氏は、無名時代に小磯良平に神戸画廊を紹介され、度々ここで個展を開き、画家として育てられたので、後年、大塚氏を人生の恩人と呼んでいたという。なお、小松氏の作品の中に、私が結婚まで住んでいた阪神大石駅付近の風景画があって懐かしく、この画家をぐっと身近に感じたものだ。また、別車博資も水彩画「鯉川筋　神戸画廊」（一九三二年）を遺している。興味深いのは、谷崎潤一郎も『細雪』の中で、神戸画廊をモデルにしたシーンを描いているとのことだ。私はお恥ずかしいことに未読である。それほど文学者なども出入りした文化サロン的な空間だったのだろう。

『ユーモラス・コーベ』はＡ３判（昔の『朝日グラフ』位の大きさか?）二ツ折の冊子で、その図版も二冊載せている（第一号と一九三九年元旦号）。コピーながら初めて現物写真を見ることができ、感激した。店主、大塚氏は「赤面子」と号し、軽妙、洒脱な筆を振るったという。

以上で、私のささやかな「神戸画廊」探索の旅を終ろう。編集者としては、『ユーモラス・コーベ』全号を複製出版してくれる奇特な美術系出版社がないものだろうか、と思う。　（二〇一七年十月二十七日）

追記4

以上の追記にて完全に打ち止めにするはずだったのだが、またもや続けて書く破目になってしまった。この執筆スタイル――あるテーマの探書の過程を時系列に沿ってありのままにたどってゆくやり方、探書日誌ともいえようか――は、一部の書評ライターの方にはあまり評判がよろしくないようで、恐縮ですが……（一方で、臨場感があると面白がってくれる読者も私の周りでは確実にふえているのですが）。

十月末、二度目の台風も去ってようやく晴れ間が見える日、二ヵ月ぶり位で、大阪、福島にある古本屋「トランペット」へ出かけた。ここの店主は本以外に、評判のＴＶドラマや評価の高かった映画のＤＶＤなどもよく観ている人で、私とも話が合って盛り上り、いつも楽しい時間を過ごす。今回も雑談を交し、その合い間に棚もチェックして初めて見る、映画監督、園子温の映画の原作小説『愛のむきだし』（小学館文庫）や茂田井武の復刻絵本『パリーノコドモ』――茂田井氏のことも『古書往来』で少し書いたことがあり、それ以来、この画家のファンになっている――などを見つけて求めた。そろそろ帰ろうかなと思いつつ、ふとレジの下の右隅に視線をやると、すでに休刊した雑誌『大阪人』（大阪都市協会発行）のバックナンバーがズラリと並んでいるのが目に止まった。

そのとき、私はすぐに思い出した。しばらく前の天神さんの古本祭りで、「古書鎌田」のコーナーにこの『大阪人』の「昭和の前衛写真　丹平写真倶楽部」なる特集号（二〇〇二年十月号）が一冊出ていたので、これは入手したい候補の一冊だな、と思いつつ、すぐに買わずに会場を一回りしてその店に戻ってきたところ、すでになくなっており、悔しい思いをしたことを。それですぐ背の特集名をチェックしていったが、その号は見当らなかったので、店主氏に一寸話すと、『大阪人』は他にも在庫あります、と言って、レジのすぐ奥にある部屋から探し出してさし出してくれたのである。すべて三百円なので格安で手に入り、幸運だった。

私は店を出て、駅への商店街を歩いていったが、待ちきれず、ＪＲ福島駅そばのミスタードーナツのカフェに入り、『大阪人』を早速開いて、しばらく読みふけった。

これは期待にたがわぬ、貴重な特集であった（橋爪紳也、佐伯順子氏を始めとする編集委員たちの手腕に脱帽する！）。丹平写真倶楽部は一九三〇年、前述した安井仲治と上田備山を中心に、心斎橋筋二丁目東側にあったビル「丹平ハウス」に事務局を置いて誕生したアマチュアの写真家集団である。当初は、同ハウス二階にあった洋画研究所を主宰する赤松麟作も会員だったという。前述した同時代の浪華写真倶楽部とは兄弟クラブ（浪華が兄貴分）と目されていた。

「丹平ハウス」の立体的イラストも掲げており、一階には「ソーダ・ファンティン」、二階に写真スタジオ、二、三階に暗室があり、各部屋の当時の写真もあってまことに興味深い。

うれしいのは、この特集でも、前述した中島徳博氏が、安井仲治の写真の本質を突く解説を書いていることだ。図録には出てこなかった作品、「クレインノヒビキ」―当時の大阪湾の風景―や出世作「猿廻しの図」を大きく掲げ、安井氏の作品には「人間存在に対する透徹したまなざし」がある、と指摘している。安井氏の写真の特徴的モチーフの一つは、社会の周辺的な世界に生きる人々であり、遊郭、朝鮮人部落、サーカス、そして最後に、戦時中、神戸に一時滞在したポーランドから亡命中の流浪の民、ユダヤの人々へと至る、という指摘にもなるほどと思わせられた。ただ、安井氏は残念なことに一九四二年（昭和十七年）、三十八歳の若さで世を去り、尊敬すべき指導者を失った同倶楽部も休眠してしまう。一九四〇年頃には九十八名もの会員がいた。各々が「一人一党主義」で、安井氏も会員たちに「先生」とは呼ばせなかった、という。

この特集の特色は、「丹平」の写真家たちの遺族が各々、その親たちの素顔を語っていることで、椎原治（画家でもあった）、棚橋紫水、佐保山堯海（僧侶）らの思い出が語られている。中でも棚橋氏の写真が印象深い。さらに特集の目玉になっているのが、倶楽部の中心的メンバー十人のうちの一人に数えられた手塚

安井仲治「猿廻しの図」1925年
（『大阪人』2002年10月号より）

粲《ゆたか》氏の幻の写真を紹介していることだ。手塚氏は安井仲治氏と同世代の親友であったという（二人の書簡が残されている）。実はこの手塚氏は、あの手塚治虫の父！　であり、孫に当るビジュアリスト（映像作家）、手塚真氏の話では、父親も自分も作品はこの雑誌の企画まで見ていなかったと言って驚いている。さらにもう一つ、この雑誌上の発見がある。菅谷富夫氏（当時、大阪市立美術館建設準備室学芸員）の一文、「『流氓ユダヤ』の記憶」によれば、同美術館に寄贈された会員、河野徹の膨大な作品の中に、氏が撮った「流氓ユダヤ」（メンバー五人の共同制作）もあった。その中の二枚に、何と、ユダヤ人とともに中学生の手塚治虫と、安井仲治氏の小学生の子息が写っているのが遺族の証言で分ったというのだ（後に知ったことだが、安井氏と手塚氏は親友だったので、各々の家族を連れて撮影に出かけたのだろう）。菅谷氏はそこから、晩年の手塚治虫の長篇作品『アドルフに告ぐ』への影響をも読み取っている。そこに神戸滞在のユダヤ人たちの姿も描かれているそうで、私はにわかに未読のこのマンガが読みたくなった（後に手に入れて読み、インターナショナルなすごい作品だと感銘した）。

最後に、古本好きにとって、とくに興味津々なのは、この倶楽部から自費出版で出された唯一の稀少写真集『光』（一九四〇年刊）が斜め上からだがカバー、表紙の書影入りで紹介されていることだ。表紙カバーの写真は安井仲治の作品「磁気」。表紙デザインは洋画家の中村真によるものという。五十八人の写真家の百十一点が収録されている。兵庫県立近代美術館などでもし企画展示があれば、ぜひ見てみたいものである（もっとも、ガラスケース内の展示だろうから外観のみで、中身はまず見られないが）。

後日、橋爪節也先生にお会いした折、以前『光』の関係者から放出されたのか、古本屋に何冊か出ていたのを一冊手に入れたというお話を伺った。その頃私も関心をもっておれば、と悔まれる。

探書の旅はまことに切りがないが、ここらでひとまず打ち切ることにしよう。（二〇一七年十月三十日）

追記5

もはや、くどいと思われそうだが、がまんしてあと少しだけおつきあい下さい……。

自宅の奥の小部屋の本棚に昔から入手した豆本類も積んであるが、久々に何げなくそれらをのぞいてみたら、その一冊に前述した朝倉斯道氏の『美術雑談』（一九八三年、明石・まめほん、らんぷ叢書・第二十一編）が出てきた。今まで忘れていたとは、私のボケも相当進行しているようだ。朝倉氏の神戸での新聞記者時代の美術・美術家とのかかわりが体験的に綴られた興味深いエッセイが並んでいる。

「神戸画壇太平記」では、前述した大塚銀次郎氏のことも出てくる。大塚氏とは同じ新聞記者として大阪時代から親しく、朝倉氏が一九二八年、朝日の神戸支局長に転任してからも交流が続いた。朝倉氏は画家たちを集めてお祭り騒ぎの花見やピクニックなどを催した。赤マントで元町通りを闊歩した画家、今井朝路もその度に活躍した。大塚氏は、すぐ赤くなるからか、赤面子、愛称、赤ちゃんと皆から呼ばれていたという。運動会も催し、林重義も参加している。

大塚氏が毎日新聞をやめて鯉川筋で画商をやるというので「みんなが手伝って陳列場をつくった。その折、入口の硝子扉に何か書けというので、私は大きく『画廊』と二字書いた」と。これで、「画廊」という名称誕生のいきさつがはっきり分ったわけである。

また「忘れ得ぬ人」の項で「中山岩太」の思い出も書いている。中山氏が一九二九年に東京から芦屋に移り、アトリエを開くとき招かれて以来、親しくつきあったという。

ある金持ちの結婚式によい写真をと頼まれた中山氏は「半ズボンにセーター姿で、マドロス・パイプをくわえ、小さなカメラを片手にちょっちょっと撮る」。それを見たみんなが不安がり、別の専門写真師にも頼んだが、結果は中山氏の撮ったものが十何枚も注文されたという。やはり天才肌の腕前を思わせる。大の酒好きで、ジョニー・ウォーカーを一日に一本は平らげたそうである。そのためか、晩年はアル中になり、一九四九年、五十四歳で亡くなっている。しかし最後の作品、「デモンの祭典」はシャッターを切るまでに様々な工夫のために四日もかかったという。

（二〇一七年十一月二十日）

追記6

（追記4）の最後の、舌の根もかわかぬうちから前言をひるがえすことになり、恐縮至極です。しかしながらもう少しだけ、書かせていただくのをお許し願いたい（読者のアンコール！　の掛け声で再登場するわけではないのが、つらいところですが……）。

年が明け、一月中旬から催された京橋、ツイン21での古本展初日にいそいそと出かけた（よっぽどヒマなんですなあ）。そこでは池崎書店のコーナーで、『花にあらしのたとえもあるぞ　辻平一の八十年』（辻一郎編、一九八二年、私家版）を三百円で見つけた位が収穫であった。辻平一氏は毎日新聞社の学芸記者、『サンデー毎日』の名編集長として、多くの作家と交友のあった人で、とくに林芙美子との交友などよく知られている。『文芸記者三十年』の著書もある。本書でも井上靖や源氏鶏太など多くの作家や新聞人が思い出や追悼文を寄せている。これから読むのが楽しみだ。その日、気になりながら、迷って入手しなかった戦前の珍しい小説集、福田清人の『憧憬』（一九四二年）があったので、三日後もう一度出かけてみた。幸い、まだ残っていたので手に入れることができたが、その話はまたの機会に。

再度出かけたのが運がよかったらしい。まだ見ていなかったダラクヤ書房のコーナーで、図録類が並んでいるのを順々にチェックしていったところ、背の『林鶴雄追憶』（龍野市立歴史文化資料館、一九九三年）の文字が目に止まった。値段を見ると、何と二百円！　かすかに見覚えのある画家名だったので、取り出して表紙を見たとたん、その表紙絵に魅せられてしまった。小学校の教壇の位置から斜め下を俯瞰した情景で、数人の三、四年生位の生徒が図画の時間に色鉛筆（？）で熱心に思い思いの絵を描いているところが描かれている。何とも懐かしい、小学生時代を生き生きと思い出させてくれるような絵柄である。このような画面は

『林鶴雄追憶』展図録
表紙作品は「教室」（部分）、1935年

絵本や童画は別にして今まで他の洋画家では私は見たことがない。これは「教室」（一九三五年、独立美術協会展に出品）というタイトルの作品。中を見ると、同じような教室の情景を描いた「をりがみ」も二点ある。また、子供たち三人が黒板に絵を描いている「黒板」や遊戯をしている「運動場」もある。子供たちの無心なしぐさにどうしてこうも心惹かれるのだろうか。この一連の戦前の作品は解説によれば、やはり評価が高いものらしい。むろん、それだけでなく、播磨地方や神戸、長年暮らしたフランスの風景を印象派風の明るく落ち着いた筆致で描いており、詩情ただよう作品が多い。

図録の山崎均氏（当時、兵庫県立近代美術館学芸員）による解説文「子ども・風景・遊び」や年譜などから、林鶴雄氏の略歴をまず簡単に紹介しておこう。

林氏は一九〇七年（明治四十年）、兵庫県龍野市に生まれる。龍野中学校に学び、病気で中退。一九二八年から八年間、赤穂と神戸の小学校で図画を教えている。このときの体験から前述の一連の作品が生れた。この間、一九三一年から神戸で林重義主宰の月曜会に入り、一九三五年（昭和十年）まで同氏に師事する。私があえてこの追記を書きたくなったのも、本稿で林重義にも少し触れたからである。また、山崎氏は「神戸時代」の項の中で、林重義氏の活躍を紹介しつつ、前述した朝日新聞の朝倉斯道氏や大塚銀次郎氏の「神戸画廊」（「鯉川筋画廊」とも呼ばれた）にも言及しているからだ。大体はすでに私が書いた情報通りだが、初めて知る情報もあった。その一つは神戸画廊の二階に、黒木鵜足が「写真場」を開いていたこと、もう一つは神戸画廊から発行されていた冊子『ユーモラス・コーベ』の内容についてのものである。引用しておくと、「（前略）日本の伝統的な川柳や番付表あるいは漫画などの修辞を駆使し、かつそれに、画家や展覧会の動静を伝える簡潔な短文を組み合わせた異色のレイアウトを持っていたのである」と。ますます実物を見たくなるではないか。

さて、林氏は一九三六年（昭和十一年）に結婚後、上京。一水会に属し、日動画廊などで多数個展を開く。一九四五年（昭和二十年）から郷里へ疎開し、その後五四年まで赤穂、龍野に住んでいる。再び上京し、一九六八年に藤田嗣治を慕って渡仏。一九八三年に帰国するまでパリで長く生活している。妻貞子さんは一九七三年パリで亡くなったが、貞子さんも画家で、夫妻二人展も何度か開いている。本図録にも紙風船や紙折人形などを上から描いた、女性らしいやさしい感じの「紙」が収録されている（林氏はその後再婚）。晩年には度々ヨーロッパへ写生旅行に出かけている。一九九〇年、八十三歳で亡くなった。郷里、龍野への愛着を終生もち続けたという。

この図録には旧くから林鶴雄氏と交友のあった六人もの人が氏の思い出を寄せており、中に著名な詩人の金田弘氏や池田昌夫氏（関学大英文科出身の神戸の詩人で英文学者――最近「街の草」さんで第二詩集『時の押花』（蜘蛛出版）を見つけた）も含まれている。俳人の山本武夫氏や池田、金田氏の文章によれば、林氏は画業以外にも豊かな才能をもち、龍野時代から安田青風主宰の『白珠』に参加して短歌を発表していた。在仏中の一九六九年に『巴里歌集』を出版している。線描のヌードの群像を描いた表紙の書影も載っているが、中にも油絵、水彩のカラー図版が数点挿入されている楽しい歌集だそうで、ぜひ今後、探求したいものである（といっても、見果てぬ夢だが）。また私が「おっ」と驚き、喜んだのは金田氏によれば、私が『編集者の生きた空間』の中で書いた龍野出身の歌人で英文学者、犬飼武氏とも、戦後の龍野時代、交友があり、犬飼邸で行われていた童心艸房・龍野歌話会に金田氏や他の文人とともに参加していたことである。また一九四九年に金田氏らが龍野で創刊した文芸新聞『風』にも参加して、自己の絵画観などのエッセイを度々寄稿している。

　金田氏は最後に『巴里歌集』から、五首を選んで紹介している。せっかくの機会なので、私もその中から選んで二首のみ引用させていただこう。

○ノートルダムの寺院の広場に陽を浴びて坐せる老婦の黄金の腕輪

○残り葉の黄色輝く枝の間ゆルーブルのシルエット紫に見ゆ

　巻末に師事した安井曽太郎、小磯良平、藤田嗣治からの手紙図版や年譜の写真アルバムも普通の図録より大きく載っていて興味深い。郷土の歴史資料を中心に展示する地元龍野市の館でこのような貴重な図録を出してくれたことに感謝したい。林氏の大きな回顧展は開かれたのだろうか。もしその折の図録があれば、これもぜひ探求したいものである。

※　※　※

　もう一つおまけ……。年明け早々、心斎橋のブックオフに入ったとたん、私がかつて担当した『モダン道頓堀探検』や『大大阪イメージ』（いずれも創元社刊）の編著者で博識のすぐれた美術史家、橋爪節也先生とその友人の方に出くわしてびっくりした。橋爪先生と古本屋でばったり出会ったのはこれで数回目。つくづく本好きにとって古本屋は出会いの場だなぁと改めて思う。その折の喫茶店での雑談で、先生からつい最近、大阪の「古書鎌田」から面白い自家目録第二号が出ていることを教えていただき（第一号は私も見ている）、早速鎌田さんに連絡してその目録を送ってもらった。見てみると、今号は「長尾桃郎のスケッチブック」と「大阪―都市のイマジュリィ」なる特集であり、充実した蒐書内容である。後者では、例えば「新世界松竹座ポスター」の一群や「キャバレー〝歌舞伎〟資料一括」などが注目される。また私がとくに垂涎の的だったのが「大丸呉服店『だいまる』森脇高行デザイン」

の九冊である。このＰＲ誌『だいまる』の森脇氏の表紙は橋爪先生編著の『モダン心斎橋コレクション』（国書刊行会）でも図版が数点紹介されており、そのモダンでチャーミングな女性像のイラストにはすぐさま魅了されたが、今のところ大丸宣伝部で活躍したデザイナーであること位が分っているだけで、詳しい経歴などは不詳である。一冊だけでもほしいものだが、各冊一万～二万円に付いているので、私共にはとても手が出ず、あきらめざるをえない。しかしカラー図版を見るだけでも楽しいものだ。

　さて、「写真・グラフ誌」の項を見てゆくと、私が本稿で取り上げた『小石清と浪華写真倶楽部』――これにも三千二百四十円とけっこう高めの値段が付いており、思わずにんまりする――の次に、『写真のモダニズム２　知られざる中山岩太』（兵庫県立近代美術館、一九八九年）が出ているではないか！　未見の図録だが、中山岩太関係は人気が高そうだし、値段も二千百六十円と手頃なので、すぐに売れただろうな、と思った。しかし、念のためにと思い、電話で尋ねてみると、意外なことにまだ在庫があるとのこと。私は喜んですぐ注文し、送ってもらった。

　届いたのを見ると、表紙うらおもては落ち着いたダークグレイの地に英文字のタイトルだけ載せたシンプルだが上品なもの。薄い頁（ノンブルはなし）だが、全部で大小の写真作品が百八十四点も載っている。代表的写真以外に未見だったものも多数ある（例えば、写真室で撮ったポートレート―多くは女性像―も二十四枚ある）。自己像も四枚あって、あゝ、中山氏はこんな人だったんだと分る。何よりうれしいのは、この図録の解説「都市の写真家・中山岩太――その知られざる一面」も前述した中島徳博氏が書いていることだ。この文中には、「昭和十年にオープンした大阪そごう百貨店中二階の喫茶パーラー」とキャプションが付いた写真、「芦屋市の中山岩太写真スタジオ内部」の写真も載せられている。とくに後者は貴重な空間の写真であろう。

　ここで中島氏は戦前の神戸市観光課で、中山氏に委嘱して「神戸観光写真展」を全国で巡回した件をめ

芦屋市の中山岩太写真スタジオ内部
（『写真のモダニズム＝知られざる中山岩太』より）

ぐって書いている。さらに文化サロンとしての神戸画廊についても再び紹介しているのだ。また図録に掲載されている六点の、現在の三宮近くの青谷町と推測される、雨の日の舗道を撮った写真を取り上げ、これらは「そのさりげなさの中に都会的なペーソスとリリシズムがみごとに凍結されている」と言い、「ここに取り扱われているのは、神戸という特定の都市ではなく、普遍的なレベルの近代都市そのもののイメージである」と鋭く指摘している。註がまた、大へん詳しいものだ。この解説には英訳文も付いており、世界の読者を意識したものだろう。中島氏の早逝が改めてつくづく惜しまれる。この美術展はおそらく中島氏が企画したと思われる中山岩太展のⅡに当るものなので、Ⅰの図録も今後ぜひどこかで見つけたいものである。

　その後一月下旬に、「街の草」さんで、神戸の画家、伊藤慶之助遺作展の図録も見つけた（西宮市大谷記念美術館、一九八五年）。珍しい図録と思うのだが、何しろ三十三年も前のものなので、カラー図版が九点のみなのが少々残念である。当時の当館学芸員、出川哲朗氏の解説文や巻末の年譜から、簡単に略歴を紹介しておこう。

　一八九七年（明治三十年）、大阪市東区に生れる。小学校卒業後、当時は梅田駅北側にあった赤松（麟作）研究所に、その頃知り合った一歳下の佐伯祐三（！）と一緒に通う。中学を中退し、上京。本郷洋画研究所に入り、岡田三郎助に師事した。かたわら、アテネ・フランセでフランス語を学び、博文館でも仕事をしたという（挿絵の仕事だろうか）。一九二三年、関東大震災に会い、大阪に戻り、阪神沿線の杭瀬に住んで、阪本勝や佐伯祐三と交友する、とある（佐伯祐三の評伝にはおそらくその様子が出てくるだろう）。一九二九年、フランスに渡る。パリ郊外に住み、アカデミー・コラロッシに通った。いわゆる華やかなりしエコール・ド・パリ時代の終り頃に当る。留学生仲間には久米正雄、林重義、石黒敬七、向井潤吉、片山敏彦らがいた（このへん、文学者も含む多士済々で、その交流ぶりを想像すると興味深い）。

二年間の留学中に、マチスのアトリエを訪ねている。またルーブル美術館で様々な巨匠の作品模写を行い、西洋絵画の摂取、研究に励んだ。一九三一年帰国後は西宮市に住み、春陽会会員として同会展に毎回出品し活躍する。一九七一年まで大手前女子大教授として、古代美術史などを講義した。一九八四年に九十七歳で亡くなっている。

私は伊藤氏のやや大胆なタッチで描かれた、明るい色彩のフランスの女性像や風景画に魅かれる。

年譜を見ていて、私が注目し、うれしくなったのは、日本に帰国の年に早速、神戸、鯉川筋画廊（すなわち、

伊藤慶之介「花束と女」1961年
（『伊藤慶之介遺作展』図録より）

神戸画廊）で個展を開き、以後一九三九年（昭和十四年）までに計五回、同画廊で個展を催していることだ。伊藤氏も新進画家の頃、大塚氏の世話になっていたのである。

※　※　※

さらにもう一件、もはや〝出がらし〟になってしまうが、急いで書き足しておきたい。

二月初旬の厳寒の日、私は阪神、岩屋駅で降り、六甲おろしの冷たい風を背中に感じながら南へ坂道を下り、久々に兵庫県立美術館へと向かった。その前に電話で当館に問合せたところ、前述した中山岩太展（Ｉ）（一九八五年）の図録や安井仲治展（二〇〇四年）――これは全国規模のもので、部厚いりっぱな図録だ――の図録が一階の情報センターには収蔵されていると伺ったからだ。この図書室に入ったのは初めてである。広くて明るいフロアーの左側にジャンル別に大量の美術書や図録、画集などがぎっしりと詰った棚が奥まであり、さすがに県立の美術館だけある、と感心する。

私はまず、写真、デザイン関係のコーナーで目当ての図録を三、四冊探し出し、閲覧のデスクでざっと眺めた後、目的だった中島徳博氏の解説文をコピーした。午後遅く到着したのだが、六時の閉館まではまだ少し時間があったので、他の画家別の図録コーナーもざっと眺めてゆく。私の好きな不可思議な幻想派の画家、『川口起美雄の世界』などの珍しい図録もある。うれしかったのは未見の鴨居玲の「ＬＯＶＥ」展――女性像や裸婦像中心の個展――（日動画廊）や素描展（三宮センター街）の貴重な図録もあったことだ。さらに見てゆくと、神戸の画家、亀高文子展（神戸市立小磯記念美術館）の図録もあった。

亀高文子は他の図録（『神戸ゆかりの芸術家たち』など）にある略歴によれば、一八八六年横浜市に生れ、女子美術学校を卒業。満谷国四郎や、太平洋画会研究所で中村不折に師事する。一九一七年（大正六年）に神戸に移り、後に「赤艸社女子絵画研究所」を創立し、女性の美術教育に尽力した、とある。戦後は西宮市に住んだ。一九七七年に亡くなっている。私は何かの情報でこの図録のことを知り、わざわざ小磯記念美術館（略記）へ行って尋ねたことがあるが、もう在庫が全くないとのことだった。それで古本展などで探していたが、いっこうに見つからなかったのだ。閉館時間も迫っていたので、急いでパラパラ眺めただけだが、一寸した発見もあった。亀高さんの作品は、初期は愛らしい少女像や絵本を読む幼児と母親といった女性雑誌の口絵風のものと、後半は明るい色彩で花々を描いたものが多い。この図録には入ってなかったと思うが、私が以前、古書展で入手した福富太郎コレクション『女性の美』（唐津市近代図書館）に収録されている、大正期に描かれた油彩「キャンバスの女」は私のとても好きな作品だ。古書の美術ファンに、割りと知られているらしいのは、亀高さんが、明治後期の雑誌のコマ絵、挿絵界で夢二と並んで有名な渡辺与平（一八八九年～一九一二年）の妻だったことであろう（一九一〇年に『ヨヘイ画集』『コドモ　絵ばなし』が出ている）。しかし、わずか三年間の結婚生活の後、与平氏は二十二歳の若さで亡くなっている。洋画家とし

『亀高文子とその周辺』展図録

『渡辺与平　展』図録
表紙作品は「帯」1911年

ても、その将来を期待されていた人である。後に文子さんは亀高氏と再婚。図録の後半には、関連画家の一人として、与平氏の絵画作品も少し載っており、たしかその三点は若き日の着物姿の亀高さんをモデルにしたもので、とくに「ネルのきもの」は清々しい雰囲気があってとても魅了される。参考文献を見ると、与平氏の展覧会の貴重な図録は二〇〇八年、出身地の長崎県美術館から出ている（帰宅後、早速問合せてみると、幸いにもまだ在庫がある由で、私は早速注文した。それも当時の半額で。入手した表紙だけ掲げておく）。

私があっと驚いたのは巻末に亀高さんの一頁大の、うつむきかげんの美しい横顔を写したポートレートが載っており、それが中山岩太撮影のものとあったからだ。前述の中山岩太展の図録（Ⅱ）にポートレート集もあり、著名な女性のもいろいろあったが（例えば、葦原邦子、田中千代、江戸川蘭子など）、そこには含まれていなかったものだ。中山氏は亀高さんとも交流があったのだろう。というのは年譜をざっと見てゆくと、一九四〇年、神戸画廊（！）で初の個展を開く、とあったからだ。亀高氏は画廊開設のとき、すでに大塚氏と知り合いであった。中山氏も神戸画廊によく出入りしていたから、そこで知り合った可能性は充分ある（むろん、近くの神戸大丸にスタジオがあったから、それ以前に撮影を依頼したのかもしれないが）。さらに、亀高さん宅で、藤島武二、小磯良平、それに大塚銀次郎氏（！）が集っている写真もあった。私が書いた人々の知られざるつながりを推測するのは楽しいものだ。

なお、亀高文子の自伝エッセイが、のじぎく文庫の五巻のシリーズ本、『わが心の自叙伝』中の一巻の中に収録されている。私は二、三年前に神戸の勉強堂でやっと手に入れ、読んだはずなのだが、情けないことに今、全く中身は憶えていない。あちこちに積まれた本の山を探しても今のところ見つからない。つくづく自分の整理のわるさを嘆くばかりだ。

さて、最後にせっかくコピーしたので、前述の中島徳博氏の解説文のタイトルだけ、列挙しておこう（これから読むのが楽しみだが、詳細はまた次の機会に……?）。

1　「安井仲治と関西写壇」（安井仲治展、兵庫県立近代美術館、一九八七年）

2　「写真の「ラディカルさ」」（『Ｎａｋａｊｉ　ＹＡＳＵＩ』展、二〇〇四年）

3　「ハナヤ勘兵衛と写真の一九三〇年代」（「ハナヤ勘兵衛」展、芦屋市立美術博物館、一九九五年）

4　「仮面としてのモダニズム」（中山岩太展（Ⅰ）、兵庫県立近代美術館、一九八五年）

5　「前衛との出会い―中山岩太のニューヨーク、パリ時代―」（中山岩太展、神戸地下街、一九九一年）

　このうち、２の評論文のみ、ごく簡単に紹介しておこう。おそらく中島氏晩年の執筆で、ヨコ二段組み、一三頁にわたる力作。氏はここで、まず安井仲治の大先輩に当る大阪写真界の雄、米谷紅浪宛ての人間味あふれる書簡を引用し、その写真観や芸術観を紹介するとともに彼の魅力的な人間性にも迫っている。次に、一九四一年、朝日新聞主催「新体制国民講座」の十二回目「芸術」のテーマで催された四人の講演中の安井氏による『写真の発達とその芸術的諸相』の内容についても紹介している。その若き安井氏を大胆に講師に起用したのが、当時、朝日の計画部長だった朝倉斯道であり、そのいきさつを探るとともに朝倉氏の略歴も紹介して、氏の芸術全般へのコンダクター的役割を高く評価している（この略歴は、私も前述のように『ぼくの古本探検記』の河合卯之助について探求したエッセイ中に一寸紹介した『朝倉さんを偲んで』に基づいていることを（註）で知り、うれしくなった）。氏によれば、前述した神戸画廊発行の『ユーモラス・コーベ』にも朝倉氏が度々登場するという。最後に安井氏が中心になって編集した丹平写真倶楽部の写真集『光』に収録した三点の安井作品の考察を通して、安井氏の芸術が本質的に備えている「ラディカル（過激）さ」を指摘している。そこには若くして亡くなった安井氏への熱い共感も感じられる。

　なお、安井氏の親友であった川崎亀太郎の『安井仲治講演』が一九七九年私家版で出ている（Ｂ５判、七〇頁）。そこに朝日での講演全文も含まれているという。見つかる望みは薄いが、今後探求してみたいものである（実は校正中に、この講演を収録した原本を東京千代田区の王晴さんの目録で見つけ、驚喜して注文した。幸運にも私の手に落ちたが、高額ゆえ、分割払いにしていただいた（感謝！）。五八頁にわたるもので後半には写真図版も豊富である。これからじっくり読もうと思う）。

一つだけ、中島氏の「仮面としてのモダニズム」の冒頭の文章を引用させていただこう。

「モダニズムということばはあいまいだが、このことばの持つ感覚的ニュアンス、すなわちきらびやかさ、高度の美的洗練と精神の高踏性、内的なものを拒否する表面への志向性、そして適宜な折衷性を最もよく体現した写真家が中山岩太であろう」と。私は今まで、小説や詩であれ、絵画の世界であれ、よく使われる〝モダニズム〟ということばが何を内包するのか、今ひとつ理解できないでいたが、この文章によって相当明確に捉えることができると思った。その意味でも故中島氏に感謝したい。

これらの文章と、私が本稿ですでに言及した中島氏の諸文章などをまとめれば、一冊の興味深い本が出来るのでは、と思うが、どこかの出版社で出してくれないものだろうか（むろん、遺族の方の了解も必要だが）。

ともあれ、久々の美術館行きは充実した半日となった。

「思えば随分遠くまで来たもんだ」である。これ以上、ダラダラと駄文を綴ってゆくと、本当に読者の叱責を買いそうなので、ここらで幕を降ろすことにしよう。長々と御静聴有難うございました。

（二〇一八年二月十日）

後日、久々にのぞいた神戸、新開地の上崎書店で見つけた『兵庫県立近代美術館の歩み　一九七〇―一九九〇』（同館、一九九〇年）の巻末に掲げられている同館ニュースの小冊子『ピロティ』の総目次（一九九〇年七十二号まで）を見ると、中島氏は執筆者として十二号（一九七四年六月）から登場し、以後、様々な近現代美術に関する短い文章を幅広く書いていることが分った（いちいちの項目は省略）。その中には「藤田嗣治と中山岩太」や「現代美術の中の写真――イメージかテキストか」もあった。これらもぜひ読んでみたいものだ。

（二〇一八年三月十日）

補遺1

本稿を長々と書きついできた二月下旬のまだ肌寒い日に、久々に「街の草」さんに出かけた。その日は戦後の神戸で有名な詩雑誌『蜘蛛』第二号（一九六一年）などを幸運にも入手できた。資料性の高い号である。なおもねばって写真集などが並んでいる棚を見てゆくと、中に大判の写真雑誌『Déjà-vu』第十二号（一九九三年四月）―特集「安井仲治と一九三〇年代」が目に止った。編集人は飯沢耕太郎氏。飯沢氏も安井仲治を早くから再評価してきた人だ。定価の半分位なのが有難く、私は喜んでこれも買うことにした。見ると、全頁の半分近くを占める七二頁にわたる大へん充実した特集である。未見の安井氏の作品も多く含まれている。しかし、ここでは頁をとりすぎ、もはや詳しく内容を紹介する気力がない。ただ、特集には、森山大道「仲治へのシンパシー」、海野弘「安井仲治のリアリズムと幻想」という興味深いコメントと並んで、中島徳博氏も一頁寄稿しており、中島氏は「仲治の両極性」と題して書いている。その一文中に、氏が毎年一回企画、担当したと思われる兵庫県立近代美術館での展覧会（小企画展）のラインアップが掲げられている。私は怠けてまだ調べていなかったが、中島氏の仕事の記録として重要と思われるので、ここにそのまま引用しておきたい。

一九八四年　「ハナヤ勘兵衛と芦屋カメラクラブ」
一九八五年　「写真のモダニズム・中山岩太展」
一九八七年　「安井仲治展」
一九八八年　「小石清と浪華写真倶楽部」
一九八九年　「中山岩太と神戸」
一九九〇年　「安井仲治と丹平写真倶楽部」
　　　　　　――〝流氓ユダヤ〟を中心に――

一九九一年　「写真の一九三〇年代」
一九九二年　「新興写真とハナヤ勘兵衛」
一九九三年　「中山岩太のスペイン」（予定）

となっている。今から見れば、何と豪華な関西近代前衛写真史の顔ぶれであったことか！　私が当時、もし近代日本の写真史に関心があれば、喜んで毎年、観に出かけたものを、もはや〝後の祭り〟である。各展の図録も小企画展なので、中山岩太展以外は出ていないのではないか。残念ながら過日の兵庫県立美術館の情報センターでも見つけられなかった。

（二〇一八年二月二十五日）

補遺2

もう充分すぎるほどの量の原稿を書き連ねてきたが、厚かましくあと一つだけつけ加えさせていただこう。阪神、住吉駅を久々に下車して、南に歩き、国道を渡った近くにあるブックオフをのぞいた折、均一コーナーでふと目に止ったのが佐藤廉『画商の眼』（神戸新聞総合出版センター、一九九六年）であった。何げなく目次やあとがきをのぞいてみて、私はびっくりした。取り上げている数多くの画家には村上華岳、金山平三、林重義（！）、小磯良平、鴨居玲、津高和一、別車博資など、神戸関係の人が沢山含まれている。しかも著者は、元町画廊主人なのだ！　これは参考になるぞ、と喜んで買って帰ったのはいうまでもない（ただ、画商の方が書いた本の装幀としては、それほど魅力的なものでないのが惜しいが）。奥付や本文によると、佐藤氏は一九二二年（大正十一年）神戸で生れ、現・武蔵野美術大学に入学。一九四三年、学徒出陣し、中国戦線で工兵大隊の将校として務め、少尉に任官して終戦を迎える。その後二年間、ソ連の捕虜収容所（平壌近く）での筆舌に尽くせぬ過酷な生活を送り帰還する。一九四七年、父の死亡で須磨の若木屋美術店二代目を継ぎ、翌年、元町に進出して元町画廊を開店した、とある。一九九二年、心筋梗塞で入院、奇跡的に回復後、本書執筆を思い起ち、五十年近い画商体験を綴ることにしたという。画家ごとに執筆されており、前述の画家の他にも麻生三郎、鏑木清方、須田剋太、中西勝、西村功、白髪一雄氏らも取り上げている（全部で三十三人程）。各々の画家との出会いや交流のエピソードを語るとともに、その人間性をも描いていて興味が尽きない。むろん、作品評価も実作者の眼を加えて、的確である。中でも鴨居玲とは死の直前の二日前まで、画商として世話をやき、また人間として長くつきあったようで、二〇頁にわたって詳しく書いている。

また、権力への反逆の画家として知られ、太宰治と親友だった阿部合成についても「真夜中の長電話」と題して綴っているのがとりわけ印象深い。

阿部氏との出会いは、前述の収容所で、作業を命令する将校として、戦中、上官につねに反逆的だったため万年二等兵であった最古参の兵隊である氏と面接したときであった。阿部氏の前歴を聞き、自分も美大出で、父が画商をしていると言うと、初めて気を許した表情となった。それ以来、美術の話をするようになり、帰還後もずっと友人として、また元隊長として不思議なつき合いが続き、一九六二年には元町画廊で初の「阿部合成個展」を開いたという。代表作「見送る人たち」も氏が買い取り、没後、一九八〇年と一九八五年にも阿部合成遺作展を開いている。その人間性については、「彼は人一倍見栄っ張りで、弱虫の甘えん坊であった」と卒直に書いている。

また、画家だけでなく、俳人の永田耕衣氏とも、初めて「ギャラリーさんちか」で開かれた「永田耕衣展」（俳句と俳画）を観て感銘を受け、卒直に話を交して以来、親しくおつきあいいただくようになったと記している。元町画廊でも一九七七年（永田氏、七十七歳時）から、一九九一年の第四回（九十一歳）まで、永田耕衣展を催している。さらに、本稿でも書いた林重義氏についても、面識はないが、その作品を高く評価して、その生涯と作品を簡潔に紹介している。とくに前述した朝倉斯道氏との熱い友情ぶりは詳しく語っている。その項目の最初にこうある。「元町画廊が支店であった昭和二十七年三月一日、神港新聞社より発行された『林重義画集』が、当時、当店を手伝っていただいた大塚銀二郎氏（新聞記者）（傍点筆者、記憶違いか、誤植であろう）の編集により出版された。」と。その後、神戸画廊のことも大塚氏をその責任者（?）としてごく簡単にふれている。私は何かの座談会で、大塚氏が戦争末期に「神戸画廊」を閉じたが、戦後もいろんな画廊にかかわる仕事を続けていたことは読んでいたものの、具体的な仕事は分らなかった。おそらく佐藤氏は戦前の大塚氏の仕事を評価し、大塚氏の、画家との幅広い人脈を何かと頼って協力してもらっていたのだろう。こうして見ると、戦前、全国に名を知られた「神戸画廊」のよき遺産が戦後の「元町画廊」に受け継がれたとも言えるのではないか。実際、巻末にお店の代表的なお客の人々についてもまとめて書かれているが、その中に竹中郁氏や朝倉斯道氏も登場する。また村上華岳作品のコレクターが集まって、「華岳会」もつくられたという文化サロンでもあったのだ。私があえて「補遺」としてつけ加えた由縁である。なお、神戸市立博物館学芸員、辻智美さんの御教示によれば、元町画廊は元町商店街入口近くにあったが、今は亡い。

もう一つだけ……。本書の中に「パリ五十数年」と題して、関口俊吾氏も取り上げられている。これは本稿のテーマにも沿う画家なので、一読してみて、またもや私の不勉強に恥じ入った。神戸出身の在仏画家で、日本でも相当高く評価されている画家とは今まで知らなかった。それで、改めて手元にある図録『神戸ゆかりの芸術家たち』（神戸ゆかりの美術館、二〇〇七年）を見返してみると、今まで見逃していたが、関口俊吾氏もちゃんと入っており、図版は小さいが二作品が掲載されていた。この巻末の作家略歴をそのまま引いておこう。

「一九一一（明治四十四）年―二〇〇二（平成十四）年」「神戸市に生まれる。一九三一年、京都日仏会館、アカデミー・鹿子木に入学、鹿子木孟郎に師事する。一九三五年に渡仏。パリ国立高等美術学校に学ぶ。サロン・ドートンヌに出品。一九四一年より戦争中を含む一九五一年までは帰国するものの、生涯の大半、フランスを拠点に活動した（後略）。」とある。佐藤氏の一文によれば、氏の父で若木屋美術店（須磨）店主の隆三氏と俊吾氏の兄、関口俊三氏は神戸一中時代の友人で、その関係もあってか、戦前、関口氏の滞欧中の作品の個展を開いたという。戦後も昭和二十六年、早くに四十歳のとき、元町画廊で再渡仏記念展を開いている（それ以後は、梅田画廊や東京、銀座の文藝春秋画廊、各百貨店での個展が多い）。また、関口夫人は故木村荘八氏の姪御さんに当る、とも（作家、木村荘太氏の長女）。

これを読んで二、三日後、久々に春日野道で下車して勉強堂をのぞいた折、店先の図録類（店内にも並んでいるが）を順々に見ていたら、その中に『Ｓｈｕｎｇｏ　ＳＥＫＩＧＵＣＨＩ』（関口俊吾回顧展、神戸市立小磯記念美術館、一九九七年）という、りっぱな図録が見つかったのである。しかも三百円で！　表紙がローマ字表記なので、一見、外国人画家の図録かと見誤りそうで中身をのぞかないと危うく見逃すところだったが。これがその日の最大の収穫であった。荷物はぐっと重たくなったが、心は軽く喜々として持って帰った（そういえば、別稿の松本宏展図録も、ここで見つけたのだった。勉強堂さんに感謝！）。

帰宅後、早速、作品集を眺めたが、まず巻頭の戦前のフランス留学時代の裸婦像の、古典派的な落ち着いた色調ながら、その圧倒的な写実の迫力に魅了される。これらは本稿で紹介した田中保の裸婦像に優るとも劣らぬ印象を受けた。他の人物像も「乙女と花」や「仲良し」など、素晴しく雰囲気がよくて、魅力的だ。戦後、再渡仏して以後の作品はフランスやヨーロッパ各地の風景画、とくに港を描いたものが多いが、印象派風の、明るい色彩の交響楽《シンホニー》とも形容できる画面で、と

『関口俊吾』展図録
表紙作品は「イル・ド・レ」1958年

ても親しめ、楽しめる。年齢を重ねるにつれ、自由奔放なタッチが増しているが、バランスは全く崩していない。こういう風景画を見ると、素朴に、私も一度はヨーロッパに旅してみたいな、と思わせられる（正直、私、一度も外国旅行に出かけたことがありません、トホホ）。この図録によって、遅まきながら、一ぺんに関口俊吾氏のファンになってしまった（私、ファンが多くて困ってしまいます）。

解説は美術評論家、本間正義氏が「関口俊吾さんの親密世界」、伊藤誠氏が「関口画伯をパリに訪ねて」を書いている。後者は、関口氏が八十六歳時に、パリのアトリエを訪ねたときのますます壮健な印象を綴っているが、合わせて氏のそれまでの経歴も詳しく紹介している。前述の簡単な略歴ではふれられていない、注目すべき点をこの記述や年譜から補っておこう。

まず、関口氏は資産家の六男三女の末っ子として、神戸市熊内町に生まれている。そして市内の雲中小学校へ、自宅が須磨へ転宅してからは須磨浦小学校へ通っている。家が小高い所にあり、そこから見える海や港、外国船の出入りに胸踊らせた少年期をおくった。後年、ヨーロッパ各地の港湾風景を多く描いたのは、その影響も大きいのではなかろうか。神戸三中（現・長田高校）に進み、同級生に花森安治、一年上に淀川長治氏がいたというのも注目される（交友の有無については不明）。私があっと驚き、うれしくなったのは、同じ須磨で育った住いの関係で、少し年上の竹中郁氏と幼い頃から知り合いで、一九三〇年、竹中氏がフランス遊学から帰国したとき、早速訪ねてフランス事情を伺ったという事実である。二年後、竹中氏と一緒にフランスで学んできた、あこがれの画家、小磯良平氏を竹中氏の紹介でともに訪ねている。関口氏の小磯氏の初印象は「無口な人」とのことだった。その後、生涯にわたって交流があった。京都の日仏会館で四年間学んだのはフランス語、フランス文学を学ぶためだった。最初の渡仏は、フランス政府招聘留学生六人の一人に選ばれ、絵画部門での第一号だったという。フランスで見事難関を突破して入学した国立高等美術学校は、美術分野の最高学府で、日本人では里見宗次（後、グラフィック・デザイナー）に次ぐ二人目だった。一九四一年、第二次世界大戦で、フランスがドイツに占領されたため、ヨーロッパ最後の引揚げ船で日本へ帰国。戦争中はハノイに日本文化会館を開設のため、美術研究員として一年間インドシナに派遣されている。四十歳で再渡仏してからは、画業で数々の国際展賞を受賞するとともに、日本とフランスを度々往来して、日仏の美術の文化交流、例えば日仏具象派展（十年続く）、ビュッフェ展開催などに尽力している。図録の年譜は一九九七年で終っているが、その五年後、二〇〇二年に九十一歳で亡くなっている。

　本間正義氏の解説文によれば、関口氏は文才もあり、数々のパリ便りを日本の美術雑誌や新聞（主に毎日新聞）へ寄せている。たしかに、図録巻末の参考文献を見れば、沢山の文章が列挙されている。それらの一部をまとめたのが、単行本でエッセイ集『パリのメルヘン』（広論社、一九八二年）が出ている。「特にパリ生活の断片ともいうべきショートの味わいに引かれる」と本間氏は言う。この本も探求してみたいものだ。また興味深いのは「裸婦」（一九五三年）の一点が『週刊朝日』の表紙に採られ、それを後に谷崎潤一郎が購入して愛蔵していたことである。

　さてさて、私のこの稿の探索の旅はいつまで続くのだろうか。果てしなき旅？……。空恐ろしくなってくる程だ。とりあえず、ここらで中断しておこう。

（二〇一八年三月二十二日）

補遺3

その後、どうしても読者に伝えたい、重要な文献を入手できたので、こうなれば、最後までムリを承知でおつきあい願うしかありません。

　今年三月中旬に、私も久々に依頼されて寄稿した短文「兵庫文芸史探検抄」（三回目）が載った神戸発行の小雑誌『ほんまに』（くとうてん発行）十九号が出来上り、贈られてきた。その文章の後半で、関西学院大文学部内で発行された文芸同人誌『横顔』十号（一九二五年）を見つけたことを書き、その関連論文を大学紀要に発表した大橋毅彦教授とその学生たちの発表についても一言ふれた（先生の論文については私の『編集者の生きた空間』に詳しく紹介している）。それで、大橋先生にそのことをお知らせしたところ、しばらくして先生からスマートレターでお手紙をいただいた。中から出てきたのは、先生が三月末に関学大の「日本文藝研究」六十九巻第二号に発表された論文の抜き刷りである。そのタイトルは、何と、「『画廊』から見る一九三〇年代の神戸文化空間」―（付）「ユーモラス・コーベ」・「ユーモラス・ガロー」掲載記事題目一覧―」となっているではないか。

私はびっくりした。全くの偶然ながら、私も昨年来、本稿で、この「画廊＝神戸画廊」に注目していろいろと断片的に紹介してきたことが、この紀要では主題として正面から取り上げられ、論文としてまとめられているのだから……。一読して、やはり研究者の着眼と仕事というのはすごい、と敬服するばかりであった。

詳しくは全文読んでいただくしかないが、手に入れにくいものではあり、ここでは節を追って私が注目する箇所をごく簡単に要約して紹介するに留めよう。

まず、先生は研究者の特権を駆使し、兵庫県立美術館に唯一所蔵されている『ユーモラス・コーベ』をすべてコピーし、通覧している（これには正直いって羨望の念を抱かせられる）。また、先生は私も「街の草」加納氏の提供でネットのプリントを一読できた学芸員山崎均氏の「『画廊』の誕生」と、神戸画廊で度々個展を開いた一人の画家の子息、鈴木耕三氏の評伝『孤高の画家・鈴木清一の作品と生涯』（神戸新聞総合出版センター、二〇〇六年）を参照している。後者は全く知らなかった文献だ。また、（註）によれば、大塚銀次郎氏の筆による文献も二つあげられており、「今井朝路と川西英」（「神戸史談」二百二十六号）――これは私も以前入手して読んだことがある――と「私の神戸五十年史」（同、二百二十四号）がある。後者はぜひこれから探求したいものだ。

「はじめに――一九三〇年の神戸元町鯉川筋の街景」では、初めに、石川達三の『蒼氓』冒頭の一節を引用して、ブラジルへ移民する人々が鯉川筋を通って神戸港へ歩いてゆく情景を紹介している。さすがに、近代文学研究者の造詣は深く、背景として序論に採り入れていて、見事である。

次に「1　神戸画廊と『ユーモラス・コーベ』」、「2『ユーモラス・コーベ』『ユーモラス・ガロー』の輪郭」では、主に同誌の書誌的な調査の結果が詳しく述べられる。月刊だったが、後期になると用紙不足などで、発行の遅延時間がしだいに長くなっていることなど、具体的に述べている。創刊号の図版も掲げ、その題字はデザイナー、今竹七郎が担当したこと、第十九号には「発行部数も五千に増加した」という記事も紹介している。相当な部数である（それまでの部数は不詳とのこと）。定価は十部まで一円だった。売られていたものだったのだ。さらに大塚氏の自宅住所は「神戸市灘区河原町五九一」であることも。私が昔――といっても戦後だが―住んでいた実家も灘区にあった！

「3　軽妙洒脱な持ち味をめぐって――神戸モダンの奥行き」では、同誌全体に一貫して度々現れる「なぞかけ、見立て、パロディ」などの記事のもたらす雰囲気が「近世（江戸時代）後期の文芸精神に淵源を持つもの」として受け取られる、などと考察している。これも鋭い指摘である。図版にある「なぞかけ風な画廊人乗物見立」から、ごく二例だけ引用しておこう。「大塚赤面子とかけて　サイドカーと解く　心は。いつも夫人を脇において　ポンポン言ってゐる。」「林重義とかけて　ロープ・ウェーイと解く　心は。あぶなそうで大丈夫。」などと。

このような誌面のイメージづくりは、おそらく大塚氏、朝倉斯道（芥郎）氏、さらに「白髪野若造」なるペンネームでよく登場する竹中郁氏の意向が大きく働いているのでは、と推測している。竹中氏のはペンネーム自体、自分をしゃれのめしているではないか。（註）によれば竹中氏は同誌に、十一点の文章を寄せており、それらは既出単行本に未収録の由。

「4　各美術展評に見られる郷土色の宣揚」では、川西英や別車博資の個展評などを取り上げ、神戸のローカリティを前景化したものが目立っている、と指摘する。また、第三号に転載された稲垣足穂の「坂本

（益夫）君の神戸風景展」（又新月報）は足穂の著作一覧には欠けている文献とのこと。神戸画廊では毎年ほぼ六十回程の個展が開かれたという。

「5　〈東京〉との複層的な関係」では、例えば小品展の折、宇野千代と来廊した東郷青児や、とくに林重義の活動に注目している。林氏とは「画家と画商との埒を越えた莫逆の間柄」（大塚氏の言）だったこと、林氏の「人となりを、あけすけにかつ温かな筆致のもとに伝えてくる記事」が多数載っている、とのことである。さらに神戸出身で、二科会や独立展に入選、前衛画家として評価された浅原清隆の唯一の個展も一九三九年七月、「神戸画廊」で開かれた。浅原氏は詩人、北園克衛が主宰する「VOU」クラブにも参加し、その誌上で代表作「多感な地上」「郷愁」などの作品が紹介された。将来を嘱望されていながら、氏は二度応召され、ビルマ沖で三十歳の若さで亡くなっている（私は一九九九年に兵庫県立近代美術館で開かれた浅原清隆展のパンフを同展を企画した学芸員（当時。現在、三重県立美術館館長）速水豊氏から入手している）。

最後の「6　〈上海〉との文化的通路の可能性」では、フランス帰りの伊藤慶之助の個展のことや伊藤氏が竹中郁主宰の「海港詩人倶楽部」から発行した山村順の詩集『おそはる』に三点の装画を寄せていることなどに言及しており、私も改めて想い出した。大橋先生は今後の研究課題として、神戸の美術家たちと〈上海〉とのかかわりも掲げている（先生は、上海に渡った文学者たちに関する研究書、『昭和文学の上海体験』も今年出している）。その一つは、私が全く知らなかった

『浅原清隆とその時代』展パンフ
表紙作品は「多感な地上」1939年、東京国立近代美術館蔵

画家、村尾絢子の上海行きで、現地で活躍したという。村尾さんも神戸画廊で「渡支」直前の一九四〇年に個展を開いている。彼女はそれ以前に、東京女子美術学校を首席で卒業した人で、小磯良平、竹中郁らと交流があり、小磯氏が製作した一九三三年の第一回「神戸みなとの祭」のポスターに竹中青年とともに「港のクイーン」のイメージモデルとなった女性である、というのもこの論文で初めて知った（まだまだ私の知らないことは沢山あるなあ、と改めて思う）。

ご教示を受けたことは他にも多数あるのだが、ここではそのごく一部を紹介できたにすぎないことを断っておきたい。

なお、付録の『ユーモラス・コーベ』の項目再録は貴重な資料であり、ざっと興味深く一覧したが、ここでは省略する。ただ、一つだけ注目したのは、朝倉氏と並んで神戸の作家、仲郷三郎氏の美術展評（各新聞掲載）の転載が最終号まで多数あがっていたことである。仲郷氏もまだよく調べていない作家で、その小説も殆ど読んだことがない。ただ戦後すぐに神戸新聞社からしばらく出ていた雑誌『カルチュア』や『半どん』の初期のエッセイ欄などで時々執筆者として見かけたことがある。著作に『味・そぞろある記』（神戸、のじぎく文庫）がある。戦前から戦後にかけて神戸で活躍していた作家だが、今では殆ど忘れられた存在であろう。

（二〇一八年四月九日）

補遺4

いくらなんでも、これで最後にしたいものである。

本稿の最初にふれた画家、田中保についての文献をその後二つ程見つけたので、紹介しておこう。

四月下旬のとある日。気まぐれに自宅のベッド横の床にだらしなく乱雑に積んである本や雑誌の山を崩して、何げなく見ていたら、その中から、大分以前に京都東山区にある星野画廊をのぞいた際に、見つけて入手した『洋画家の夢・留学』展の薄い五四頁の図録（一九九三年）が出てきた。画廊に沢山置いてあった図録のバックナンバーのうちから、これをとくに選び出したのだから、その頃から、こういうテーマには関

『洋画家の夢・留学』展図録
表紙作品は野田英夫「籠をもてる少女」1932年

心を抱いていたらしい。周知のように、星野画廊は日本近代美術史上の知られざる、忘れられた画家たちの作品をよく発掘して、様々なテーマの小展覧会を催し、その都度、図録も発行しているところだ。今、題名を失念したが、店主、星野桂三氏は最近、著作も出している。昨年、京都市立美術館で開かれた、知られざる異端の日本画家、岡本神草展にも、資料や作品を提供して協力している。

改めて眺めてみたが、石井柏亭から、鹿子木孟郎、里見勝蔵、野田英夫、広瀬勝平、三宅克己、矢崎千代二に至るまで、総勢四十六名の渡米・渡欧した画家たちの作品が各一枚ないし二枚（＝四名の画家）ずつ、掲載され、各々に略歴もつけられている。このうち、私がわずかでも知っている画家は十九名にすぎなかった。人物画も八、九枚あるが、あとは殆どが風景画。欧米の風景は建物にしろ、自然にしろ、何となく雰囲気があって皆、絵になる、という感じがする。なかでも私がうれしかったのは、京都で活躍し、竹内勝太郎らと交友、園頼三（美学者）と詩画集『自己陶酔』『蒼空』を出した船川未乾（一八八六年—一九三〇年）の作品、「南仏風景」も載っていることだ。略歴によると、船川氏は一九二二年、園氏らと共に渡仏。ピカソ、ブラックと交遊し、とくにブラックの影響を受ける、とある。図版はセザンヌを想わせるような大胆にデフォルメされた建物群の風景である。フランスには三年程滞在した。富士正晴の文章（『心せかるる』）によると、船川氏は創元社の矢部良策と第一書房、長谷川巳之吉の支援を受けたという。矢部良策との関係についても初めて知ったが、後者、長谷川氏発行の『パンテオン』六号には、船川氏の特集があったという（私は残念ながら未見）。私も、船川氏が装幀した川田順の歌集『陽炎』はもっている。

もう一人注目したのは、神戸出身で、一九一六年（大正五年）、関西学院中退後、メキシコやフランスに足かけ八年程滞在し、サロン・ドートンヌにも入選した後の銅版画家、神原浩の作品（油彩）「朝の光（キューバ）」が載っていることだ。神原氏の銅版画は精緻で雰囲気のある見事なもので、その多くが図録『関西学院の美術家』（小磯記念美術館、二〇一三年）に収録されている（これは神戸のジュンク堂でも一時販売されていた）。中でも、一九二九年までキャンパスがあった西灘、原田の森の関西学院大のキャンパス風景などは歴史的資料としても貴重である（神戸女学院大学の風景もしかり）。なお、同図録には、神戸の知られざるモダニズムの創作木版画家、北村今三と春村ただをの素晴しい作品も多数収録されている。

昨年も、神戸市立博物館で、神原氏を含む小展覧会があり、観に出かけた。

私は以前、神戸の古本展の目録で、戦前の神戸市観光課から出された宣伝用絵ハガキのセット四枚（港湾風景や須磨浦公園、港川神社など）――包装包みにも港湾風景が描かれている――を手に入れたのだが、包み下には、H・Kanbaraの自筆ペン字の署名があり、喜んだものだ。絵はエンピツ画だろうか、エッチング（むろん印刷だが）だろうか、素人の私にはよく分らないが、珍しいものと思い、大事

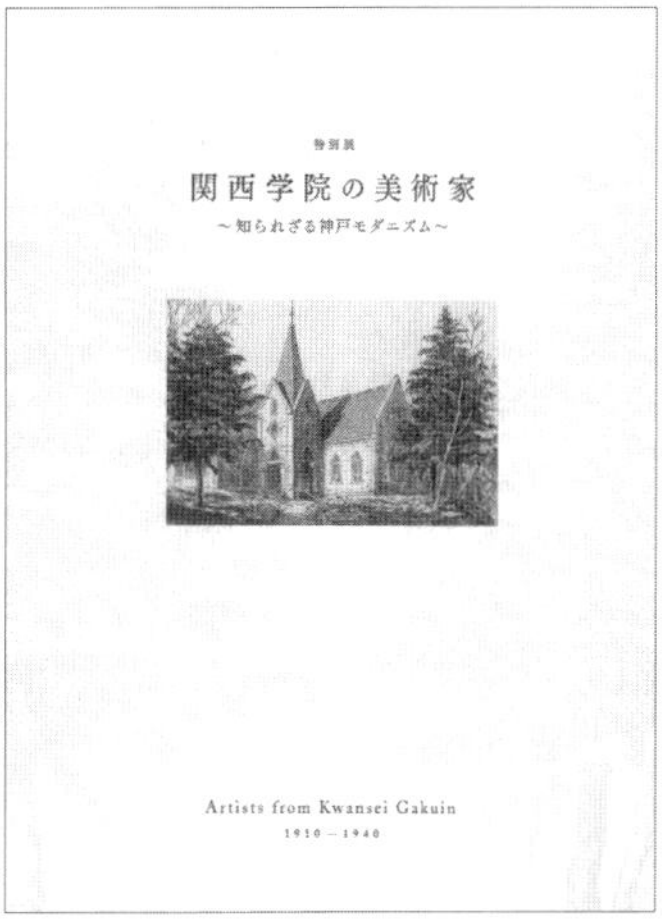

『関西学院の美術家』展図録
表紙作品は神原浩「礼拝堂（原田の森）」1930年

に所蔵している（さりげなく自慢するなァ）。神原氏は一八九二年（明治二十五年）神戸市に生れ、一九七〇年に西宮市で亡くなった。もっと注目されていい、実力ある神戸の画家であろう。

またも寄り道してしまったが、その図録の最後に、石井弥一郎という未知の画家の作品「巴里市外ニュイ風景」が白黒図版で掲載されていた。年譜を何げなく見ると、一八九八年（明治三十一年）、山形県庄内に生れ、川端画学校、太平洋（画会？）研究所などで学ぶ。一九三四年（昭和九年）以後、春陽会展に毎年のように出品、中川一政に師淑する。一九三六年渡仏し、サロン・ドートンヌ会員となる、とあり、その次に「田中保に師事」、とあるではないか。それならフランス滞在中、田中氏とよく交流していたことになる。石井氏は一九七二年に亡くなっているが、もし生前、美術評論家の誰かが石井氏から聞き書しておれば、田中氏のフランスでの詳しい生活や様子が幾分明らかになったことだろうにと思うと残念だ。没年に、石井弥一郎画集が出ているので、そこにもし、石井氏の自伝的文章が収められていれば、少しはふれられているかもしれない、とは思うが、今のところ、はかない期待でしかない。

もう一つ、紹介しておこう。今年四月末から開かれた四天王寺での恒例の古本祭りに続けて二度出かけた（ゴールデンウィークのヒマつぶしでもあります）。二回目はあまり収穫とてなかったが、五輪書さんの四百～五百円のコーナーで、ふと見つけたのが、海野弘『都市風景の発見―日本のアヴァンギャルド芸術』（求龍堂、一九八二年）である。A5判、上製、三二〇頁もの堂々たる造本。私はこの本は未読だったので、手に取って目次をのぞくと、「第Ⅰ部　都市の表現者」の中に、清水登之、国吉康雄、村山知義、石垣栄太郎、藤牧義夫と並んで、田中保もあげられているではないか。私は「おっ」と内心驚き、喜んで収穫の一冊とした。海野氏は周知のごとく、驚くべき博学多識の評論家で、常にインターナショナルな、独創的視点から数々の著作をものしている人である。読む度に魅了され、敬服するばかりだ（とはいえ、正直いって、私はそんなに多くは読んでいないのだが）。私にとって何より有難いのは、海野氏の著作が深い内容にもかかわらず、平易な文体で書かれていることだ。ただ、昔、編者として『原稿を依頼する人される人』（燃焼社）をつくった際、執筆者の一人として依頼して以来、ごくたまにハガキでの交流をさせてもらっている方でもある。本書全体の紹介は、本稿のテーマと逸れるので省略するが、簡単にいえば、一九二〇～三〇年代の日本の都市空間（主に東京）で活躍した画家、デザイナー（山名文夫など）、民芸評論家（柳宗悦）などを取り上げ、欧米のアール・ヌーヴォー史との関連で国際的に位置づけ、考察した数々の論集であるといえようか。あとがきによれば、私が昔、手に入れ興味深く読んだ『日本のアール・ヌーヴォー』（青土社）の続篇とのことである。これから、ゆっくり読むのが楽しみだ。

　さて、田中保についての評論は一二頁ある。ごく簡単にいえば、まず氏は、日本近代のヌードの表現史について考察し、「日本のヌード表現はなんとストイックなのであろうか。日本のヌードはエロティックであることを恐れているかのようだ」と述べる。現在でこそ超リアリスム画家たちによる女性の官能的ヌード表現が注目されてきているが、たしかに従来の日本の近代美術史研究ではあてはまる評言である。

　それに反し、田中氏のヌードは生々しく、エロティックな気分をかきたてる、と言う（私も正直にいうと、全くその通りだと思う）。氏は田中氏の経歴を紹介しつつ、やはりパリ時代の詳細はよくわからない、と書いている（その後の研究者による調査結果はあるのだろうか）。

　そして海野氏は、田中氏のヌード像の「画面を斜めに横切るように」「肉体は画面からはみださんばかりに」描かれる構図は、アール・ヌーヴォーの装飾空間をひきついでいる、と見ている。このへんが氏の独創的な視点であろう。氏は最後に、「田中保をアール・ヌーヴォーの見事な成果の一つと見ることによって、日本の近代美術史に組みこむことができると思う」と述べている。私には目からうろこ、の評論であった。氏には、その後の田中保研究の成果を踏まえて、再論をお願いしたいものである。

　なお、本書で取り上げられたアメリカ、ニューヨークに渡って活躍した前述の日本人画家たち（野田英夫を加える）の図録についても、今後探求してゆきたいと思う（とくに、フランスにも渡った清水登之に注目したい）。

※　※　※

　最後にもう一つだけ。本稿で、私は神戸で活躍した前衛写真家、中山岩太についても簡単に紹介した。大分以前、たしか神戸の古本展で、岩太氏の奥様、中山正子さんの自伝、『ハイカラに、九十二歳――写真家中山岩太と生きて』（河出書房新社、一九八七年）を入手したのを憶い出したが、自宅のどこかに埋もれたまま、探し出せなかった。それが最近になってやっと見つかったので、パラパラ拾い読みしたところである。表紙には、おそらくパリ時代の若き日の正子さんの姿写真が使われている。独特の魅力的なエキゾチックな顔立ちの人だ。見返しには、女友達（？）に贈った正子さんの自筆署名がある。口絵に一六頁とって、岩太氏の代表的作品も載っている。本文にも各年代ごとの写真が豊富に載っていて、興味津々に読める。とくに日本女子大時代にはのちの作家、網野菊さんと親しく交友したことが本書で分る。「パリーで会った人びと」の章は私にはとくに興味深く、様々な日本人画家やその奥さまとの交友の思い出を語っている。以下、名前だけ列挙しておこう。硲伊之助夫妻（夫人はイタリア人）、海老原喜之助夫妻（夫人はフランス人）、マン・レイとその夫人キキ、野口勇（彫刻家）、柳亮（美術評論家）、伊原宇三郎とその奥様（のちの由起しげ子さんで、二人は離婚した）、ニューヨーク時代から親しかった清水登之夫妻、心やさしい蕗谷虹児、そして前述した高野三三男夫妻とも。高野氏は酒を飲むとたんに強気になり、けんか早かったと書いている。正子さんによると、マン・レイは無口で静かな、孤独な人だった。対照的にキキさんは子供好きの陽気で楽しい人で、「シャーノア」というキャバレーで、中山夫妻と子供も一緒によく遊んだという。

　総じて、奥さまから見た岩太氏の人となりとおもかげが生き生きと率直に語られている自伝である。岩太氏はとくにダンスが好きで、神戸でもよく正子さんを連れて踊りに出かけたという。また、正子さんは、晩年、八十九歳のとき、宇野千代女史が審査委員長を務める「素敵なおばあちゃまコンテスト」で金賞を得、その副賞としてヨーロッパ旅行に出かけ、懐かしいパリにも立ち寄っている。

「あとがき」によると、岩太氏の作品を思いがけなく初めて世に出し光をあててくれたのはやはり、前述の兵庫県立近代美術館の中島徳博氏であったと書かれている。私は、我が事のようにうれしくなった。ごく一部の内容紹介に終ったが、中山岩太氏の生涯とその生き様を知るには必須の第一級文献だと思う。

（二〇一八年五月十日）

図録蒐集のすすめ

本稿のテーマとは直接の関係はないが、図録一般についての興味深い本を入手したので、あえて紹介しておきたい。

年が明けた一月初旬、しばらく行ってなかった天牛堺書店の船場店へ出かけた。ここは四日ごとに三百円から千五百円まで段階的に均一の値段が変ってゆく店で、とくに私などは安い値段の日に面白い、読みたい本が見つかれば、儲けものだと思う（めったにありませんが……）。その日は五百八十円均一であった。順々に見ていったが、これは、といった本が見つからず、今日は収穫なしか、とあきらめかけていたとき、最後にふと目に付いたのが今橋映子編著『展覧会カタログの愉しみ』（東京大学出版会、二〇〇三年）だった。実はこの本は新刊が出た折、書店で見つけて手に取り、面白そうなので読みたいなと思ったのだが、定価が三千二百円だったので、残念ながら断念したものだったのだ。それが五百八十円で手に入ったのだから幸運である。早速、珍しく帰りの地下鉄車中で所々拾い読み始めた（なお、本店は校正中に閉店した）。

編者の今橋映子さんは一九六一年生れで、出版当時、東大大学院総合文化研究科助教授。比較文学・比較文化専攻の気鋭のすぐれた研究者である。著書に『異都憧憬　日本人のパリ』『〈パリ写真〉の世紀』などがあり、確か前者は何かの賞を受けたのではないか（本稿とも関係ありそうな本だが私は不勉強で未読である）。

本書は東大比較文学会から出ている『比較文学研究』誌に編集人の一人、今橋さんが企画、依頼して寄稿された二十七人程の「展覧会カタログ批評」（各十枚位）をもとにしてつくられたもの。それに今橋さんがより一般読者向けに、「展覧会カタログとは何か」や「越境する学問・越境する展覧会」、展覧会情報の具体的な入手方法、カタログの探し方・買い方などを紹介した「情報収集の達人」などを書下している。執筆者の中には著作も多い池上俊一や野崎歓、四方田犬彦氏などもいる。

本書は美術愛好者に展覧会カタログの奥深さを知って頂くとともに、美術館、及びその学芸員たちにエールを送りたいとの思いでつくられたという。序論で彼女も書いているように、日本のカタログは外国のそれと違ってＩＳＢＮが付いていないので、書店では販売されない。そのため、入手するにはしばしば困難が伴う。第一、展覧会の情報も新聞、週刊誌、そしてテレビでは「日曜美術館」（ＮＨＫ）、『芸術新潮』などをよほど丹念に見ていなければ、完全には得られない（最近は坪内祐三氏の展覧会評のコラム「眼は行動する」も『週刊ポスト』に連載されていて参考になるが）。まして私などはネットでの情報も利用できない（本書にはネット情報についても詳しいガイドがある）。近隣の美術展は興味あるものなら出かけて、その折図録も入手できるが、遠隔地の展覧会図録はたまたま知ってもわざわざ電話で問合せ、料金を書留で前もって送らないと、殆どの館では送ってくれない。送料もけっこう高く付く。いろいろとめんどうなことは確かだ。

さらに何かの情報で、昔の展覧会図録の存在を知り、ぜひ手に入れたくてその館に問合せても、評判のよかった図録は体験上、在庫がもう一冊もないものが多く、がっかりする。その場合は、古本屋や古本展で出ているのを辛抱づよく丹念に探すしか方法がないのである。

その意味で最近、とてもうれしかったのが同じ天牛堺書店で見つけた『中澤弘光展』図録（三重県立美術館、そごう美術館、二〇一四年）であった。中澤弘光は私も以前、書いたことがある、金尾文淵堂刊の与謝野晶子『新訳源氏物語』や『新訳栄華物語』などの見事な装幀、木版挿絵で古書ファンにはよく知られている画家だが、本業の油絵の仕事はまだあまり知られていなかったようだ。私もこの図録で初めて見る油絵作品や『新小説』などの雑誌表紙作品が数多く、大いに楽しんだものだ。私は中澤氏の明るく、ロマンティックな画風がとても好きである。巻末にある解説、舟串彩氏（そごう美術館学芸員）の「中澤弘光の装幀と挿絵」は貴重な中澤氏自身の文献やアトリエ調査に基づいて、中澤氏が装幀の仕事に実際にどう取り組んだかを紹介している、実に興味津々の文章である。アトリエには、当時のアール・ヌーヴォー関連の洋書や雑誌が百冊以上見つかったというから驚く。

一寸回り道してしまったが、元編集者の私が今橋さんの文章で恥ずかしながら初めて知ったのが、著作権法上、図録に収録する作品は著作権者の許諾なく（著作権料を免除）複製を掲載できるということである。そうだったのか！（ただ、例外はあって、かつて藤田嗣治展の図録に対し、藤田氏の遺族が著作権侵害だとして提訴し、裁判になったことがある。結果的には和解が成立しているが。）

本書のカタログ評には、私も本稿で一寸ふれた『薩摩治郎八と巴里の日本人画家たち』展や所蔵している『写真展　シュルレアリスト山本悍右』（名古屋で活躍した写真家）展もあり、喜んで読み、参考になった。美しい装幀や変った造りのカタログたちの口絵カラー

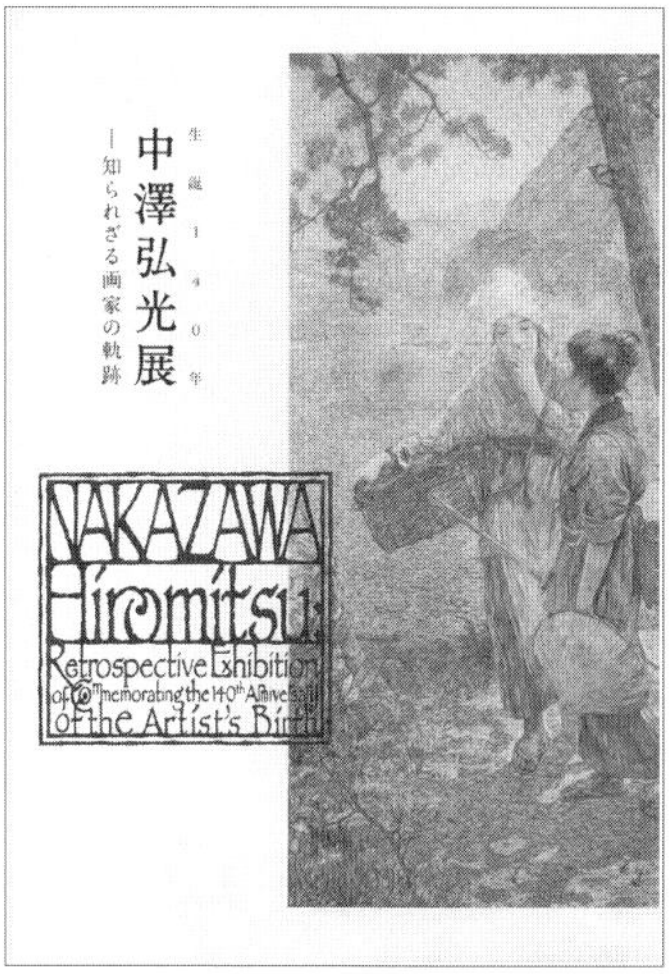

『中澤弘光展―知られざる画家の軌跡』図録
表紙作品は「まひる」1910年

図版も楽しいものだ。

私が図録を手にして常々感心するのは、巻末の関連文献が雑誌掲載の記事までほぼ完璧に近く網羅されていることだ。そこから未入手の過去の展覧会図録に導かれることも多い。

本書は、図録に注目して蒐集している古本ファンにも必読の内容で、未読の方には大いに勧めたい。


（二〇一八年一月十六日）

※　※　※

そういえば、今まですっかり忘れていたのだが、先日、関西では唯一、扱っている京都の京阪書房で『日本古書通信』の最近号を求め、同社の出版広告を見て、あっと思い出した。

日本近代文学研究者で、『蒐書日誌』（全四巻、皓星社）などで古本ファンにも著名な、故大屋幸世氏が晩年に私家版で『展覧会図録の書誌と感想』を出されていることを。私は刊行時すぐに入手して興味深く拾い読みした。蒐集した二百八十点もの図録についてコメントしたもので、私が未見のものも多数出ていたと思う。ただ、私は昨年、小さな仕事部屋を閉じる際に他の蔵書とともにその本も手離してしまい、今は手元にない。そのため、詳しい紹介が出来ず、残念だ。ご興味ある読者は版元に問合せてみられることをお勧めします。


（二〇一八年四月二十二日）

番外篇1

つくづく往生際のわるい私ですが、またまた本稿のテーマに沿った、知られざる（？）魅力的な画家の図録を見つけたので、報告せずにおれなくなりました。今しばらくおつきあい願います。

五月下旬のある日、自宅からは一番近い、緑地公園駅近くにある天牛書店――ここは駅から下っていく往きはいいが、帰りはけっこうな登り坂で、老体にはなかなかきついものがある――に立ち寄った。いろいろ全般に本をチェックした最後に二階奥の均一コーナーで、沢山並んだ美術図録を点検していたら、国吉康雄――国吉氏の写真作品も小さいが六十六点も収録されている、珍しいもの――や駒井哲郎（佐谷画廊）の薄い図録とともに、Ａ４判、七〇頁の図録、『没後五〇年記念　中村義夫展』（赤穂市立美術工芸館、二〇〇七年）が出てきた。全頁アート紙で、印刷も鮮明である。画家の名はどこかで見たような気はするが、あいまいな記憶しかない。しかし中身をパラパラと見ると、私の好みの画風の作品が多くあったので、収穫の一冊に加えたのである（何といっても三百円なので、懐ろもいたまないし…）。それに、中村氏も兵庫県出身の渡仏画家の一人だったから。

『中村義夫展』図録
表紙作品（右）「ブルターニュの漁夫」1921～26年、赤穂市立美術工芸館田淵記念館蔵
（左）「漁師の子」1921～26年、姫路市立美術館蔵

帰宅してゆっくり図版や解説文にふれ、ますます魅了された。収録作品は五十一点で、全体が「渡仏まで」「滞仏時代」「帰国後～没年」に分かれている。中村氏の子息、一雄氏（洋画家）の「父を想う」や平瀬礼太氏（姫路市立美術館学芸員）の「中村義夫の作品について」、及び年譜から、ごく簡単に中村氏の経歴を紹介しておこう。

氏は一八八九年、赤穂市に中村家の長男として生れる。父、秀五郎は大阪北浜に出て、後の「大和証券」の元となる「中村秀五郎商店」を開いており、相当な資産家だったようだ。そこから遠い市岡中学に通ったが、二年先輩に小出楢重がいた（後にパリでも一時期、行動をともにする）。在学中、早くも松原三五郎画塾に通っている。一九一一年（明治四十四年）、東京美術学校に入り、和田英作教室で学ぶ。かたわら、黒田清輝からも教えを受ける。一九二一年（大正十年）、神戸港から、フランス、マルセイユに向かう。アマン＝ジャンに師事し、彼からパステル画を会得する。藤田嗣治とも交流し、一九二四年には巴里日本人会幹事になっ

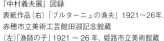

ている。サロン・ドートンヌにも入選。五年間のフランス滞在の後帰国し、一九二六年（大正十五年）から大阪玉出に住む。一九二七年、画集『五分間クロッキー』（春鳥会）、一九二八年に画集『滞佛記念畫集』を出しており、図版も出ているが、古本で出れば相当貴重な代物だろう。一九二八年、奈良市高畑の足立源一郎のアトリエを買い受け、そこに定住。自宅東隣りの志賀直哉邸に作家や画家が集った「高畑サロン」に参加し、交遊している。『志賀直哉日記』にその様子が出てくるそうだ。氏は戦後から晩年まで、官展や団体展には出品せず、奈良や大阪のローカル展を発表の場とした。その意味では世俗の評価などは気にしない孤高の画家だったとも言えようか。

　面白いのは、今回の遺作展に、パリ時代の恋人の氏あての書簡一通が翻訳されて載っていることで、これは息子さんの一雄氏がパリ在住の友人女性に頼んでわざわざ翻訳してもらったのだと言う。彼女がスペインに旅行する前に、あなたに早く会いたい、と書き送った卒直な便りで、なかなか艶っぽいものだ。これを見ると、フランス語でひんぱんに手紙も交していたようだ。一雄氏によれば、義夫氏はつねに背広にネクタイをし、葉巻・パイプが似合うダンディな人だった、いつまでも子供の心を失わない、正直な人だった、と回想している。絵画制作では「むこう（ヨーロッパ）にはかなわない」というのが口ぐせだったという。氏は一九五七年、高畑にて六十八歳で亡くなった。

　さて、絵画表現だが、平瀬礼太氏が書いているように、「自然の光の変化をとらえて明るい色彩で表現する」という美術学校での黒田清輝や和田英作からとくに学んだようで、それは一生の制作を通してあまり変らなかったように思われる。「渡仏まで」の作品では「あやす」の二作品が、母親の幼児への愛情がとてもよく表現されていて好ましいし、「たき火」もたき火にあたる群像の光と影の明暗が一寸神秘的とも言えるように描かれていて、引きつけられる。滞仏時代の落ち着いた色調の婦人像や風景画もいい。とくに「サンジェルマン・アン・レイの冬」はパリの冬の雰囲気がひしひしと伝わってくるような画面で、魅了される。

「帰国後～没年」に於る風景画はますます明るく、大らかになっている。最後に収録の「高畑晩秋」は、何げない風景ながら晩秋の奈良の空気やにおいまでも感じられるような名作である。子息の一雄氏の努力によって、大きな遺作展も奈良、兵庫、東京目黒で巡回開催され、姫路市立美術館から図録も一九九四年に出されている。今後、探求するのが楽しみである。この画家ももっと全国的に知られてほしい人である。

（二〇一八年六月三日）

中村義夫「あやす」制作年不詳、目黒区美術館蔵
（「中村義夫展」図録より）

もはや余談の余談になるが、私は六月十一日、久々に梅田、紀伊國屋書店すぐ横にある萬字屋書店をのぞいた。在庫豊富な美術展図録の中に何か新しく仕入れた面白いものがないかと期待しつつ……。棚をざっとチェックしてから、レジ近くのラックにある図録類を順々に見てゆくと、その中から薄い（二四頁）小冊子で白い表紙の個展図録が現れた。見ると、「ＫＡＺＵＯ　ＮＡＫＡＭＵＲＡ　中村一雄油絵展」のタイトル

中村義夫「たき火」制作年不詳、目黒区美術館蔵
（「中村義夫展」図録より）

が。すぐに、これは前述の中村義夫氏の御子息の個展ではないか、と思い当った。それを知ってなければ、きっと見逃したことだろう。一九九四年に銀座アートホールで開かれた第四回目の個展記録を自主制作したものである。中身をのぞくと、殆どが百号の作品が十七点載っている。一連の「室内」風景や「仮面のある一隅」、「画室」など、いずれも明るい色彩の、光を採り入れた雰囲気のある作品で、私は一ぺんで好きになった。瀬木慎一氏が一頁、解説を寄せており、「室内画から出発し、静物を交えつつ、空間の物体とそれをめぐる空気や光の追求にいちじるしい成熟を見せている」と的確に評価している。近年は外景の中の群像にも取り組んでいる、と言う。素人ながら私には何か父君、義夫氏の明るい画風を受け継いでいるふうにも感じられる。

巻末の略歴によると、一雄氏は一九三五年、奈良市に生まれ、一九五七年、関西学院大を卒業している。学部名は不明だが、神戸で大学生時代を過ごしたことは、画風にも何らかの影響があるのではないか。その後は光風会会員になって活躍し、「室内」で寺内萬治郎賞を受賞したり、「仮面のある一隅」で京展の市長賞を受けたりしている。またフランスやイタリア、スペイン、さらにメキシコなどへ何度も取材に出かけている。私が年譜で注目したのは一九八五年、義夫氏の遺作百七十七点を目黒区美術館に寄贈して、紺綬褒章を受けていること、また一九七八年、義夫氏と御縁のあった志賀直哉旧居の保存運動を進め、成立させていることである。父君の遺作展を巡回展で実現させてもいるし、相当、社会的実行力がある人のようである。これを機会に、一雄氏の他の個展図録も探求してみたいものである。

図録が図録を呼んだ今回の長きにわたる旅も、このへんでひとまず終えることにしよう。

（二〇一八年六月十二日）

番外篇２

最後の最後に、最近の収穫も二つあげておこう。

その後、元町の神戸古本倶楽部のある店の棚で、西村皎三の詩集『遺書』（揚子江社出版部、一九四〇年）を見つけたので、何げなく中をのぞいてみると、そこに小石清の〈半世界〉からの前衛的写真の数枚が挿入されていて、私はあっと驚いた。戦時体制への巧妙な抵抗でもあろうか（「半世界」では、兵隊や戦闘の場面などは一切写されていない）。

残念ながら、イタミなどがある本だったので、買うのを控えたが、帰宅して急いで図録の年譜を見てみると、一九四〇年の項に「第二十九回浪展に「半世界」（十枚連作）を出品。西村皎三の戦線での詩集『遺《マ》作《マ》』に写真作品七点が使用される」とあった。年譜もいいかげんに見ていたらしい。本書は詩人とのコラボ作品とも受け取られるもので、小石氏は他の文学者や画家との交流もいろいろあったのでは、と想像される。実際、改めて図録の略年譜を見てみると、一九三八（昭和十三）年夏に、滝口修造、永田一修、阿部芳文らと上高地の焼岳に登山し、共に撮影している。彼らからはシュルレアリスムの感化を受けたにちがいない。

※　※　※

もう一つ報告しておこう。

酷暑、いや熱波が連日、日本列島を襲った今年の夏、すっかり体が参ってしまった私だが、何とか古本展だけはのぞきに出かけた。

八月初旬の阪神デパートの古本展もたしか二日目に午後おそく出かけていった。どのお店のコーナーかは憶えていないが、ふと目に止ったのが飯沢耕太郎『都市の視線—日本の写真一九二〇—三〇年代』（創元社、一九八九年）である。タイトルにまず惹かれるし、本稿の私の関心領域にぴったりの本だ。その上、私が昔いた創元社から出ており、あとがきを見ると、当時の年下の同僚、原章君が企画、編集したものであった。今まで不勉強で未見だったのは、丁度その頃、四十歳過ぎに私が急に発病して延べ二年近く入院していたため、その間に出されたものだったからだと思う。原君は京大文学部出身の新鮮なセンスを備えた編集者で、意欲的に新分野を次々開拓していた。一九二〇年代への関心はその前に手がけた海野弘『モダン・シティふたたび』以来、持続していたものだろう（現在は、奈良でフリーの編集者として活躍している）。

　本書は、飯沢氏が日大芸術学部写真学科の卒論作成の頃から調べ始めたテーマの十五年に及ぶ成果である。あとがきによれば、本書は先に刊行した『「芸術写真」とその時代』（筑摩書房、一九八六年）と『写真に帰れ　『光画』の時代』（平凡社、一九八八年）に続く書で、三部作を成している。内容は、「Ⅰ　都市の視線」と「Ⅱ　写真家たちの軌跡」に分かれ、Ⅰでは、「新興写真」の誕生とその推移を歴史的背景と近代日本の都市史の視点から展望しているユニークな内容。Ⅱでは、野島康三、福原信三、淵上白陽、安井仲治、中山岩太、小石清、木村伊兵衛など十数名の写真家たちの各々の伝記と作品論を詳細に展開している。まだ興味あるところをざっと読んだだけだが、豊富な原資料に基づいて鋭い考察がなされていて、素人の私には学ぶところ大である。挿入写真も豊富で、それだけでも楽しめる。ただ残念ながら長い探求の旅を続けてきたので、これ以上詳しく紹介する余力はもはやない。ともかく、この分野での先駆的で重要な基本文献であるのはまちがいない。

　一つだけ、本書で大へん印象に残ったのは、飯沢氏が中山岩太や小石清を代表とする前衛的写真家たちは、自らの「詩的宇宙」（傍点筆者）に徹底してこだわり、それを幻想的な写真空間に作成したタイプが多かった、というふうに書いていることだ。なるほど、言い得て妙の表現だと、大いに共感したものである。

　前述の三部作の本は飯沢氏の初期の著作で、調べてみると、残念ながら現在は絶版のようで、古本屋でしか見つけられない。あとの二冊も今後ぜひ探求したいものである。

（二〇一八年九月十二日）

番外篇3

　明日には台風が接近するという十月初旬、初日は幸いに晴れたので、恒例の秋の古本祭りに天満宮へ出かけた（四天王寺も同日初日）。しばらく均一コーナーなどを回ってから矢野書房の、図録を集めたコーナーに来てチェックしていたら、その中に『一九二〇年代パリの日本人画家』（岡山県立美術館、一九九四年）が目に止った。これは本稿にぴったりの包括的展覧会の図録ではないか！　早速、中身をのぞくと、多数の日本人画家の在仏時の作品が各々三～四点掲載されている、見ごたえのある内容である。田中保作品もむろん含まれている。ただ、解説や画家の略歴など拾い読みすると、私の今回取り上げた画家たちに関する新情報はさほど見当らない。それで、大いに迷った末、入手は涙をのんで断念することにした。というのは、値段も千五百円とそこそこするし、他にも買いたい本はまだいろいろある。それに、図録は一冊だけでもなかなか重いので、体力のない私はいつも持ち帰るのに往生するのだ。などと言い訳たらたらになったが、読者には新文献を一つつけ加えられただけで、詳細の紹介はお許し願いたい。

『「物語」の時間』展図録

　その代りに、以前、緑地公園の天牛書店で見つけたものの、買い逃していた渡部満の薄い個展図録『「物語」の時間』（梅田画廊、一九九七年）を入手できたのはうれしかった。これは西欧の古典名画、ラファエルロ、ボッティチェリー、アングルなどの作品を背景にして、おさげ髪の少女が少女雑誌を読むうちにうたた寝して経験する様々な〈夢の時間〉を幻想的に描いた独特の絵画世界で、大へん魅了される。渡辺氏の作品ももっと観てみたいものだ。（二〇一八年十月五日）

番外篇4

　その後、私は何かの文献で、大阪市立近代美術館（仮称）建設準備室から『写真の美術・美術の写真』

展の図録が二〇〇八年に出ていたことを知った。それで、古本屋をいろいろと探しても全く見つからないので、ふと思いついて以前から企画の話で少し交流のある同準備室の学芸員、小川知子さん――大正から昭和初期にかけて大阪で活躍した女性日本画家たち（島成園、木谷千種、岡本更園を代表とする）の作品を発掘・調査し、彼女らの生涯と仕事を精力的に探究している俊秀研究者である――にお便りして（私にはこのパターン、多いなあ……）手に入れる方法がないだろうかとお願いしたところ、早速うれしいことに、お役に立てばとその図録を献呈して下さったのである（小川さんに感謝！）。見ると、横長の真っ黒な表紙の薄い図録で、副題には「『浪華』『丹平』から森村泰昌まで」とある。全体が三部に分かれ、「1　浪華、丹平から――大阪の写真家たち」「2　七〇年代――新しい表現媒体・写真」「3　一九八〇～九〇年代――多様化する写真表現」から成っている。

全部で六十九人の写真家の作品が各々二点ずつ位掲載されている（そのうち、1の写真家は三十八人）。印刷が鮮明で作品の雰囲気がよく出ており、レイアウトも見事である。初めて見る作品も多くて、とても楽しめる。3では主に現代の新進芸術家による「写真を用いた美術表現」のユニークな作品を紹介しているが、とくに神戸出身のやなぎみわの作品は初期のシリーズで、人工的な都市空間の中に複数のエレベーターガールを配置して不思議な官能性を漂わせており、とても引きつけられる。やなぎさんの作品は最近、私が偶然ブックオフで手に入れた高階秀爾の『日本の現代アートをみる』（講談社）の中にも取り上げられており、そこでも高く評価されている。

本冊の解説によれば、一九九〇年以降、前述した兵庫県立美術館、横浜美術館、名古屋市美術館、さらに専門の東京都写真美術館が、精力的に集めた写真作品のコレクションをもとに様々な写真史の展覧会を開いている。これに対して、大阪でのこの分野の動きは大分遅れているという（二〇〇八年の時点だが）。三年後の大阪中之島美術館（名称決定）のオープンを控え、大阪でもこの種の展覧会を大いに期待したいものだ。

ちなみに、名古屋市美術館では、竹葉丈学芸員の企画によって、一九八九年以来、「名古屋のフォト・アヴァンギャルド」展、神戸出身の淵上白陽に代表される「構成派の時代」展、「生誕百年　安井仲治」展、「異郷のモダニズム――満洲写真全史」展（二〇一七年）などを次々と開催し、全国的にも注目を浴びている。

私は今年、酷暑の夏、所用で名古屋へ出かけた際、初めて伏見にある同美術館――モダンな建築物――を訪れ、ミュージアム・ショップで尋ねて『構成派の時代』展図録のみ手に入れることができた。他の写真展図録は皆、好評ですでに在庫がなかった。その代り、同館図書室のコーナーで、短時間だが、数冊の図録をざっと閲覧することができた。とくに昨年の満州全史の図録は堂々たる大冊で、当時の満州で生きた民衆の姿が様々に活写された見事な作品群であり、私は初めて見てとても印象に残っている（これは、国書刊行会刊で市販もされている）。　（二〇一八年十一月五日）

その後、以前から探求をお願いしていた前橋市在住の医師で書友の津田京一郎氏から、校正が出る前に思いがけなく未見の『南城一夫展』図録（群馬県立近代美術館、一九八一年）を贈っていただいた（いつもながらの御親切に深く頭を下げるのみ）。

早速、楽しく眺めたが、百二十六点収録のうち、カラー図版が二十四点なのが一寸さびしい（これは一九八一年の刊行なので仕方がないが）。

『南城一夫展』図録

今泉篤男氏が解説文「南城一夫さんの絵」を寄せている。今泉氏は、南城氏の作品には、静物（主に花）にしろ、動物、人物をモチーフにしたものにしろ、一貫してそこに企みのない、温かい愛情がこもっている、という主旨のことを述べている。なるほど、私も全くその通りだと思う。

南城氏は、巻頭にこれも貴重な、「幻の展覧会」と題する短文を載せているが、まず展覧会は、素裸で観衆の前に立っているようなもので、やはり恥ずかしい、と語る。そして最後に、もともと自分は寡作の方だが、今回は戦後の作品が多い。しかしパリ時代や戦前の作品には大作も多く、自分でも見直したいが、いろんな事情で集められなかったのが残念である。なお百点以上はあるはず、とも。私は熱心な美術評論家や南城ファンの人が、いつかそれらの作品も紹介してくれたら、と願っている。

長きにわたった探索の旅も、以上で幕を降ろします。最後までしんぼうしてつきあって下さった読者の皆さんに感謝の意を表しつつ……。

（二〇一八年十二月一日）

註

（1）この図録の解説文によれば、近代日本写真史上、有名な『光画』は野島康三、中山岩太、木村伊兵衛が中心になって一九三二年五月に創刊され、一九三三年十二月まで十八冊を出して休刊した伝説的写真雑誌である。他に安井仲治、ハナヤ勘兵衛、花和銀吾、吉川富三、高麗清治らも参加した。伊奈信男（写真批評家）、柳宗悦、中井正一、長谷川如是閑、高田保、板垣鷹穂、原弘らが力作の写真評論を寄せている。このうち、柳、長谷川、高田氏のものは図録に再録されている。解説で飯沢耕太郎氏は、『光画』の出現は一種の奇蹟であった、と冒頭で述べている。時代とすぐれた写真家たちの幸福な出会いがあったのだという。

また『光画』の出版資金は大部分を裕福な野島氏が出していたとも書いている。図録巻末には、各巻ごとの総目次が紹介されていて資料的にも貴重である。

なお、私は『野島康三とその周辺』展の図録も以前入手している。残念なことに中の写真数点に切り抜きがあったので、格安であった。その野性味あふれる女性のヌード像や目線の鋭い女性の顔のアップなど、一度見たら忘れられない程の強烈な印象を残す作品が多い。しかし今回は主題から逸れるのでこれ以上は触れないでおく。

（2）本稿を書き終えた直後、私は以前入手しておいた神戸の一水会の画家、桝井一夫氏（一九〇八年―一九九一年）の貴重な豆本『新開地・福原界隈』（明石豆本らんぷの会、一九七二年）を何げなく取り出して見てみた。その巻頭エッセイ「恩師」で、一九三〇年にフランスから帰国したばかりの小磯良平氏の自宅を翌年訪ねて以来、画の師として厳しくも暖かく接して下さった師弟関係をふり返っている。その一節で次の文章に出会った。「昭和十年の五月に、穴門筋にあった鯉川画廊で第一回の個展を開いたが、（略）」と。しかし、これは記憶違いであろう。現在、神戸市立博物館学芸員、辻智美さんに伺ったお話によれば、現在の元町商店街入口前のスクランブル交差点を北に元町駅に向かう東側道路沿いにあったという。その筋向いに西村パン屋があった（現在はない）。穴門筋は現在、古本屋「ちんき堂」さんもある通りだ。ここをあの国画創作協会の重鎮、村上華岳が通るのをよく見かけたという、弟子だった画家、村上常一郎氏の回想エッセイを昔、『半どん』で読んだことがある。してみると、華岳も近くの鯉川筋画廊を時々のぞいたことだろう。

なお、桝井氏は略歴によると、一九〇八年（明治四十一年）、神戸の福原で生れ、新開地で育つ。家業の理髪店で仕事をしながら、夜に絵の修業をしたという。小磯氏との関係からか、竹中郁、田村孝之介、小松益喜氏との交友もあったという。本書でも、敗戦の翌年、小磯、田村両先生と一緒に小豆島へスケッチ旅行に行ったときの愉快な思い出を綴っている。本書を読むと、なかなか文才もあった人のようだ。賞を受けたという「滞船（家島）」は重厚で素晴らしい作品だ。また、代表作の一つとされる「石切場」も、特異な題材だが迫力があって、印象深い。

（3）薩摩治郎八の破天荒な生涯と仕事については、薩摩氏自身が戦後、自叙伝『せ・し・ぼん―わが半生の夢』（山文社、一九五六年）を書いているし、氏をモデルとした小説、瀬戸内晴美『ゆきてかえらぬ』（文藝春秋、一九六九年）や同時代にパリにいた獅子文六の『但馬太郎治傳』（新潮社、一九六七年）も出ているという。今後探求して読みたいものだ。

私が古本で手に入れて読んだのは『芸術新潮』一九九八年十二月号の特集「薩摩治郎八のせ・し・ぼん人生」である。ここに多くの貴重な図版とともに、鹿島茂氏が薩摩治郎八の簡潔な評伝を広い視野から一〇頁にわたって書いている。詳細はそれを参照していただきたいが、一言だけ、私がほう、と驚いたのは薩摩氏が初めにイギリス、ロンドンへ渡った折、シャーロック・ホームズの作者、コナン・ドイルと、あの「アラビアのロレンス」にも会っていたという意外な事実である。氏が出資して建てた日本館の外観やその内部空間の興味深い写真も掲げられている。現在も留学生たちに盛んに利用されているというから、日本人への多大な貢献であろう。

（4）この原稿を書き終えてから、思いたって、兵庫県立美術館学芸員を経て、現在は三重県立美術館館長の速水豊氏に中島氏のことを手紙で尋ねたところ、中島氏は一九四八年鹿児島に生まれ、七三年から学芸員として勤務（最後は副館長）。安井仲治展など担当する。二〇〇九年、六十一歳で亡くなられたという答えをいただいた（速水氏に感謝！）。関西の近代写真史のパイオニア的研究者だった由、惜しい方を早くに亡くしたものである。せめて、図録解説文、美術館の紀要論文だけでも一冊にまとめておいていただけたらと残念でならない。そういえば、架蔵の『大阪・神戸のモダニズム一九二〇〜一九四〇展』（兵庫県立近代美術館、一九八五年）図録にも、中島氏が「関西の新興写真」を書いている。

付記

校正が出る直前に、重要な新事実が分ったので、ぜひ最後に報告しておきたい。

新年早々、友人に会ったついでに、高速神戸線、西代駅近くにあるキリスト教専門の古本屋「つのぶえ」に一年ぶりぐらいに立ち寄った。その棚の中に神戸在住の美術評論家、伊藤誠氏の『美術館へもっと光を』（神戸新聞総合出版センター、二〇〇二年）を見つけて喜んだ。主に内外の美術館事情を体験的に述べたエッセイ集だが、その第三部は『思い起こす人びと』のタイトルで、伊藤氏と交流のあった神戸ゆかりの画家たち、小磯良平、東山魁夷、川西英、別車博資、鴨居玲など各氏の思い出を各々興味深く語っている。そこに彼らと並んで、伊藤氏が神戸新聞美術記者時代に書いた神戸画廊主、大塚銀次郎氏からの晩年の聞き書きも一文載っていたのである！

大塚氏の回想によれば、開廊して三年目ぐらいまでは絵もなかなか売れず、経営が厳しかったという。大へん印象に残っている個展として、当時無名だった東山魁夷の滞欧スケッチ展を東山氏の帰国直後に初めて開いたこと——なお、東山氏は十八歳で上京するまで神戸に住んでいる——、一九三〇年十月に、まだ一般の人々には無縁の佐伯祐三の三回忌展を開いたことをあげている。後者は画壇の反響は大きかったが、売れ行きは全くダメだったという。また熊谷守一の初の個展も神戸画廊で開催している。

伊藤氏は（注）で、従来は神戸画廊を日本最初の画廊としていたが、すでに明治末頃から、高村光太郎が関係した「琅玕堂」があり、そうとは言えない、と訂正している。神戸人である私としては一寸残念な指摘であった。

伊藤氏は、少年時代、一九四一年（昭和十六年）に一度だけ、当時在学中の県立神戸工業学校の図工の先生であった別車博資氏の個展を見に、神戸画廊へ出かけたことがあるそうだ。

伊藤氏は（付記）に、大塚氏の簡単な略歴を記しているので、次にそのまま引用しておこう。

「一八九三年（明治二十五）十月東京生まれ。早稲田大学文学部を出、大阪毎日新聞社入社、のち神戸新聞通信社を創立。一九三〇年から四三年まで神戸画廊（通称）を経営。戦後、神港新聞嘱託として、しばらく美術批評、展観企画に従事した。一九六八年（昭和四十三）十一月死去。享年七十六歳」と。

（二〇一九年一月十日）

あとがきに代えて

私は前著『編集者の生きた空間』では、戦後神戸の詩同人誌『航海表』（藤本義一）や『輪』（中村隆）、『少年』（林喜芳）などに集った詩人たちを、その編集人を中心に紹介した。今回は『茉莉花』や『季』、『風神』『ペルレス』などに結集した、すぐれた詩人たち（ないし文学者）を主に取り上げている。これらは私がたまたま、古本展や古本屋でその同人誌や詩集と出逢って、作品がすぐに気に入り、魅せられたことがきっかけになっている。いわば、偶然の産物でもあり、どうしても私の好みに偏ってしまうのは避けられない（もっとも、私は詩が書けないし、批評家でもない素人だから、それも許されるのでは、と勝手に思っているが）。それゆえ、私がまだ知らないだけで、あまり世に知られていないが魅力的な作品を書いている詩人はまだまだ沢山いるにちがいない。例えば、関西に限っても、今回は言及できなかったが、京都の故天野隆一氏が創刊した『ラビーン』や以倉紘平氏が主宰する神戸の『アリゼ』、神戸の連合的な詩雑誌『現代詩神戸』、高階杞一氏や細見和之氏らが編集人の大阪の『びーぐる』などに参加している詩人たちの中にも、きっといるにちがいない。

今後も新たな出逢いを期待して古本屋に足を運ぼうと思う。読者の皆さんも、各々の「マイ　フェイバレット　ポエット」に出逢い、探求されることをお勧めします。

また、本書の目玉の一つである長いエッセイ、「渡仏日本人画家と前衛写真家たちの図録を読む」の、とくに後者は精々ここ二、三年前から急速に関心をもち始めた領域であり、先行研究の成果、例えば写真史研究の第一人者、飯沢耕太郎氏のすぐれた著作や故中島徳博氏の諸文章にざっとは目を通したものの、まだまだ勉強不足で不充分なものだと自覚している。それでも、素人なりに様々な図録との思いがけない出会いを通して、新しい分野への眼を徐々に広げてゆけたのは素直に喜びたいと思う。

こうした探求の結果、分ってきたのは有名な小磯良平氏や鴨居玲氏、川西英氏だけではない、神戸の画家たちの、全国的にも誇れる層の厚さ、豊かさである。また昭和初期から戦後にかけ、精力的に活躍し、現在も高く評価されている前衛写真家たち――中山岩太、安井仲治、小石清らを指導者とする――の殆どが、関西を地盤に活動した人たちであることだった。

これらの事実は、東京が中心になりがちな従来の美術史、写真史に対して、今一度関西にも重きをおく見方をもたらしてくれる。私共関西人にとって、もっと誇りに思ってもよいことではなかろうか。

なお、タイトルについて一言、つけ加えておきたい。〝雑誌渉猟〟としたが、むろん単行本や、本書では美術展図録も多く取り上げている。ただ、全体を通して主に紹介しているのが雑誌や同人誌が中心、という意味である。もっとも、古本展では他の古本ファンに比べると、雑誌を時間をかけて目次なども熱心に点検する方かもしれない。

それと、頁数がふえすぎるため、当初予定していた書影や絵画・写真図版があまり多くは載せられなかったのは残念である。そのため、とくに後者の魅力が充分伝わらないかもしれない。その点は、お許し願いたいと思う。

さて、私は昔から機械音痴なので、ワープロもパソコンも全く使えず、未だに原稿をシコシコと手書きで書いている。情報収集の点では世の中の動きに相当遅れをとっているのは重々承知している。昨今は、編集者の多くがブログやホームページに注目して原稿依頼もするようで、そのせいかどうかは分らないが、私などにはいっこうにお呼びがかからない。負けおしみになるが、その代り、テーマも枚数も自由に、締切りもなく、思いついたときにゆっくり原稿を書くことができる。

そんな書下しの原稿がいつのまにか、一冊にまとまる位たまってきたので、またぞろ身の程知らずの出版欲が出てきて、出して下さる出版社を探すことにした。しかし、もはや慢性化した出版不況の中、私の書くような地味な古本エッセイ集を出してくれる所はなかなか見つからなかった。

ところが、昨年秋ごろ、書店でカラサキ・アユミさんの四コママンガ集『古本乙女の日々是口実』と南陀楼綾繁氏の『蒐める人』（対談集）を続けて入手し、各々面白く読んだのだが、この両書とも版元が皓星社だったのだ。それで、私はふと、ひょっとして私の原稿もその類書として出してくれる可能性があるかもしれない、と思い立ち、目次案や原稿のサンプルを送ってみたのである。しばらくして、原稿を読んで下さった若き社長、晴山生菜さんからお返事をいただき、「うちで出しましょう」と言って下さったので、まことに感激した。皓星社は単行本の他に、明治から現在までの雑誌記事の検索データベース「ざっさくプラス」も運営している。私の今回の原稿には古い雑誌や同人誌のことをいろいろ書いているので、その面でも注目して下さったようだ。いずれにせよ、英断であろう。捨てる神あれば、拾う神あり、である。晴山さんという、万事に行き届いた良き伴走者に恵まれ、感謝に絶えません。

執筆に際し、今回も多くの方々のお世話になりました。まず、未知の貴重な資料を提供して下さった甲南大学文学部教授、中島俊郎先生と、ユニークな御自身の研究の別刷を贈って下さった関西学院大学文学部教授、大橋毅彦先生に深く感謝の意を表します。また、富士正晴記念館の中尾務氏からは御執筆の『ＶＩＫＩＮＧ』や毎号、『大和通信』など贈って下さる上に、私の執筆についてもいつも励まして下さり、本当に有難く思います。さらに、大学時代からの友人、浦尾宏氏からは私も参加した懐かしい同人誌『埴生』を贈っていただき、執筆に役立てることができました。『風神』の資料を送って下さった詩人、今村欣史氏にも……。お名前はあげませんが、本文で取り上げた詩人たちからのお便りや御親切にも忘れがたいものがあります。

日頃の古本談義を通して、いろいろな情報を教えて下さっている書友の小野原道雄氏、清水裕也氏、松岡高氏、私の探求書を見つけ出して時々贈って下さる津田京一郎氏にもお礼を申し上げます。

また、短い間でもお店で楽しく雑談を交して下さる親切で個性豊かな古本屋店主の面々、神戸の「花森書林（トンカ書店改め）」、「１００３」、「口笛文庫」、「勉強堂」、「うみねこ堂書林」、甲子園の「みどり文庫」、大阪の「本は人生のおやつです!!」、「トランペット」、「山羊ブックス」の方々にも……。とくに、本書に一番多く登場する尼崎の「街の草」加納成治氏には蒐書の面でも大へんお世話になりました。厚くお礼申し上げます。

さらに今回、私の読みにくい手書き原稿を活字化して下さった高橋みどりさん、宮井京子さん、シグナ代表の横井茂紀氏にも大へん御苦労をおかけしました。横井氏にはとても読みやすい版面もつくっていただきました。有難うございます。そしてもう一人、いつもネットの検索を快くやって下さる友人の河合玲子さんにも心から感謝いたします。

最後に、長年の畏友、すぐれた画家でエッセイストの林哲夫氏には私の希望通り快く装幀を引受けて下さり、とても喜んでいます。どんな装幀になるか、林氏のファンとともに楽しみにしています。林氏はまた、校正ゲラを全部読んで下さり、私の事実誤認や勘ちがいを種々チェックして下さいました。そのおかげで、最小限の誤りに食い止めることができました。まことに有難く思います。

こうして書いてきますと、一冊の貧しい本をつくるにも、何と多くの方々の御力添えがあって成り立っているのか、と改めて感慨深いものがあります。

あとは読者の皆さんが本書を読んで少しでも楽しんで下さり、探書の参考にもしていただければ、まことに幸いに思います。

高橋輝次

二〇一九年二月十七日

資料編

原則として、漢字仮名遣いや表記揺れを含めて底本のままとした。誤りと思われる箇所には「ママ」と付した。

『茉莉花』目次抄

第二輯　一九三八年六月一日

車窓展望　川上澄生　1
距離　北村千秋　2
立つてゐる花　北村千秋　4
憊れた春　今井貞吉　6
記録映畫・隨感　梶冬彦　11
阿蘭陀の勲章　鮫島麟太郎　16
バツチ艦長　大塚正憲　18
恐るべき子供　三木忠　23
私信　東城坊恭長　22
編輯後記　24

第三輯　一九三八年七月

表紙　川上澄生
カツト　水島羊之介
扉　詩人　ルネ・シャル　中谷理郎（訳）　1
憊れた春　今井貞吉　2
ビユデ協會　小林太市郎　13
七月の風　北村千秋　14
鳥取まで　崎山猷逸　16
砂丘のある風景　北町龍　21
素麺の唄　鮫島麟太郎　22
古本を漁る　入江毅　24
編輯後記

第五輯　一九三八年九月

表紙・カツト　山崎隆夫
扉　眞珠の骨　中谷理郎　1
神學生の日記　鮫島麟太郎　2
終焉の歌　北村千秋　6
愛物　今井俊三　9

第六輯　一九三八年十月
表紙・カット　山崎隆夫
ひな歌　今井貞吉　1
秋風帖　北村千秋　6
姪の手紙　古谷綱武　8
鎧扉のある風景　北町龍　10
神學生の日記　鮫島麟太郎　15
六號雑記・編輯後記

第七輯　一九三八年十一月
表紙・カット　山崎隆夫
空想　小林太市郎　1
夜に　北村千秋　2
ひな歌（二）　今井貞吉　4
死への告白　ルイウス、大塚正憲（訳）　12
詩　中谷理郎　15
〝暇〟な時間について　鮫島麟太郎　16
編輯後記

第八輯　一九三八年十二月
表紙・カット　山崎隆夫
神學生の日記　鮫島麟太郎　1
挽歌　北村千秋　4
ひな歌　今井貞吉　6
海峡の旗　岸田壽美郎　14
季節の悲しみ　北町龍　15
建設　北村千秋　16
ノート　鮫島、北村
編輯後記

第九輯　一九三九年一月
表紙・カット　山崎隆夫
夢　川上澄生　1
雪に　北村千秋　2
鄙歌（四）　今井貞吉　4
むかしの花　今井俊三　10
喫煙の感情　古谷綱武　11
睡眠と入浴　小林太市郎　13

殘夢　北町龍　14
神學生の日記（四）　鮫島麟太郎　16
ノート・編輯後

第十二輯・一周年號　一九三九年四月

表紙　飯田比良可
一夜（三）　今井俊三　1
科學と雛　高橋新吉　10
鄙歌（七）　今井貞吉　12
幼童歷程（ルイス）　大塚正憲　15
茉莉花と私　川上澄生　18
茉莉花への言葉　小林太市郎　19
フローベルの言葉　春山行夫　19
田園のファシズム　濱名與志春　20
昔話　尾崎一雄　22
湯河原二日　古谷綱武　23
春の先觸れ　今井貞吉　24
歳月　大塚正春　25
野中の一本杉　今井俊三　26
春の夜に　北村千秋　28
神學生の日記（六）　鮫島麟太郎　30
編輯手帖

第十三輯　一九三九年五月

春はめぐる　入江來布　1
春のスケッチ　北村千秋　2
ライネル・マリア・リルケ（スティヴンスペンダー）　大塚正憲　4
戰爭文學偶感　西村英男　8
薔薇飛行　濱名與志春　10
繭の中　崎山猷逸　12
第二回まつりかの會後記　22
編輯手帖

第十四輯　一九四九年六月

表紙　川上澄生
カット　山崎隆夫
春　川上澄生　1
暮春　北村千秋　2

第十八輯　一九三九年十月

第十九輯　一九三九年十一月

第二十輯　一九三九年十二月

神の手記（パピニ）　辻潤　2
信濃の谷間　殿岡辰雄　10
心の旅（サッスーン）　北村千秋　12
シヨペンハウエル傳（ワーレス）二　卜部哲次郎　14
在りし日に　今井貞吉　22
雜記帳　青山虎之助　26
長篇　夢魘（第八回）　今井俊三　30
編輯手帳　青山、北村

第三十二輯　一九四〇年十二月

表紙　川上澄生
カット　山崎隆夫
曇り日　今井貞吉　2
死んだ老婦人に（サッスーン）　北村千秋　14
續雜記帳　青山虎之助　16
シヨペンハウエル傳（ワーレス）三　卜部哲次郎　20
長篇　夢魘（第九回）　今井俊三　23
編輯手帳　北村、青山

第三十三輯　一九四一年一月

表紙　川上澄生
扉　青山二郎
裝飾（アラン）　桑原武夫　2
神の手記（パピニ）　辻潤　4
シヨペンハウエル傳（ワーレス）　卜部哲次郎　8
琵琶湖　太田千鶴夫　14
荒涼　北村千秋　13
らるばとろす　今井貞吉　18
除夜の客　青山虎之助　22
夢魘（長篇第十回）　今井俊三　27
編輯手帳　37

第三十四輯　一九四一年二月

表紙　川上澄生
扉　青山二郎
歳末記　青山虎之助　2
神の手記（パピニ）　辻潤　8
壕の中で（サッスーン）　北村千秋　12

夢魘（長篇第十一回）　今井俊三　14
編輯手帖　30

第三十五輯　一九四一年三月

表紙　川上澄生
扉　青山二郎
埋立地　今井貞吉　2
淺き春　青山虎之助　7
畝傍山　高橋新吉　13
願はくは　北村千秋　14
神の手記（パピニ）　辻潤　16
夢魘（長篇第十二回）　今井俊三　21
編輯手帖　32

第三十六輯　一九四一年四月

表紙　川上澄生
カット　青山二郎
雜感　渡邊一夫　2
あぢさゐ　青山虎之助　6
事ありて　船越章　13
哀歌　北村千秋　14
無駄のない顔　古谷綱武　16
神の手記（パピニ）　辻潤　18
夢魘（長篇第十三回）　今井俊三　25
編輯手帖　34

第三十七輯　一九四一年五月

表紙・カット　川上澄生
青春　今井貞吉　2
神の手記（パピニ）　辻潤　10
夢魘（長篇第十四回）　今井俊三　16
編輯手帳　青山虎之助

第三十八輯　一九四一年六月

表紙・カット　川上澄生
雨の午後　青山虎之助　2
われらかくの如くに　今井貞吉　8
ウイーン　小林太市郎　12

孤春　北村千秋　16
神の手記（パピニ）　辻潤　18
ふらぐまん　卜部哲次郎　22
夢魘（長篇十五回）　今井俊三　26
編輯手帳　青山、北村

第三十九輯　一九四一年七月

表紙・カット　川上澄生
私は恥かしい　竹中郁　2
帯　今井貞吉　4
花の日　青山虎之助　6
夢魘（長篇第十六回）　今井俊三　14
編輯手帳　青山虎之助

第四十輯　一九四一年八月

表紙　山崎隆夫
カット　川上澄生
五月暗癡人漫語　近松秋江　4
動かざるもの　保田與重郎　10
生きてゐる詩　中島榮次郎　15
夏のひかり　船越章　18
譯詩三篇　富士川英郎　20
文字の表現能力　古谷綱武　29
大阪　中村地平　31
初秋　青山虎之助　36
八幡境内（第一回）　今井貞吉　42
夢魘（長篇第十七回）　今井俊三　46
編輯手帖　北村、青山

第四十一輯　一九四一年九月

表紙　山崎隆夫
カット　川上澄生
デッサン　青山二郎
人麿碑由來記　中河與一　2
八幡境内（2）　今井貞吉　8
晴夜　北村千秋　18
喪之記　青山虎之助　20
夢魘（長篇第十八回）　今井俊三　26

編輯手帳 青山虎之助

第四十二輯 一九四一年十月

蟻の國から 小高根二郎 2
ながれ 殿岡辰雄 4
出雲神社 高橋新吉 7
「三國干渉」 青山虎之助 11
夢魔（長篇第十九回） 今井俊三 14
表紙・カット 川上澄生
編輯手帳 青山、北村

第四十三輯（終刊號） 一九四一年十一月

表紙カット 川上澄生
合併廣告 1
萬葉と愛の思想 中河與一 8
枯野の夢 蓮田善明 14
山上憶良 淺野晃 20
先人の仕事 宇野浩二 2
文學者の旅行記 中村光夫 26
運命と抵抗 井上究一郎 32
教養について 春山行夫 36
栗と猫 小林太市郎 42
日本海 中谷孝雄 44
かの秋風に 北村千秋 50
姉妹 船越章 52
身邊記 青山虎之助 54
こわい顔 石橋京策 64
夢魔（長篇二十回） 今井俊三 76
五月晴白浪物語 近松秋江 88
編輯手帖 100

※著者所蔵の目次（日本近代文学館蔵書の目次の複写）を元に作成

『遅刻』総目次

第一冊　一九八八年三月十日　浮游社

詩

奇妙な暗号ばかりになって…　森上多郎
おはなし　堂本智子
洞窟　たかとう匡子
ある典型　紫村美也
秋二題（秋・夜半の渇き／秋・休日）　粟田茂
少年忌　松尾茂夫
あまぞんの休日　直原弘道

エッセイ

詩の読者　玉井敬之
梅の家　三井葉子
茂吉の出立（啄木と茂吉のためのノート1）　倉橋健一
ネギについて（ネンシャモンの雑記帳）　寺島珠雄

創作　脱出記Ⅰ（昭和二十年八月十五日）　道倉延意馬／枡谷優

広告　大仙堂書店／関西ブックセンター／小野十三郎『詩のかたち詩の発見』／直原弘道詩集『中国詩片』『暮れなずむ』／寺島珠雄詩集『酒食年表』／『小島輝正著作集』

第二冊　一九八八年七月三十一日　浮游社

詩

仮面でもつけるように　森上多郎
ふしぎ　三井葉子
嗄れる　たかとう匡子
花の風景　堂本智子
水に入ると優しくなれる　山田英子
五月の町　粟田茂
兎小屋／最後の絵本　松尾茂夫
天神筋界隈に住む　直原弘道

エッセイ

小島誠の日記　玉井敬之
『赤光』以前（啄木と茂吉のためのノート2）　倉橋健一
『当世崎人伝』と『日本前衛芸術年表』（ネンシャモンの雑記帳二）　寺島珠雄

創作　脱出記Ⅱ（「樺甸」を去る日）　道倉延意鏞／枡谷優

第三冊　一九八八年十一月十五日　浮游社

詩

袖のかげで　三井葉子

京菓子まつり　山田英子

デッサン　たかとう匡子

来客　紫村美也

彼岸花　堂本智子

夏の終わり　粟田茂

褪せた肌絵に　寺島珠雄

美空ひばりよ　きみが嫌いだ　松尾茂夫

回想　森上多郎

サンパウロの夜　直原弘道

エッセイ

オズワルドさんの凧　松尾茂夫

火の見へのアプローチ　山田英子

あの猫　堂本智子

武漢再遊　玉井敬之

梶井基次郎の短篇「冬の蟬」を読んで　たかとう匡子

縮みと集中・余話（啄木と茂吉のためのノート３）　倉橋健一

詩をまくらにあれやこれや（ネンシャモンの雑記帳三）　寺島珠雄

創作

足　枡谷優

脱出記Ⅲ（八道河子）　道倉延意

書評

玉井敬之『漱石研究への道』雑感　河野仁昭

神戸　おれの（寺島珠雄詩集『神戸備忘記』について）　直原弘道

広告　和田英子随筆集『単線の終点』／現代詩神戸研究会『神戸・兵庫の詩の現在』／『小島輝正著作集』／玉井敬之『漱石研究への道』／小野十三郎詩集『カヌーの速度で』／飯島和子詩集『エメラルドの柿』／寺島珠雄詩集『神戸備忘記』／西村博美詩集『においの記憶』／88文学フェア

第四冊　一九八九年四月二十七日　浮游社

詩

利き腕エレジー（ラジオのための詩劇）　粟田茂

小野十三郎作品抄（四本の牛乳壜／無題も題だな／走る横線／長城が果てるところ／フォークにスパゲッティをからませるとき／果てしなき議論のすえ）「おぼえ書き」　寺島珠雄

中年の夏　三井葉子

ダイニングテーブル　山田英子

ぎんなん　たかとう匡子

公園　紫村美也

広州市六榕寺　直原弘道

エッセイ

詩人の行方　玉井敬之

農村と都市の青春（坂本遼論ノート1）　松尾茂夫

秋山清さん追悼の会、その他（ネンシャモンの雑記帳四）　寺島珠雄

創作

小僧の渇き　枡谷優

脱出記Ⅳ（川のほとり）　道倉延意

雑

私的日録　直原弘道

広告　三井葉子詩集『畦の薺』／「季刊論争」創刊号／小野十三郎詩集『いま、いるところ』予告／小島輝正『著作集』『関西地下文脈』／寺島珠雄詩集『神戸備忘記』『酒食年表』『断景』／『詩の現在89』／和田英子『単線の終点』

第五冊　一九八九年九月五日　浮游社

詩

滑り台の遊園地　三井葉子

点描・まち二題（哀しいまち／雨）　粟田茂

空を見る　紫村美也

かくし場所　山田英子

蛍　たかとう匡子

北京の六月　直原弘道

エッセイ

詩人の消息　玉井敬之

望郷歌をめぐって——（啄木と茂吉のためのノート4）
倉橋健一
スペインに目がくらんで　山田英子
草野、西山、渓文社（ネンシャモンの雑記帳五）　寺島珠雄
坂本遼のイーハトヴ（坂本遼論ノート2）　松尾茂夫

創作
聖天さん　枡谷優

書評
芸の達成に賭けるひと（三井葉子詩集『畦の薺』ノート）　片岡文夫《ママ》
夜明けを待つ人（小野十三郎詩集『いまいるところ』をめぐって）　上林猷夫

雑
私的日録　直原弘道
広告　「遅刻」発行所変更のおしらせ／堂本智子詩集『蝶の駅』／三井葉子詩集『畦の薺』／『小島輝正著作集』／小野十三郎詩集『いまいるところ』

第六冊　一九九〇年一月五日　遅刻の会

詩
満満・焚き火　三井葉子
唐カエデ　山田英子
高取神社参道　たかとう匡子
祭り　紫村美也
しかし　堂本智子
そして秋　直原弘道
スケッチ二題（便りを／ある風景）　粟田茂
21センチ向うの国について（旧作ポーランド二篇の一つ）　寺島珠雄

エッセイ
無題　玉井敬之
真正の農民像としての母（坂本遼論ノート3）　松尾茂夫
大西鵜之介のこと（ネンシャモンの雑記帳六）　寺島珠雄

創作　北大阪線　枡谷優

書評
ふしぎな魅力あふれる堂本智子詩集『蝶の駅』　中村隆

雑
私的日録　直原弘道
広告　三井葉子エッセイ集『二輌電車が登ってくる』／寺島珠雄『断崖のある風景』『釜ヶ崎・旅の宿りの長いまち』／松尾茂夫詩集『うさぎ・ウサギ』／直原弘道詩集と評論集予告

第七冊　一九九〇年五月十日　遅刻の会

詩
花のように　三井葉子
リラの着物　山田英子
方向感覚　たかとう匡子
酒房の椅子　紫村美也
夢でみたまち　粟田茂
年度替り　直原弘道
エッセイ
篆刻と私　玉井敬之
涙をためて後ろをふりかえる（坂本遼論ノート4）　松尾茂夫
病んでいる川崎彰彦と書いている小野十三郎　二人のこと（ネンシャモンの雑記帳・番外）　寺島珠雄
創作
十姉妹　枡谷優
脱出記Ｖ（陽は真上に）　道倉延意
書評
二輌電車が登ってくる（三井葉子の新随筆集について）　河邨文一郎
うさぎ、ウサギ、何見て跳ねる（松尾茂夫詩集『うさぎ・ウサギ』評）　甲田四郎
雑
私的日録　直原弘道
遅刻会員名簿
短信
祭礼二つのこと　（た）
広告　松尾茂夫詩集『うさぎ・ウサギ』／寺島珠雄詩集『酒食年表第二』／倉橋健一『世阿弥の夢』／直原弘道詩集『天神筋界隈』／三井葉子詩集『畦の薺』／堂本智子詩集『蝶の駅』／三井葉子『二輌電車が登ってくる』／直原弘道評論集『昭和という時代』

第八冊　一九九〇年八月二十日　遅刻の会

詩

浅蜊その他（新々酒食年表）　寺島珠雄

少年・四篇（蛇／音痴／蝦蟆／蝦蟆と蛇と夢と）　森上多郎

気をおびる物たち　山田英子

実りの季節に　紫村美也

花の景色　たかとう匡子

トマトを喰う　直原弘道

エッセイ

犬が嫌い　玉井敬之

祇園祭（山鉾巡行の最終地点）　山田英子

貧乏の美学（坂本遼論ノート5）　松尾茂夫

創作

河　枡谷優

書評

詩人の遡行（寺島珠雄詩集『酒食年表第二』　小山和郎

中野重治への体当たり的文学論（直原弘道『昭和という時代』）　岡田孝一

詩など書いてくれるな（直原弘道詩集『天神筋界隈』）　井上俊夫

雑

私的日録　直原弘道

広告　三井葉子詩集『風が吹いて』／山田英子詩集『気をおびる物たち』／寺島珠雄詩集『酒食年表第二』／松尾茂夫詩集『うさぎ・ウサギ』／直原弘道評論集『昭和という時代』／小野十三郎著作集（全三巻）

第九冊　一九九〇年十二月十日　遅刻の会

詩

迷路　粟田茂

感情は朝顔のつるみたい　三井葉子

ハーベストムーン　山田英子

便り　たかとう匡子

少年　二（猫の死／母蜘蛛／白い骨／文学）　森上多郎

八月十五日　直原弘道

エッセイ

続・犬が嫌い　玉井敬之

茂吉の目（啄木と茂吉のためのノート4）　倉橋健一

鉢植の麦（坂本遼論ノート6）　松尾茂夫
或る〈党〉の外周のこと（ネンシャモンの雑記帳七）　寺島珠雄
創作
小僧と犬　枡谷優
書評
生を貫く、気になる。（山田英子詩集『気をおびる物たち』）　萩原健次郎
雑
私的日録　直原弘道
遅刻の会名簿
広告　『小野十三郎著作集』／山田英子詩集『気をおびる物たち』／三井葉子詩集『風が吹いて』／第二回小島輝正文学賞の作品募集について／寺島珠雄詩集『酒食年表第二』／直原弘道評論集『昭和という時代』／玉井敬之画文集『高畑の家』／玉井敬之監修『漱石作品論集成』／倉橋健一『辻潤への愛（小島キヨの生涯）』

第十冊　一九九一年五月一日　遅刻の会

詩
さびじゅらく　山田英子
街をいく電車　たかとう匡子
訪問　紫村美也
美味しい木／苺ジャム　松尾茂夫
創作
脱出記Ⅵ（少女）　道倉延意
女湯　枡谷優
書評
『高畑の家』の語り（玉井敬之画文集『高畑の家』）　浅野洋
雑
私的日録　直原弘道
特集・森上多郎の文学
詩・少年　三（味原町九九番地／兎／立川文庫／夏季臨海学校／中庸）　森上多郎
森上多郎詩の世界　作品抄　森上多郎
森上多郎散文の世界　作品抄　森上多郎
（風の流れ／ある一日／女人哀切／清水正一素描／大阪現代

文学の会をめぐって）　森上多郎

森上多郎の人と文学

私鉄文学運動の頃（その部分的思い出）　粟田茂

「車掌詩集」から「少年」まで　織田喜久子

森上詩集への私の好み　大岩弘

森上さんに、変則的アプローチ　紫村美也

感想（森上さんのこと）　岡田ひふみ

森上多郎小考　倉橋健一

森上多郎ノート（ネンシャモンの雑記帳八）　寺島珠雄

森上多郎論（初期の詩について）　玉井敬之

森上多郎とその胆力　はらてつし

森上多郎書譜（エッセイ・批評ほか）

森上多郎の年譜

広告　第二回小島輝正賞／松尾茂夫『たんぽぽのうた・坂本遼の詩と時代』／玉井敬之画文集『高畑の家』／玉井敬之監修『漱石作品論集成』／山田英子詩集『気をおびる物たち』三井葉子詩集『風が吹いて』／寺島珠雄詩集『酒食年表第二』／直原弘道評論集『昭和という時代』／小野十三郎著作集

第十一冊　一九九一年九月十日　遅刻の会

詩

百日草　三井葉子

少年四（失望／四谷怪談／日給四十五銭也）　森上多郎

一九九一年春　直原弘道

この夏　松尾茂夫

エッセイ

蘇州にて（絵と文）　玉井敬之

文鳥　玉井敬之

吉本孝一詩集の広告？（ネンシャモンの雑記帳九）　寺島珠雄

竹内浩三をめぐる旅Ⅰ　たかとう匡子

創作

右左　枡谷優

雑

私的日録　直原弘道

広告　小野十三郎著作集／松尾茂夫『たんぽぽのうた・坂本遼の詩と時代』／玉井敬之画文集『高畑の家』／『漱石作品論集成』

第十二冊　一九九二年一月一日　遅刻の会

詩

檻　たかとう匡子
ロッカールーム　山田英子
人工造園　松尾茂夫
一九九一年夏　直原弘道

エッセイ

国境の街（絵と文）　玉井敬之
忘れえぬ人　玉井敬之
岩倉憲吾と小山内龍（ネンシャモンの雑記帳十）　寺島珠雄
竹内浩三をめぐる旅Ⅱ　たかとう匡子
たわごとざんまい　紫村美也
竹中郁と宝塚歌劇　森上多郎
二人っきりという言葉（写真と文）　寺島珠雄

創作

寸劇二題　栗田茂
五円　枡谷優

雑

私的日録　直原弘道

広告　たかとう匡子詩集『対話』／栗田茂詩集『まち』／第三回小島輝正文学賞の作品募集／『吉本孝一詩集』／小島輝正著作集

第十三冊　一九九二年四月十五日　遅刻の会

詩

冥王星で　小野十三郎
カミガミのこと　松尾茂夫
菜の花が咲くとき　たかとう匡子
夢のなか　紫村美也
家郷への道／コールサイン　直原弘道

エッセイ

臼杵の石仏（絵と文）　玉井敬之
小野十三郎著作集（築摩書房）に関する訂正、削除及び補記少々を編集者として（ネンシャモンの雑記帳十一）　寺島珠雄
たわごとのつづき　紫村美也
竹内浩三をめぐる旅Ⅲ　たかとう匡子

第十四冊　一九九二年九月一日　遅刻の会

広告　小野十三郎詩集『冥王星で』／倉橋健一『深層の抒情・宮沢賢治と中原中也』／倉橋健一『工匠・31人のマエストロ』

第十五冊　一九九三年一月一日　遅刻の会

詩

晴明神社の祭　山田英子

地図を往く　たかとう匡子

部屋　粟田茂

魚屋の陳列台　松尾茂夫

ファベイラ　直原弘道

エッセイ

杜甫故里記念館（絵と文）　玉井敬之

曖昧な「大坂辯」について　三井葉子

穂曽谷秀雄著『たちばなし』から（ネンシャモンの雑記帳十二）　寺島珠雄

竹内浩三をめぐる旅Ⅴ　たかとう匡子

創作

不良少年とオムライスⅡ　枡谷優

雑

私的日録　直原弘道

小特集・小島輝正

小島輝正の病床日記（一九八七・一・一三〜二・二）　小島輝正

詩

ひげ剃りのあとで（重く病む小島輝正に）　寺島珠雄

思いつくままに　玉井敬之

小島輝正の病床日記について　直原弘道

広告　三井葉子随筆集『ええやんか』／倉橋健一『工匠』／小島輝正訳・オーギュスタン・テイエリ著『メロヴィング王朝史話』／『直原弘道の雑記帳・第一輯（書評篇）』／小島輝正著作集／小野十三郎詩集『冥王星で』／倉橋健一『深層の抒情』

第十六冊　一九九三年四月十五日　遅刻の会

詩

その朝　紫村美也

プランターあるいは棺　山田英子

第十七冊　一九九三年八月十五日　遅刻の会

観戦　　　　　　　　　　　　　　　松尾茂夫

雪景　　　　　　　　　　　　　　　直原弘道　　詩

エッセイ

大同にて（絵と文）　　　　　　　　玉井敬之　　谷間　　　　　　　　　　　　　　たかとう匡子

祝婚歌　　　　　　　　　　　　　　玉井敬之　　五月満月祭　　　　　　　　　　　山田英子

原理充雄の「八・二六」など（ネンシャモンの雑記帳　　新しい朝　　　　　　　　　　　　三井葉子
十三）　　　　　　　　　　　　　　寺島珠雄　　夢・魔窟のマチで　　　　　　　　栗田茂

パンタナール駆け足紀行　　　　　　たかとう匡子　ひとつの寓話の部分　　　　　　　直原弘道

志賀日記余聞（「志賀さんの石」）　栗田茂　　エッセイ

竹内浩三をめぐる旅Ⅵ　　　　　　　直原弘道　　続・大西鵜之介のこと（ネンシャモンの雑記帳十四）
　　　　　　　　　　　　　　　　　　　　　　　　　　　　　　　　　　　　　寺島珠雄
創作

不良少年とオムライスⅢ　　　　　　枡谷優　　垂水斎王頓宮跡（絵と文）　　　　玉井敬之

雑　　　　　　　　　　　　　　　　　　　　　創作

私的日録　　　　　　　　　　　　　直原弘道　　竹内浩三をめぐる旅Ⅶ　　　　　　たかとう匡子

広告　『激動期の詩と詩人』／『吉田欣一詩集』／小島輝正　瑜伽山界隈　　　　　　　　　　栗田茂
正著作集／三井葉子『ええやんか』／小野十三郎詩　北大阪線Ⅲ　　　　　　　　　　枡谷優
集『冥王星で』　　　　　　　　　　　　　　書評

　　　　　　　　　　　　　　　　　　　　　リアリズムのジレンマ（定本・柳井秀詩集）を読んで）
　　　　　　　　　　　　　　　　　　　　　　　　　　　　　　　　　　　　　松尾茂夫
　　　　　　　　　　　　　　　　　　　　　雑

私的日録　直原弘道

広告　三井葉子『ええやんか』／『定本・柳井秀詩集』／日本現代詩文庫『吉田欣一詩集』

第十八冊　一九九三年十二月一日　遅刻の会

詩

みたらし祭　山田英子

秋祭り／対岸の国で　直原弘道

女と水と…（河岸のくらし5）　松尾茂夫

若い日の詩（土割り／におうよしの／そうめんの客／ももいろの木／冬至に／大杉とくだる）　枡谷優

エッセイ

酒蔵（絵と文）　玉井敬之

小野十三郎の『MANIA』まで（ネンシャモンの雑記帳　十五）　寺島珠雄

奈良ホテル（イリア・エレンブルグ）　粟田茂

竹内浩三をめぐる旅Ⅷ　たかとう匡子

山口光朔と西域の旅　直原弘道

雑

私的日録　直原弘道

広告　たかとう匡子詩集『地図を往く』／『激動期の詩と詩人』／松尾茂夫詩論集『暮らしの中の現代詩』

第十九冊（終刊号）　一九九四年四月二十日　遅刻の会

詩

恋物語　三井葉子

大みそか　たかとう匡子

初詣　山田英子

あと少し　紫村美也

藻の未来　倉橋健一

遅刻　松尾茂夫

若い日の詩（5篇）　枡谷優

何かの罰のように　直原弘道

エッセイ

嵐が丘（絵と文）　玉井敬之

北京から

外米談義（ネンシャモンの雑記帳　十六）　寺島珠雄

続・奈良ホテル（詩人黄瀛）　粟田茂
書評
　『地図を往く』を往く　田中荘介
雑
　中野重治の詫び状　直原弘道
　私的日録
　「遅刻」総目次　第壱冊〜第拾八冊（1988－1993）
うしろがき　Z
※著者所蔵の終巻号総目次を元に作成

『書彩』目次抄

創刊号　一九四九年七月十日　百艸書屋内書彩発行所

創刊片語　岸百艸　1
　〝西洋書誌学〟書の思ひ出　蘆呉須生　2
覚え書　中村吐蕪　4
古本屋風土記（其一）
　職業型　廣重堂　6
　福岡梅次氏　7
俳句（六首）　百艸旧記（岸百艸）　8
古物明細帖その一　明治の巻　後藤和平　9
浮世絵くさぐさ　岸百艸　11
毛九六九
　葵書房　12
　澤田書店　13
　百艸書屋　15
探究書　17
編輯後記　百艸記（岸百艸）　18

七号　一九五四年十月十五日　百艸書屋内「書彩」発行所

八号　一九五四年十二月十日　百艸書屋内「書彩」発行所

九号　一九五五年五月二十五日　百艸書屋内「書彩」発行所

十一号　一九五八年二月二十五日　百艸書屋内「書彩」発行所

協力　林哲夫氏
　　　加納成治氏（街の草店主）

※両氏所蔵の原本を元に作成

図録名索引

雑誌・新聞名索引

な

は

ま

や

書名索引（目録・小冊子含む）

あ

か

高橋 輝次（たかはし・てるつぐ）

1946年、三重県生まれ。神戸で育つ。六甲学院（中・高）を経て、大阪外国語大学英語科卒。1969年に創元社へ入社し臨床心理学の企画を立てるが、病気のため1990年に退社。その後、フリー編集者に。

著書に『編集の森へ』（北宋社、1994）、『著者と編集者の間』（武蔵野書房、1996）、『関西古本探検』（右文書院、2006）、『古書往来』（みずのわ出版、2009）、『ぼくの古本探検記』（大散歩通信社、2011）、『ぼくの創元社覚え書』（亀鳴屋、2013）、『編集者の生きた空間』（論創社、2017）など。

主な編著として『原稿を依頼する人される人』（燃焼社、1998）、『誤植読本』（東京書籍、2000）、『古本漁りの魅惑』（東京書籍、2000）、『書斎の宇宙』（ちくま文庫、2013）、『誤植文学アンソロジー』（論創社、2015）などがある。

雑《ざっ》誌《し》渉《しょう》猟《りょう》日《にち》録《ろく》　関西ふるほん探検

2019年4月13日　初版第1刷発行　　定価2,000円

著　者　高橋 輝次

発行者　晴山 生菜

発行所　株式会社 皓星社

〒101-0051　東京都千代田区神田神保町3-10 宝栄ビル6階
TEL　03-6272-9330　FAX　03-6272-9921
Mail　book-order@libro-koseisha.co.jp
ウェブサイト　http://www.libro-koseisha.co.jp

装　幀　林 哲夫

組　版　シグナ.com

印刷・製本　精文堂印刷株式会社

ISBN 978-4-7744-0676-3